Knaur.

Knaur.

Im Knaur Taschenbuch Verlag sind bereits folgende Bücher des Autors erschienen:
Ein Gespür für Mord
Die Toten von Moonlight Bay

Der Autor:
Alex Winter, geboren in der Schweiz, absolvierte die Kunstgewerbeschule in Zürich. Er arbeitete zunächst als Dekorationsgestalter, später in verschiedenen anderen Berufen im In- und Ausland. Alex Winter bereiste während vieler Jahre Australien, Neuseeland und die Südsee. Heute lebt er mit seiner Frau in Uster, Schweiz.
Weitere Informationen über den Autor auf seiner Website:
www.alex-winter.com

Alex Winter

Schwarzer Fluch

Daryl Simmons' dritter Fall

Knaur Taschenbuch Verlag

Besuchen Sie uns im Internet:
www.knaur.de

Originalausgabe Oktober 2007
Knaur Taschenbuch.

Redaktion: Martina Wielenberg
Umschlaggestaltung: ZERO Werbeagentur, München
Umschlagabbildung: Alex Winter
Satz: Adobe InDesign im Verlag
Druck und Bindung: Clausen & Bosse, Leck
Printed in Germany
ISBN 978-3-426-63531-5

2 4 5 3 1

For the Indigenous People
of Australia

1

Dr. John Hooker, Zoologe an der University of Queensland, war ein großer, schlanker Mann. Sein langes, graues Haar hatte er normalerweise zu einem Pferdeschwanz zusammengebunden, was sein ungewöhnlich kantiges Gesicht noch markanter erscheinen ließ.

Bei den Studenten war er nicht nur wegen seines humorvollen Unterrichtsstils beliebt, sondern auch wegen seines Charmes, dem vor allem seine Studentinnen immer wieder in beachtlicher Zahl erlagen. Ebenso schätzten die jungen Leute die sowohl heitere als auch provokante Art, mit der Dr. Hooker regelmäßig über die seiner Ansicht nach antiquierten Lehrmethoden der Universität herzog.

Gemeinsam mit seiner zehn Jahre jüngeren Frau Doreen, die an der Universität Biologie lehrte, unternahm er jedes Jahr während der großen Semesterferien eine Forschungsreise ins Innere Australiens, wo er die Flora und Fauna schwer zugänglicher Wasserstellen, sogenannter Billabongs, untersuchte. Dazu luden die Hookers stets zwei Studentinnen und zwei Studenten ein. Bei den Zoologie- und Biologie-Hochschülern waren diese Expeditionen längst als *das* Highlight des Studienjahres bekannt, und wer dabei sein wollte, musste sich schon zu Beginn des Jahres in eine Liste eintragen. Die Studentin und der Student, die das Jahr mit dem besten Notendurchschnitt abschlossen, waren automatisch mit von der Partie. Unter den Zweit- bis

Fünftplazierten entschied dann jeweils das Los. Für viele Studierende war die Aussicht, mit den Hookers drei bis vier Wochen im Outback zu verbringen, Ansporn für bessere schulische Leistungen, als sie sie vermutlich normalerweise vollbracht hätten.

In diesem Jahr wollte Dr. Hooker eigentlich mit einem Team, bestehend aus ihm, seiner Frau und den Studenten Kathleen, Janice, Martyn und Steward, in den westlichsten Ausläufern der zentralaustralischen Stuart Bluff Ranges einen abgelegenen Billabong erforschen. Doch in der Nacht vor der Abreise war Janice Clayton plötzlich von starken Krämpfen geschüttelt ins Krankenhaus eingeliefert worden und hatte die Reise nicht antreten können. Als Jahrgangsbeste der University of Queensland hatte sie sich während des ganzen Semesters überschwänglich auf die Reise gefreut. Jetzt nicht mitfahren zu können, war besonders bitter für sie.

Das lag jetzt vier Tage zurück. Mit zwei Geländewagen waren Dr. Hooker und seine Gruppe bis Alice Springs ins rote Herz Australiens gefahren, wo sie Vorräte für zwei Wochen eingekauft hatten. Bei der Gelegenheit hatte sich Dr. Hooker nochmals in Brisbane nach Janice' Befinden erkundigt und erfahren, dass sich die junge Frau auf dem Weg der Besserung befand. Das war eine gute Nachricht, änderte aber nichts an seiner Enttäuschung, dass die Studentin nicht mit von der Partie sein konnte.

Danach hatte die Gruppe ihre Reise auf holprigen Pisten weiter zur Old Creek Station, dreihundertfünfzig Kilometer nordwestlich von Alice Springs, fortgesetzt. Von dort waren sie nur noch mit Vierradantrieb und im Schritttempo weitergekommen, bis sie vier Stunden später ihr Ziel endlich erreicht hatten. Dr. Hooker, der sich den Ort schon Monate zuvor aus der Luft angesehen hatte, war jedoch überzeugt, dass sich die Strapazen am Ende lohnen würden.

Von ihrem Basiscamp bei den Fahrzeugen war es ein Fußmarsch von gut einer Stunde. Da es wenig Sinn machte, den anstrengenden Weg durch das ausgetrocknete, mit toten Baumstämmen und unzähligen Felsbrocken übersäte Flussbett täglich zweimal auf sich zu nehmen, wollte Dr. Hooker nahe der Wasserstelle ein zweites Camp errichten. Die benötigte Ausrüstung mussten sie aber erst mühsam zum Billabong schaffen. Jeder der fünf trug zwischen fünfundzwanzig und fünfunddreißig Kilo Gepäck. Dadurch war es ihnen möglich, alles Notwendige in zwei Durchgängen zur Wasserstelle zu bringen.

Inzwischen war die Gruppe schon tief in den immer enger werdenden Canyon eingedrungen. Zu beiden Seiten der Schlucht traten beeindruckende Gesteinsformationen aus den steilen, ockerroten Felswänden hervor, und an einigen Stellen zwängten sich weißstämmige Geistereukalypten und leuchtend grünes Buschwerk aus tiefen Felsspalten hervor.

Unvermittelt hob Dr. Hooker die Hand und blieb stehen. Er wandte sich um und sah seine Begleiter eindringlich an. Keine hundert Meter vor ihnen markierte eine gut zehn Meter hohe überhängende Felswand den Abschluss des Tals. Davor versperrte eine Reihe mächtiger, herabgestürzter Felsbrocken den Zugang.

»Es ist so weit«, sagte er mit feierlicher Stimme, »wir sind gleich da. Das Objekt unserer Studien in den kommenden zehn Tagen liegt hinter diesen Felsen. Doch bevor …« Dr. Hooker kam nicht mehr dazu, seinen Satz zu beenden, denn plötzlich, von einer Sekunde auf die andere, veränderte sich das Ende des Canyons. Es verlor seine Konturen, verwandelte sich in eine abstrakte, flimmernde grüngelbe Welle, die vier oder fünf Meter emporstieg und in rasendem Tempo und untermalt von immer schriller werdendem Kreischen direkt auf sie zuschoss. Keiner der Gruppe war imstande, sich zu bewegen. Die Augen weit aufgerissen, starrten sie ungläubig auf die sich unmittelbar vor ihnen teilende Welle. Für ein paar Sekunden waren sie eingehüllt in ohrenbetäubenden Lärm, grelles Flimmern und wild um sie umherwirbelnde Luft, dann war das Schauspiel auch schon wieder vorbei. Staunend wandten sie sich um und sahen der Wolke nach. Erst jetzt begriffen sie, was geschehen war. Sie hatten einen Schwarm Wellensittiche aufgescheucht, der sich irgendwo hinter den herabgestürzten Felsbrocken befunden haben musste.

»Scheiße, das war ja wohl das Abgefahrenste, was ich je erlebt habe!«, rief Steward und fuhr sich aufgeregt durch das gewellte schulterlange Haar. »Als ob man mitten in eine Sturzflut geraten wäre.«

»Und das ist noch nicht alles«, meinte Dr. Hooker. Als sich die Gruppe zu ihm umdrehte, fuhr er fort: »Nach dieser spektakulären Begrüßung möchte ich euch gleich noch etwas Ungewöhnliches zeigen.«

Er trat beiseite und gab so den Blick auf zwei der Felsquader frei, die das enge Tal versperrten.

»Wow!«, rief Kathleen aufgeregt. »Die sehen aus, als wären sie aus dem Fels gemeißelt worden.« Sie blickte begeistert

auf die beiden Felsblöcke, von denen einer auffallend einem sitzenden Känguru ähnelte, während der andere die Form eines Schlangenkopfes mit weit aufgerissenem Maul hatte.
Martyn schüttelte ungläubig den Kopf, griff in die Tasche seines Safarihemdes und kramte sein Asthmaspray hervor.
»Fas...zinierend«, sagte er schwer atmend und nahm einen tiefen Zug der krampflösenden Inhaltstoffe. Anschließend fügte er mit tadellosem Oxford-Akzent hinzu: »Wirklich, einzigartig.«
»Sag bloß, so 'n Pommy wie du erkennt da was«, foppte ihn Steward mit einem breiten Grinsen.
Martyn, der achtzehn Jahre seines Lebens in England verbracht hatte, wo seine Familie nur in den besten Kreisen verkehrte, pflegte Bemerkungen wie diese – vor allem, wenn sie von jemandem wie Steward kamen – mit typisch britischer Zurückhaltung einfach zu ignorieren.
Anders Kathleen. Zurückhaltung war nicht ihre Art.
»Es sind eben nicht alle so fantasielos wie ihr Typen aus den Slums von West-Brisbane«, nahm sie den Engländer in Schutz.
»Autsch!«, rief Steward und griff sich mit einer theatralischen Geste an die Brust.
Doreen Hooker trat neben ihren Mann. »Man könnte wirklich meinen, das Gestein sei künstlich bearbeitet worden.« Sie ging weiter bis zu den Felsen. Erst betrachtete sie diese aufmerksam von Nahem, dann strichen ihre schlanken Finger langsam über die markanten Einschnitte, Kanten und Aushöhlungen.
Steward beobachtete sie dabei mit unverhohlener Faszination. Doreen war eine äußerst feminine und attraktive Er-

scheinung mit kastanienbraunem Haar und einem fein geschwungenen Mund. Sie war neununddreißig Jahre alt und hatte einen sportlichen, aber nicht übertrieben durchtrainierten Körper. Am besten gefielen Steward aber ihre ungewöhnlich langen schlanken Beine, bei denen er, wie er es ausdrückte, ganz gerne einmal die Strumpfhose gewesen wäre. Als er Kathleens missbilligenden Blick bemerkte, räusperte er sich verlegen.

Doreen wandte sich um. Ihre nahezu schwarzen Augen leuchteten schelmisch. »Mein Geologiestudium liegt zwar schon etliche Jahre zurück, aber ich würde sagen, die Felsformationen sind natürlichen Ursprungs – womit uns eine archäologische Sensation leider verwehrt bleibt.«

Kathleen verzog enttäuscht die Lippen. »Schade. Das wär's gewesen: ›Sensationeller Fund – erstmals Steinskulpturen von australischen Ureinwohnern entdeckt‹.«

Doreen und John Hooker lachten, während sich Steward am Nacken kratzte. »Also, das Känguru erkenne ich ja mit viel Fantasie noch, aber den Schlangenkopf?«, murmelte er, während sie zur Öffnung zwischen den beiden Blöcken gingen.

»Mann«, meinte Kathleen und verdrehte dabei die Augen, »und du sollst einer der Besten des Semesters sein?«

Als sie sich zwischen den Felsen hindurchgezwängt hatten und vor dem von zwei mächtigen Flusseukalypten flankierten Billabong standen, verschlug es allen außer Dr. Hooker beinahe den Atem.

»Du hast wirklich nicht zu viel versprochen«, sagte Doreen mit beeindruckter Stimme zu ihrem Mann. »Er ist nicht nur viel größer, als ich geglaubt habe, er hat auch etwas … etwas fast Spirituelles. Und etwas Unheimliches.«

»Also, ich finde es hier echt gemütlich«, sagte Steward. »Erst ein kühles Bad im Pool, dann Holz für ein Lagerfeuerchen sammeln und anschließend ein paar Bierchen zischen. Mann, hab ich vielleicht einen Durst! Ich könnte glatt einen ganzen Kasten Bier ermorden.«

Kathleen verdrehte einmal mehr genervt die Augen.

»Was ist?«, verteidigte sich ihr Studienkollege. »Ich würde liebend gerne mit dem Doc tauschen und schon diese Nacht hier bleiben.«

»Das kann ich mir lebhaft vorstellen«, meinte Martyn trocken.

»Wieso? Ist doch ein echt lauschiges Plätzchen.«

»Das würde dir so passen!«, blaffte Kathleen ihn an. »Du willst dich doch nur davor drücken, den ganzen Weg noch einmal mit der restlichen Ausrüstung machen zu müssen.«

Dr. Hooker konnte sich ein Grinsen nur schwer verkneifen, deshalb nahm er die Hand vor den Mund und räusperte sich.

»Nun, ich fürchte, da muss ich Sie tatsächlich enttäuschen, Steward. Unser Aufenthalt wird einige der Tiere empfindlich stören, die diesen Billabong regelmäßig als Tränke nutzen. Deshalb will ich die erste Nacht allein hier bleiben und mir ein Bild von der Fauna machen. Es ist durchaus möglich, dass wir unser Camp dann einige hundert Meter talabwärts aufschlagen müssen.«

Steward zuckte mit den Schultern und lächelte. »Einen Versuch war's wert. So komm ich wenigstens zu meinem Bierchen – wir haben doch noch welches in der Kompressorkühlbox im Wagen, oder?«

»Wenn du nicht schon alle auf dem Weg hierher herunter-

gekippt hast ...«, antwortete ihm Martyn mit einem spöttischen Lächeln auf den schmalen Lippen.
Dr. Hooker wandte sich an den jungen Engländer. »Und wie schaut es bei Ihnen aus, Martyn? Macht es Ihnen wirklich nichts aus, zurückzugehen und morgen den ganzen Weg noch einmal zu machen?«
»Nein, kein Problem. Dafür habe ich ja das hier«, antwortete Martyn und griff an seine Brusttasche, in der sich sein Inhalationsspray befand.
»Schön. Dann würde ich vorschlagen, ihr macht euch langsam auf den Rückweg.« Dr. Hooker küsste seine Frau flüchtig auf die Wange und zwinkerte ihr verschwörerisch zu. Mit gedämpfter Stimme sagte er: »Und pass auf Steward auf, ich glaube, er ist ziemlich angetan von dir.«
»So wie Kathleen von dir«, konterte Doreen. »Ich glaube, sie gäbe was drum, wenn sie hier eine Nacht allein mit dir verbringen könnte.«
»Was willst du – das spricht doch nur für ihren guten Geschmack?«
»Du lebst gefährlich, mein Lieber, das weißt du hoffentlich«, erwiderte Doreen leise.

Nachdem alle ihr Gepäck unter einem der alten Flusseukalypten deponiert hatten, verabschiedeten sie sich von Dr. Hooker und machten sich auf den Rückweg zum Basiscamp.
Dr. Hooker aß eine Kleinigkeit, dann breitete er seinen Schlafsack aus und lehnte sich gemütlich an den mächtigen silbergrauen Baumstamm. Nach kaum fünf Minuten lande-

te ein Schwarm Zebrafinken mit lautem Gezwitscher am Ufer des Billabongs, gefolgt von einer Gruppe Nymphensittiche, rotblau gefiederten Rosellas und Schwärmen von mindestens einem halben Dutzend weiterer Vogelarten. Nicht mehr lange, dachte Dr. Hooker, und es werden auch größere Tiere auftauchen.
Inzwischen lag eine Seite der Schlucht zu zwei Dritteln im Schatten. Die andere begann dagegen in immer intensiveren Farben zu leuchten, bis auch die feinsten Konturen aus den zerklüfteten ockerroten Felsen hervortraten. Nun trauten sich auch die ersten der scheuen Schwarzfuß-Felsenkängurus aus ihren Verstecken in den Felsen. Scheinbar mühelos hüpften die zierlichen Tiere auf ihrer Futtersuche zwischen den steilen Felswänden talwärts.
Für Dr. Hooker waren es Augenblicke wie diese, die ihn für das eher eintönige Leben an der Universität entschädigten. Die Natur mit ihren unzähligen Fassetten war für ihn eine Quelle der geistigen und körperlichen Energie. Umso verwirrter war er, als ihm bewusst wurde, dass er in diesem Moment ganz anders empfand. Er hatte ein ungutes Gefühl, das er aber nicht richtig einordnen konnte. Dieser Ort hatte wirklich etwas Unheimliches.
Er schloss die Augen und schüttelte ein paar Mal den Kopf. »Einbildung, alles nur Einbildung«, murmelte er.
Die Sonne wanderte über den Canyonrand. Sie beraubte die Felsen ihrer leuchtenden Farben und schickte stattdessen schwarze Schatten ins Tal, die wie Geister von Felsen zu Felsen sprangen …

Während der Himmel im Westen noch mit abertausend funkelnden Sternen übersät war, kroch im Osten bereits die Sonne goldgelb über den Horizont, verteilte ihr warmes Licht über die Landschaft und hauchte der schlafenden Wüste neues Leben ein.

Kathleen saß am wärmenden Lagerfeuer, das Mrs. Hooker bereits lange vor Sonnenaufgang entfacht hatte, und nippte an einer Tasse Kaffee. Sie war glücklich, weil sie diese Reise mitmachen durfte und Janice Clayton nicht mitkommen konnte. Kathleen mochte Janice nicht. Janice hatte sie als beste Studentin abgelöst, und zu allem Überfluss war sie auch noch hinter dem Doc her. Zwar bestritt Janice das, aber Kathleen hatte die beiden einmal zufällig in einem Straßencafé am King George Square gesehen. Das war bestimmt kein Zufall gewesen. Aber jetzt war es sowieso nicht mehr wichtig. Janice hatte bekommen, was sie verdiente. Und ihr, Kathleen, blieb nun die »Qual der Wahl«.

Zum einen war da Steward. Er war groß und gut gebaut. Seine scharfen Gesichtszüge konnte man aber nur mit Abstrichen als attraktiv bezeichnen, außerdem war er nicht besonders ehrgeizig. Er tat nur das Nötigste, sowohl im Studium als auch bei den Arbeiten, die angefallen waren, seit sie von Brisbane aufgebrochen waren. Steward war ein echter Macho, zugegeben. Aber seine männliche Ausstrahlung war genau das, was Kathleen anzog. Feste Beziehungen mit solchen Typen, das wusste sie aus eigener Erfahrung, brachten normalerweise nur Ärger. Aber auf etwas Ernstes war sie gar nicht aus, zumindest nicht mit Steward. Sie wollte Spaß, schließlich waren Semesterferien. Bisher schien sich Steward allerdings mehr für Doreen Hooker zu interessieren als für sie. Aber das störte sie nicht weiter, denn bei Doreen würde er kaum landen. Wenn Kathleen Doreen richtig einschätzte, war er nicht ihr Typ. Martyn hätte da wohl eher Chancen gehabt. Er war intelligent, rücksichtsvoll, ein wenig schüchtern und schon beinahe übertrieben höflich. Außerdem kam er aus gutem Haus. Dass er darüber hinaus auch noch ganz passabel aussah, trotz seines Asthmaleidens Captain des Kricketteams und Regisseur der Theatergruppe war, machte ihn zu einem der begehrtesten Jungen an der Universität.

Allerdings bezweifelte Kathleen, dass man mit ihm viel Spaß haben konnte. Martyn war eher der Typ, der jede Entscheidung erst in hundert kleine Scheibchen teilte und dann jedes einzeln auf die Waage legte, ehe er sich zu etwas entschloss. Außerdem war er allem Anschein nach ohnehin in Janice verknallt.

Und dann war da auch noch Dr. Hooker. An ihm hing der Reiz des Verbotenen. Janice hatte es geschafft, den Doc um den Finger zu wickeln. Kathleen fragte sich, ob ihr das auch gelingen würde – zumal sie für gewöhnlich bekam, was sie wollte. Um Doreen machte sie sich dabei keine Gedanken. Die Hookers waren für ihre offene Beziehung bekannt. Und solange Doreen nichts davon mitbekam, was war schon dabei?

Martyn Dale schälte sich gerade aus seinem Swag – eine Art wasser-, wind- und schmutzdichter australischer Schlafsack aus robustem Material mit integrierter Matratze und Moskitonetz –, als Doreen auf dem Weg von einem der Landcruiser an seinem Schlafplatz vorbeikam und ihn mit einem freundlichen »G'Day« begrüßte. Der Student nickte

verschlafen, streckte sich und versuchte, sich ein Gähnen zu verkneifen.
Als Doreen die Feuerstelle erreichte, öffnete sie eine Packung Speck und legte die Scheiben auf den Grill.
»Und, worüber denken Sie gerade nach?«, fragte sie Kathleen.
»Ach, über nichts weiter.« Kathleen schaute verlegen in die Morgensonne.
Doreen Hooker folgte ihrem Blick. »Ein Sonnenaufgang im Outback ist einfach wundervoll, nicht wahr?«, meinte sie.
»Ja. Jeder Morgen ist so frisch und rein, als wenn das Leben neu beginnen würde.« Kathleen löste ihren Blick vom Horizont und machte eine Kopfbewegung in Richtung der beiden Studenten. »Was manche Leute nicht davon abhält, den halben Morgen zu verschlafen«, sagte sie verächtlich.
Martyn war inzwischen aufgestanden. Hinter einem Geistereukalyptusbaum, ein Stück vom Lager entfernt, erleichterte er sich. Dann ging er zum Landcruiser hinüber, hielt den Kopf unter einen am Dachträger aufgehängten Wassersack und spritzte sich das Gesicht ab. Anschließend gesellte er sich zu den beiden Frauen.
»Was ist denn mit Steward los?«, fragte er.
»He, Schlafmütze, aufwachen!«, rief Kathleen in Richtung von Stewards Schlafplatz.
Doch dieser rührte sich noch immer nicht. Seinen Swag hatte er ganz zugezogen, weshalb er bereits ziemlich schwitzen musste.
Doreen lächelte nachsichtig. »Ich hätte eigentlich gedacht, dass ihn spätestens der Duft von gebratenem Speck aus den Federn lockt.« Sie schaute auf die Uhr. »Außerdem wird es

langsam Zeit. John kann es bestimmt kaum erwarten, endlich mit der Arbeit zu beginnen.«
Kathleen seufzte und stand auf. Sie ging zu Stewards Swag, öffnete den Reißverschluss ein Stück weit und rief: »Guten Morgen, der Herr! Frühstück ist angerichtet, oder wollen Sie es gerne ans Bett serviert haben?«
Aus dem Swag ertönte erst ein lautes, genüssliches Gähnen, dann zog Steward den Reißverschluss weiter auf und steckte den Kopf heraus. »Was denn, ist schon Morgen?«, fragte er verschlafen.
»Ja – oder glaubst du etwa, der Mond scheint so hell? In einer halben Stunde marschieren wir los. Wenn du dich also noch waschen und was essen willst, dann solltest du jetzt schleunigst aus deinem warmen Nest kriechen.«
Kathleen stand auf und ging wieder hinüber zum Feuer, wo Doreen gerade Teller mit Toast, Käse und Speck bereit machte.
»Ich denke, die Morgentoilette lass ich aus, kann ja am Billabong ein Bad nehmen«, brummelte Steward, rieb sich die Augen und schälte sich dann langsam aus seinem Schlafsack. »Mann, hab ich vielleicht einen Brummschädel. Ich hatte doch gestern nur zwei Bier, oder? Ach, egal. Jedenfalls hab ich ’nen Bärenhunger!«
»Fragt sich nur, weshalb. Seit wir unterwegs sind, hast du nicht gerade viel geleistet«, bemerkte Kathleen.
»Und was war mit gestern? Das waren bestimmt an die vierzig Kilo, die ich an den Billabong geschleppt habe, während du Zwerg …«
»Nenn mich nicht immer Zwerg!«, zischte Kathleen wütend.

Steward tat so, als hätte er sie nicht gehört. Stattdessen kratzte er sich genüsslich am Bauch und schlenderte dann gemütlich zum Feuer hinüber.
Eigentlich, dachte er, war Kathleen ganz süß. Sie war blond, hatte ein hübsches Gesicht, tiefblaue, faszinierende Augen und durch ihr regelmäßiges Judotraining eine sportliche Figur. Einzig ihre Brüste waren für seinen Geschmack etwas zu klein. Inzwischen war er auch ziemlich sicher, dass sie ein Auge auf ihn geworfen hatte. Trotzdem, er war nicht an ihr interessiert. Eigentlich entsprach das zwar nicht seiner Philosophie: »Genieße dein Leben und die Frauen in vollen Zügen, solange du noch jung bist«. Aber in Kathleens Fall hielt er sich lieber an die einfache Regel, die hinten auf dem Heck seines alten, rostzerfressenen Holdon Kingswood klebte: »Jage nichts, was du nicht auch töten kannst.« Kathleen hatte etwas Unbezwingbares an sich, das ihn lieber die Finger von ihr lassen ließ. Zudem verfolgte er andere Pläne …

2

Kurz vor zehn ereichte die Gruppe das Ende des Canyons, wo Kathleen, Martyn und Doreen sich im Schatten des Schlangenfelsens ihres Gepäcks entledigten, bevor sie, unter Führung von Doreen, zwischen den Felsen hindurch zum Billabong gingen. Steward folgte ihnen mit kurzer Verzögerung, breit gähnend, wie schon den ganzen Morgen.

Dr. Hooker war nirgends zu sehen. Sein Schlafsack lag ausgerollt neben dem Roten Flusseukalyptusbaum, daneben die Ausrüstung, die sie am Vortag dort deponiert hatten. Doreen rief mehrmals nach ihrem Mann, aber außer einem undeutlichen, zerrissenen Echo, das wie ein unsichtbarer Geist zwischen den Felswänden hin und her sprang, erhielt sie keine Antwort.

»Merkwürdig. Wo könnte er sein?«, fragte sie Kathleen und Martyn besorgt.

Martyn trat an das Ufer des Billabongs, dessen glatte Oberfläche im hellen Licht grünlich schimmerte. Ein mächtiges rotes Felsenkliff ragte am hinteren Ende wie ein steinerner Pier in den Teich hinein und verdeckte teilweise die Sicht. Man hätte ihn durchschwimmen müssen, um zu dem zwischen den steilen Felswänden eingekeilten Kliff und weiter ans gegenüberliegende Ufer zu gelangen. Dort verhinderte allerdings eine gut zehn Meter hohe überhängende Felswand das Weiterkommen.

Jetzt rief auch Martyn nach dem Doktor. Kathleen trat neben ihn. »Du glaubst doch nicht, dass er um den Felsen herumgeschwommen ist?«
Martyn zögerte. »Nein … vermutlich nicht.« Er warf Doreen einen besorgten Blick zu.
»Eigentlich«, meinte Kathleen, »gibt es nur eine Möglichkeit. Er muss auf der linken Seite die Canyonwand hochgeklettert sein.« Sie zeichnete mit dem Finger eine mögliche Route nach. »Zugegeben, die Wand ist steil. Aber über die vielen Vorsprünge kommt man da sicher hoch.«
Endlich hatte auch Steward den Billabong erreicht. »Was ist denn los?«, wollte er wissen. Er sah sich kurz um. »Wo ist denn der Doc?«
Kathleen runzelte die Stirn. »Wissen wir nicht. Er ist wie vom Erdboden verschluckt.«
»Na, vielleicht ist er ja um diesen Felsen da bis ans Ende des Billabongs geschwommen«, mutmaßte nun auch Steward.
»Dann hätte er uns bestimmt rufen gehört und geantwortet«, entgegnete Martyn.
»Außerdem wäre er wohl nicht mit den Kleidern ins Wasser gestiegen«, fügte Kathleen hinzu.
Steward sah sie einen Moment verständnislos an, dann wanderte sein Blick auf der Suche nach Dr. Hookers Kleidern zu dessen Schlafplatz und weiter das sandige Ufer entlang zum Flusseukalyptus. »Okay, du hast recht. Und verlassen haben kann er den Canyon nicht, sonst hätten wir ihm heute Morgen begegnen müssen. Er muss die Wand hochgeklettert sein«, schlussfolgerte Steward.
Doreen schüttelte entschieden den Kopf. »Das kann ich mir nicht vorstellen. Er hätte bestimmt auf uns gewartet.

Schließlich ist es gefährlich, da hinaufzusteigen.« Sie schien den Tränen nahe. »Aber selbst, wenn er dort wäre«, fügte sie hinzu, »hätte er mich auf jeden Fall hören müssen. Hoffentlich ist ihm nichts zugestoßen«, sagte sie mit zitternder Stimme.

»Nun beruhigen Sie sich erst mal, Doreen«, versuchte Steward sie zu trösten. »Vielleicht hört Ihr Mann uns ja nicht, weil er sich schon zu weit vom Rand des Canyons entfernt hat. Wahrscheinlich kommt er gleich wieder. Wir sollten noch ein Weilchen warten, bevor wir etwas unternehmen.«

»Ach ja?«, fragte Kathleen ungehalten. »Und was ist, wenn Doreen recht hat? Was ist, wenn der Doc ausgerutscht ist und sich verletzt hat? Vielleicht liegt er bewusstlos irgendwo zwischen einem der Felsen da oben.«

»Und was sollen wir deiner Meinung nach tun?«, fragte Steward.

»Am besten wäre es, du kletterst da rauf und suchst nach dem Doktor«, schlug Kathleen vor.

»Klar«, sagte Steward säuerlich. »Wenn ich mir das Genick breche, ist das okay. Wieso nicht du oder Martyn? Du bist doch genauso sportlich wie unser Pommy, da müsste es dir doch leichtfallen, da raufzuklettern.«

In diesem Augenblick begann Martyn, krampfhaft zu husten. Sofort griff er sich an die Brust, öffnete den Knopf seiner Hemdtasche und zog sein Asthmaspray heraus. Er inhalierte tief, und sein Atem beruhigte sich langsam wieder.

»Alles in Ordnung?«, fragte Kathleen.

Martyn nickte. »Geht schon … wieder.«

»Na, reicht dir das als Antwort, oder willst du immer noch

Martyn da raufschicken?«, wandte Kathleen sich schroff an Steward.
Stewards Antwort ging in Doreens schrillem Schrei unter. Die Studenten blickten sich überrascht um und sahen gerade noch, wie Doreen zwei Schritte rückwärts torkelte, stolperte und in den Billabong fiel. Ihre weit aufgerissenen Augen starrten angsterfüllt an den drei Studenten vorbei. Kathleen, Steward und Martyn drehten sich hastig um – und sahen sich sieben finster dreinblickenden Eingeborenen gegenüber, die vor dem schmalen Durchgang zwischen den Felsen standen. Bis auf ein Stirnband und einen breiten Gürtel aus geflochtenem Menschenhaar waren die Männer nackt. Ihre Gesichter und Oberkörper zierten Symbole aus weißen Daunenfedern, die teilweise vom Blut, mit dem sie auf der Haut festgeklebt wurden, rot verfärbt waren.
Einer der Eingeborenen trat vor. In seiner Hand hielt er eine zwei Meter lange Schnur aus Menschenhaar, an deren Ende ein gut fünfundzwanzig Zentimeter langes, mit seltsamen Kreis- und Zickzacklinien verziertes Schwirrholz hing. Der Aborigine begann, das abgeflachte Holzstück immer schneller im Kreis zu schwingen, bis die Luft vibrierte und ein lautes Brummen entstand, das sich zu einem unheimlichen Heulen steigerte. Dies war das Zeichen für die restlichen Eingeborenen. Vier von ihnen trugen lange Speere, die schussbereit in den langen Speerschleudern lagen. Die Speerträger hoben nun die Schleudern zum Angriff, während die anderen ihre großen Kriegsbumerangs über ihren Köpfen zu schwingen begannen. Langsam gingen die Eingeborenen auf die Forscher zu und zogen den Halbkreis um die Gruppe immer enger …

3

Es war ein klarer, wolkenloser Morgen. Die Maschine der NZ-Australia befand sich im Landeanflug auf Alice Springs, im roten Herzen des Kontinents. Aus der Luft erkannte man gut die fruchtbare Oase mit ihren verstreuten Häusern, den hohen Bäumen, grünen Gärten und Rasenflächen, die ihr Dasein einem großen unterirdischen Wasserbecken verdankten.

Das Städtchen lag eingebettet inmitten der McDonnell Ranges, einem der ältesten Gebirgszüge der Welt. Die Ranges bestanden aus stark verwittertem Rotgranit und zeichneten sich durch besonders eindrucksvolle Schluchten aus, in denen sich an den wenigen Wasserlöcher auch während des heißen Sommers noch Leben fand.

Als die Maschine gelandet war, ging Detective Daryl Simmons die Gangway hinunter und trat auf den flirrenden Asphalt des Alice Springs Airports.

Bis zum Terminal waren es nur dreißig Meter, und die Passagiere legten den Weg bis zum Flughafengebäude zu Fuß zurück. Die Luft roch stark nach Kerosin und war so heiß, dass den meisten nach dem klimatisierten Innern des Flugzeuges schon auf dieser kurzen Strecke der Schweiß ausbrach.

Da Daryls Gepäck lediglich aus einer Sporttasche als Handgepäck bestand, ging er direkt durch den kleinen modernen Flughafen zum Ausgang. Dort bemerkte er eine blonde

Polizistin in Uniform, die ein Schild mit seinem Namen in die Höhe hielt.
Über Daryls kantiges Gesicht huschte ein amüsiertes Lächeln. »Da fühlt man sich ja gleich wie im Urlaub«, sprach er die junge Beamtin an.
»Detective Simmons?«, fragte die Frau mit dienstlichem Tonfall.
»Der bin ich. Und Sie sind …?«
»Constable Tracy Adams, Sir.« Sie nahm das Schild herunter und streckte eine Hand nach Daryls Tasche aus. »Superintendent Coledale hat mich beauftragt, Sie abzuholen und zur Polizeistation zu bringen.«
»Hat er Ihnen auch aufgetragen, mein Gepäck zu tragen?«, fragte Daryl amüsiert.
Constable Adams hielt inne. Sie sah Daryl verunsichert an. »Nicht direkt. Er meinte nur, ich solle mich zuvorkommend um Sie kümmern, Sir.«
»Du meine Güte, womit habe ich das denn verdient?«, fragte Daryl belustigt. »Jedenfalls kann ich mein Gepäck problemlos selbst tragen. Und den ›Sir‹ vergessen Sie bitte.«
Die strengen Gesichtszüge des Constable entspannten sich, dann nickte sie lächelnd. »Okay.«
Zu Beginn der Autofahrt plauderte Daryl noch mit der Beamtin, doch als sie sich dem Heavitree Gap näherten, einem schmalen Felseinschnitt in den McDonnell Ranges, der den südlichen Zugang nach Alice Springs bildete, verstummte Daryl.
Er war nicht das erste Mal hier. Vor ein paar Jahren hatte er mit seiner damaligen Verlobten Michelle Alice Springs besucht. Es war ihr erster und einziger gemeinsamer Urlaub

gewesen. Zusammen hatten sie die umliegenden Nationalparks besucht, um dort zu wandern und zu campen. Es war eine wundervolle Zeit gewesen, in der sie sich so nahe gekommen waren, dass es Daryl jetzt körperlich wehtat, ohne Michelle hier zu sein. Drei Wochen später hatten flüchtende Bankräuber sie als Geisel genommen und auf ihrer Flucht aus einem Flugzeug gestoßen.

Michelle hatte als Lehrerin in einer kleinen Schule in der Aborigine-Community gearbeitet und gerade mit dem Unterricht begonnen, als die vier bewaffneten Männer in das Klassenzimmer stürmten, die am Vortag einen ebenso dreisten wie auch brutalen Banküberfall in Alice Springs verübt hatten. Ihr gewagter Fluchtplan sah ursprünglich vor, über einen einsamen Track nach Westaustralien zu entkommen. Hätte es nicht zwei Tage zuvor weiter westlich in der Wüste geregnet, wäre ihnen das vermutlich auch gelungen. Die Niederschläge waren zwar nur kurz gewesen, doch sie hatten ausgereicht, die Buschpiste in eine unpassierbare Schlammfläche zu verwandeln. Die Polizei dicht auf den Fersen, saßen die Bankräuber plötzlich fest. Zu allem bereit, drangen sie in die Schule ein und nahmen Michelle und ein Dutzend Kinder als Geiseln.

Daryl war zu diesem Zeitpunkt gerade in der Gegend unterwegs, um den Zustand der Outback-Piste zu kontrollieren. Von der Community per Funk über die Geiselnahme unterrichtet, hatte er sich unverzüglich auf den Weg gemacht und war kaum zwei Stunden später bei der Schule eingetroffen.

Zunächst hatte er mit den Männern verhandelt. Doch erst nachdem Michelle ihnen vorschlug, sie könnten ihre Flucht

mit dem Postflugzeug fortsetzen, das an diesem Morgen die Community anfliegen würde, waren die Männer bereit gewesen, wenigstens die Kinder freizulassen.
Ich hätte nie zulassen dürfen, dass Michelle sich weiterhin als Geisel zur Verfügung stellt und mit diesen Verbrechern das Flugzeug besteigt, dachte Daryl aufgewühlt.
Während er durch das mit Fliegengitter verhangene Fenster der Schule mit dem Anführer der Geiselnehmer verhandelte, konnte er das Gesicht des Mannes zwar nur undeutlich erkennen, aber dessen Stimme und die Art, wie er sich ausdrückte, waren so beängstigend kalt und berechnend gewesen, dass Daryl sofort gespürt hatte, wie gefährlich dieser Mensch war.
Die Bande hatte während des Überfalls bereits einen Bankangestellten angeschossen und eine Kundin getötet. Mit solchen Leuten zu verhandeln war ein großes Risiko. Sie waren zu allem fähig.
Natürlich hatte für Daryl zunächst die Befreiung der Geiseln im Vordergrund gestanden. Doch spätestens als die Kinder frei waren und die Kidnapper sich mit Michelle auf dem Weg zur Postmaschine befanden, hätte er eingreifen müssen. Er hatte es nicht getan, obwohl ihm sein Instinkt deutlich sagte, dass er einen Fehler beging. Noch heute machte sich Daryl deswegen Vorwürfe. Unzählige Male hatte er in den vergangenen Jahren die Situation durchgespielt und sich den Kopf darüber zerbrochen, wie er es hätte verhindern können.
Michelle hatte ihm zum Abschied zugerufen, alles werde gut und sie würden sich bald wiedersehen. Dabei hatte sie in der für sie so typischen Art zuversichtlich gelächelt.

Dieses letzte Bild von ihr hatte sich fest in seine Erinnerung gebrannt.
Dreimal hatte Daryl Michelles Mörder im Gefängnis besucht, um herauszufinden, wo sie seine Verlobte aus dem Flugzeug gestoßen hatten. Aber keiner von ihnen wollte es ihm verraten. Als er ihren Anführer, Hank Delaine, das letzte Mal aufsuchte, hatte der sich nicht wie üblich damit begnügt, ihn sadistisch und mit unverhohlener Befriedigung anzugrinsen.
»Du hast die Genugtuung, uns hinter Gitter gebracht zu haben«, hatte Delaine vielmehr gesagt, »wir die wissen, was aus deiner Kleinen wurde. Eines Tages komme ich hier raus, und wer weiß, vielleicht hole ich mir dann auch ein Stückchen von deiner Freundin. Als Andenken.«
Delaines Mordlust war aber nicht nur Michelle zum Opfer gefallen, sondern irgendwie auch Daryl selbst. Er war danach lange Zeit kaum ansprechbar gewesen vor Schmerz. Dass er die Verbrecher nach monatelanger Jagd schließlich stellte, hatte ihn daher auch nicht zu trösten vermocht.
»Menschen kommen und gehen«, hatte ihn sein Aborigine-Lehrmeister Ungjeeburra damals zu trösten versucht. *»Manchmal berühren sie dein Leben nur kurz, doch selbst der flüchtigste Moment kann von unschätzbarem Wert sein, nicht nur für dich selbst, sondern auch für all die Menschen, die du im Laufe deines weiteren Lebens ›berühren‹ wirst.«*
Natürlich hatte sein alter Aborigine-Freund recht. Mit Wut und Hass, wie Daryl sie lange Zeit nach Michelles Tod empfunden hatte, zerschnitt man die Bande zu seinen Mitmenschen. Wenn man aber das Leben annahm und nicht versuchte zu ändern, was unabänderlich war, schuf man die

Zukunft. Ungjeeburra nannte es ›*den Fluss des Lebens bewahren*‹. Leider war Daryl noch nicht so weit, dass er ganz loslassen konnte. Die Erinnerung an Michelle besetzte noch immer einen wichtigen Teil seines Herzens. Und solange dies so war, würde er nicht imstande sein, eine neue Beziehung einzugehen.

»Wir sind gleich da«, riss ihn Constable Adams aus seinen Gedanken. Nachdem sie vor der Polizeistation geparkt hatten, führte die junge Beamtin Daryl in das Büro ihres Chefs.

Superintendent Coledale war ein großer, kräftig gebauter Mann mit kurzem grau meliertem Haar und einem Händedruck wie eine Schrottpresse. Nachdem er das Blut bis auf den letzten Tropfen aus Daryls Hand gequetscht hatte, bat er ihn, Platz zu nehmen.

Einen Augenblick musterte Coledale schweigend das wettergegerbte Gesicht seines Gegenübers. Schließlich sagte er: »Ich freue mich, dass Sie hier sind. Chef Inspector Garratt hält große Stücke auf Sie.«

»Tatsächlich?«, meinte Daryl mit einem amüsierten Lächeln.

»Ja. Überrascht Sie das?«

»Nun, in gewisser Weise schon.« Daryl wusste zwar, dass sein Vorgesetzter viel von seiner »Spürnase« hielt, ganz entschieden weniger aber von seiner Disziplin. Zum Beispiel hätte es ihm gar nicht gepasst, Daryl jetzt in verwaschenen Jeans, Holzfällerhemd, halbhohen Blundstone-Schuhen und mit Dreitagebart vor dem Superintendent sitzen zu sehen. Doch Daryl, der die meiste Zeit seines Lebens draußen im Busch verbracht hatte, fühlte sich so einfach am wohlsten.

Coledale wartete einen Moment, doch als Daryl keine Anstalten machte, sich weiter dazu zu äußern, meinte er: »Ich denke, ich weiß, worauf Sie anspielen. Chef Garratt hat mir erzählt, Sie hätten ein Problem mit Autorität, außerdem mangle es Ihnen in dienstlichen Angelegenheiten an Disziplin.«
Daryl strich sich mit einem amüsierten Gesichtsausdruck über seine Bartstoppeln. »Da hat er wohl nicht ganz unrecht. Zu meiner Verteidigung sei aber hinzugefügt, dass die streng dienstliche Ermittlungsarbeit nicht automatisch zur Lösung eines Falles führt, besonders nicht, wenn die Fälle, sagen wir mal, ›den Rahmen des Üblichen‹ sprengen.«
Superintendent Coledale bedachte Daryl mit einem ernsten Ohne-geht-es-bei-der-Polizei-aber-auch-nicht-Blick, wie ihn Daryl schon zur Genüge von seinem Chef kannte. Doch dann lehnte Coledale sich zurück und lachte.
»Wissen Sie was? Sie haben verdammte Ähnlichkeit mit einigen der schwarzen Tracker, mit denen ich zusammenarbeite. Die sträuben sich auch gegen jede Art von Disziplin. Leider ist es aber auch so, dass die Unbequemsten von ihnen immer die erfolgreichsten Fährtensucher sind.«
»Vielen Dank für das Kompliment«, erwiderte Daryl völlig ernst.
»Ist es eins? Ich weiß nicht … Ich weiß nur, dass mich die Geduld und Hartnäckigkeit, mit der Sie den Fall dieses verschwundenen Hubschrauberpiloten in den Kimberleys aufgeklärt haben, beeindruckt hat. Außerdem hat Ihr Chef mir erzählt, Sie seien in einer Aborigine Community aufgewachsen und hätten später als National Park Ranger gearbeitet, bevor Sie zur Polizei gingen und Buschpolizist wurden.«

Damit hatte Coledale den wesentlichen Teil von Daryls Dienstakte vorgetragen. Über den Rest – dass ihn Chef Inspector Garratt, nachdem Daryl Michelles Mörder überführt hatte, zur Kriminalpolizei nach Perth holte – wusste er vermutlich ebenso Bescheid. Wahrscheinlich hatte Garratt Coledale auch erzählt, dass Daryl sich in der Stadt nicht sonderlich wohl fühlte.

»Ihr Wissen über die Eingeborenen und Ihr ›Gespür für Mord‹, wie Ihr Chef es formulierte, ist im Übrigen auch der eigentliche Grund, weshalb ich Sie aus Perth angefordert habe. Sie kennen die Eingeborenen wie kaum ein anderer Weißer – und damit meine ich nicht nur ihre Sitten und Gebräuche. Sie wissen, was die Aborigines empfinden. Das befähigt Sie, Fälle von den unterschiedlichsten Seiten zu betrachten – insbesondere solche, in die Aborigines verwickelt sind.«

»Ich nehme an, das bringt uns nun zum eigentlichen Grund, warum ich hier bin«, entgegnete Daryl und rutschte auf seinem Stuhl nach vorn.

Er hatte über den Fall der verschwundenen Forscher in den internen Polizeimeldungen gelesen, die in solchen Fällen landesweit die Runde machten. Doch da die Polizei von Alice Springs über einen Stab von rund zwanzig eingeborenen Trackern verfügte, mit denen sie regelmäßig zusammenarbeitete, war er davon ausgegangen, dass Dr. Hooker und seine Begleiter bestimmt über kurz oder lang gefunden werden würden.

»Richtig. Die Fahrzeuge der Gesuchten wurden vor zwei Tagen in der Tanami-Wüste gefunden«, brummte der Superintendent finster. »Dieser Fundort liegt jedoch über zweihundert Kilometer Luftlinie nördlich von dem Ort entfernt, zu dem die Gruppe eigentlich unterwegs war.«

Daryl runzelte die Stirn. »Okay, aber in Alice waren sie doch, oder?«

»Ja. Offenbar waren sie auch in den Stuart Bluff Ranges, zumindest sagen das die Leute von der Old Creek Station, mit denen sie über Funk Kontakt hatten.«

»Dann fuhr die Gruppe also erst bis zu ihrem ursprünglichen Ziel und danach, aus was für Gründen auch immer, weiter in die Tanami-Wüste«, fasste Daryl zusammen. »Wie sieht es mit Spuren aus? Ihre Tracker haben doch bestimmt welche gefunden.«

Coledale beugte sich vor, stützte die Ellbogen auf den Schreibtisch und faltete die Hände. Einen Augenblick sah er Daryl fest in die Augen, dann sagte er bedrückt: »Genau das ist es, was mir Sorgen macht. Seit über zehn Jahre arbeite ich nun schon mit eingeborenen Trackern. Meist bei Vermisstenfällen, aber auch bei der Verfolgung flüchtiger Verbrecher. In diesem Fall jedoch, glaube ich, *wollen* sie uns überhaupt nicht helfen ...«

Coledale berichtete, wie die Polizei zunächst versucht hatte, die Vermissten per Funk zu erreichen. Als dies misslang, war eine Suchaktion aus der Luft eingeleitet worden. Mehrmals hatte eine Cessna Skylane die Gegend um den Billabong abgesucht, dann hatte man das Suchgebiet ausgeweitet, jedoch ohne Erfolg. Daraufhin hatte Coledale eine Suchmannschaft zusammengestellt, die mit Spurensuchern aus den Aborigine Communitys Amunturrngu und Nyirippi, die dem Suchgebiet am nächsten lagen, verstärkt werden sollten – doch Coledale hatte eine böse Überraschung erlebt.

Nur ein einziger Tracker war bereit gewesen, ihn und seine Männer zu begleiten. Alle anderen waren angeblich entweder krank oder unterwegs. Weder Coledale noch einer der anderen Beamten hatten in ihrer langen Laufbahn je etwas Ähnliches erlebt.

Kurz darauf entdeckte dann ein Viehzüchter, der mit seinem Flugzeug auf dem Weg nach Alice Springs war, in der Wüste zufällig die beiden Landcruiser der Vermissten. Auch hier schickte Coledale ein Suchflugzeug sowie zwei Polizeifahrzeuge los und forderte – diesmal aus der in der Tanami-Wüste gelegenen Yuendumu Community – zwei Tracker an. Doch auch hier sagten ihm die Eingeborenen aus fadenscheinigen Gründen ab.

Daryl fand das Verhalten der eingeborenen Fährtensucher zwar seltsam, aber auch sehr aufschlussreich. Auf den ersten Blick gab es für die komplette Verweigerung der Tracker nur eine Erklärung: Einer oder mehrere der Eingeborenen hatten etwas mit dem Verschwinden der Forscher zu tun. Doch selbst wenn dies der Fall war, konnte sich Daryl nicht erklären, was so gravierend gewesen sein konnte, dass sich gleich ein halbes Dutzend Fährtensucher – noch dazu aus verschiedenen Communitys – weigerte, die Polizei zu unterstützen. Ihn beschäftigte auch noch eine weitere Frage: Waren Dr. Hooker und seine Begleiter freiwillig die mehr als zweihundert Kilometer bis in die Tanami-Wüste gefahren, oder hatte man sie dorthin entführt?

»Sie sagten, einer der Tracker hätte sich an der Suche beim Billabong beteiligt«, wiederholte Daryl. »Hat er etwas entdeckt?«

»Bei dem Tracker handelt es sich um eine Frau«, antwor-

tete Coledale. »Ihr Name ist Nyurupayia Nampitjinpa, wir nennen sie der Einfachheit halber aber nur Topsy – und nein, sie hat keine brauchbaren Spuren gefunden.«
Das überraschte Daryl allerdings. Weibliche Tracker waren in der Regel ausgezeichnete Fährtenleser, deren Fähigkeiten, auch kleinste Spuren zu deuten, die der Männer oft übertrafen.
»Auch nichts, was auf einen überstürzten Aufbruch oder eine Entführung hindeutet?«, bohrte Daryl weiter.
Der Superintendent zuckte unglücklich mit den Schultern. »Nein. Aber möglich ist alles. Nach dem bisherigen Ermittlungsstand scheint das allerdings eher unwahrscheinlich. Die Eltern von Martyn Dale sind zwar ziemlich vermögend, aber nicht wirklich reich. Und da bisher kein Erpresserschreiben eingegangen ist, können wir Entführung wohl ausschließen.«
»Es sei denn, die Eltern dieses Jungen haben nicht vor, sich an die Polizei zu wenden«, gab Daryl zu bedenken.
»Das glaube ich nicht«, antwortete Coledale. »Ich habe in den vergangenen Tagen ein paar Mal persönlich mit den Dales gesprochen. Und ich merke, wenn mich jemand anlügt, Detective.«
»Die Dales waren hier?«, frage Daryl verwundert.
»Leider ja. Vor ein paar Tagen kam dieser Trevor Dale mit seiner Frau hier hereingestürmt und verlangte lautstark Antworten von mir«, erzählte Coledale. »Als ich ihm keine geben konnte, wurde er ziemlich ungehalten. Er meinte, wir täten nicht genug, um die Vermissten zu finden, und er werde sich an die Presse wenden, schließlich schwebe sein Sohn durch sein Asthma in Lebensgefahr. Später ist er noch

dreimal hier aufgetaucht und wollte wissen, ob es Neuigkeiten gibt. Inzwischen sind er und seine Frau aber gottlob wieder abgereist.«
Daryl runzelte die Stirn. »Trevor Dale … Der Name kommt mir bekannt vor.«
»Dale ist Kunsthändler und Galerist, spezialisiert auf Aborigine-Kunst«, erklärte der Superintendent. »Er kam vor ungefähr drei Jahren aus England nach Australien und hat sich inzwischen in Kunstkreisen einen ziemlichen Namen gemacht.«
»Richtig, ich habe von ihm gelesen.« Daryl überlegte einen Augenblick, bevor er zusammenfasste: »Ich stimme Ihnen zu, dass wir eine normale Entführung ausschließen können. Es ist wirklich ziemlich unwahrscheinlich, dass jemand den Forschern bis zum Billabong folgte, sie dann alle kidnappte und die Geländewagen anschließend in die Tanami-Wüste fuhr, um sie dort abzustellen – vor allem, wenn man es lediglich auf eine Person abgesehen hat. Das bringt uns dann wieder zurück zu den Eingeborenen.«
»Das sehe ich auch so. Zumal ich glaube, dass Topsy nicht die ganze Wahrheit gesagt hat.«
Daryl sah den Superintendent fragend an.
»Sehen Sie, in all den Jahren, die ich nun schon mit eingeborenen Fährtensuchern zusammenarbeite, habe ich durch Fragen und Beobachten einiges von ihnen gelernt«, erklärte Coledale. »Natürlich ist das nichts im Vergleich zum Wissen eines erfahrenen Trackers. Ich habe weder ihr angeborenes Verständnis für die Natur, noch habe ich mein ganzes Leben wie sie draußen im Busch verbracht. Doch selbst ich erkenne inzwischen, wo Spuren zu finden sein müssten

und wo nicht. Dass die Hookers den langen und mühseligen Weg zu diesem Billabong machten, dann aber nicht mal dort campierten, sondern plötzlich umkehrten, um in die Tanami-Wüste zu fahren, ist an sich schon merkwürdig genug. Dass sich aber auch am Fundort der Fahrzeuge keine Spuren befinden, ist meines Erachtens vollkommen unglaubwürdig.«

»Und Nyurupayia behauptet das?«

»Ja.« Coledale schüttelte den Kopf. »Wenn Sie mich fragen, ergibt das alles einfach keinen Sinn.«

»Haben Sie ihr gesagt, dass Sie ihr nicht glauben?«, wollte Daryl wissen.

Der Superintendent verneinte. »Es gab ja tatsächlich keine Spuren; zumindest soweit ich das feststellen konnte.«

»Haben Sie denn sonst irgendetwas Auffälliges am Fundort entdeckt?«

Coledale nickte. »Zwei Dinge sind mir besonders aufgefallen. Erstens: Wir fanden zwei Schlafsäcke und zwei Swags, doch die Vermissten waren zu fünft. Eine Schlafhülle fehlt also. Zweitens, und das fiel mir erst auf, als wir die Liste mit den Gegenständen, die wir in den Fahrzeugen gefunden haben, erstellten, fanden wir zwar mehrere Wasserkanister, aber keine einzige Wasserflasche.«

»Verstehe. Und was, glauben Sie, ist passiert?«

Coledale lehnte sich in seinem Sessel zurück und schüttelte bedrückt den Kopf. »Wenn ich das wüsste … Auf den ersten Blick sieht es so aus, als ob Dr. Hooker und seine Begleiter in die Tanami-Wüste gefahren sind, sich ihre Feldflaschen umgehängt haben und in die Wüste marschiert sind, wo sie sich schließlich verirrten. Allerdings fanden wir keinerlei Spuren, die das bestätigen würden.« Der Superintendent kramte aus einem Papierberg auf seinem Schreibtisch eine Akte heraus und reichte sie Daryl. »Hier eine Kopie des vorläufigen Untersuchungsberichts. Darin finden Sie auch die Aufstellung der Gegenstände in den Fahrzeugen. Besonders beunruhigend dabei finde ich, dass wir in Martyns Kulturbeutel drei volle Asthmasprays fanden. Laut seiner Mutter hatte er sicherheitshalber vier davon mit auf die Reise genommen, aber offenbar zum Zeitpunkt ihres Verschwindens nur eins bei sich.«

Daryl nickte ernst. Wenn Martyn Dale auf regelmäßige Inhalationen angewiesen und das Spray inzwischen zur Neige gegangen war, sah es nicht gut für ihn aus. »Wie stark ist sein Asthma eigentlich?«, fragte er.

»Solange er seine Medikamente nimmt, kann er beschwerdefrei leben. Ohne besteht allerdings die Gefahr, dass er einen Anfall bekommt und erstickt. Stress verschärft die Situation natürlich nur noch, trockene, staubige Luft erst recht«, erklärte Coledale.

»Ich verstehe«, antwortete Daryl. »Ich würde mir auch gerne noch die Fahrzeuge anschauen, wenn es geht.«

»Die Jungs von der Spurensicherung haben sie zwar bereits gründlich unter die Lupe genommen, aber kein Problem. Sie stehen unten im gesicherten Garagenbereich.«

»Danke. Wie sieht es denn mit dem Umfeld der Vermissten aus? Was haben wir da von der Polizei aus Brisbane bekommen?«

Allem Anschein nach führten die Hookers eine offene Ehe, wobei vor allem dem Doktor gelegentliche Seitensprünge nachgesagt wurden. Zudem schien er eine Vorliebe für jüngere Frauen zu haben. Bei Mrs. Hooker waren die Angaben weitaus ungenauer.

»Stammen die Informationen von den Studenten oder den Professoren?«, wollte Daryl wissen.

»Sowohl als auch«, antwortete Coledale. »Allerdings handelt es sich dabei immer nur um Gerüchte, stichhaltige Beweise fehlen. Und um die Antwort auf Ihre nächste Frage gleich vorwegzunehmen: Beziehungen mit Studenten gab es nach Auskunft der Universitätsleitung keine. Der Rektor versichert, man hätte das auch nicht toleriert und unverzüglich und kompromisslos durchgegriffen.«

Der Superintendent verzog den Mund zu einem schiefen Lächeln. »Aber Sie wissen ja, wie viel man von solchen Beteuerungen halten kann. Es wird immer erst alles unter den Teppich gekehrt, das ist einfacher. Erst wenn sich so viel Schmutz angesammelt hat, dass jemand darüber stolpert, wird das Ganze aufgerollt. Und dann will natürlich keiner zu irgendeiner Zeit den Besen geschwungen haben.«

»Ich verstehe. Vielleicht sollten die Kollegen in Brisbane aber trotzdem noch einmal etwas genauer im Kreis der Studenten nachforschen. Nur um sicherzugehen, dass nichts übersehen wurde«, schlug Daryl vor.

»Das habe ich bereits veranlasst«, entgegnete Coledale. »Ich glaube zwar nicht, dass es etwas bringt, aber wie Sie schon sagten, sollten wir nichts außer Acht lassen. Ich persönlich glaube jedoch, dass wir unser Hauptaugenmerk auf die Eingeborenen richten sollten.«

Daryl nickte nachdenklich. »Zumindest sind sie der Punkt, an dem wir ansetzen sollten. Gibt es sonst noch etwas, das ich wissen sollte?«

Der Superintendent wollte gerade antworten, als das Telefon klingelte.
Während Coledale das Gespräch entgegennahm, griff Daryl nach der Untersuchungsakte und schlug sie auf.
»Was, tatsächlich?«, fragte Coledale ungläubig. »Hat Miss Clayton gesagt, warum sie mich sprechen will?« …
Beim Klang des Namens schaute Daryl interessiert auf. Der Superintendent sah ihn über den Schreibtisch hinweg mit funkelnden Augen an.
»Gut. Schicken Sie jemanden mit ihr rauf«, sagte Coledale in den Telefonhörer und legte auf.
»*Die* Janice Clayton?«, fragte Daryl aufgeregt, bevor Coledale etwas sagen konnte.
»Genau die.«
»Ich bin gespannt, was sie hier will.«
»Und ich erst. Ich hoffe nur, dabei kommt mehr raus als beim Besuch der Dales.«

Daryl überließ der jungen Frau nur zu gerne seinen Stuhl. Ans Fensterbrett gelehnt, musterte er Janice Clayton, während Superintendent Coledale sie aufforderte, Platz zu nehmen.
Janice war groß und schlank. Sie hatte lange, schwarze Haare, bronzefarbene Haut und ein schmales Gesicht, dessen auffälligstes Merkmal die ungewöhnlich violett schimmernden Augen waren. Als der Superintendent sie nach dem Grund ihres Besuches fragte, senkte sie den Blick.
»Nun ja«, begann sie zögerlich, »das ist nicht ganz einfach für mich … Ich bin nämlich nicht sicher, ob das, was ich

Ihnen erzählen will, überhaupt mit dem Verschwinden von dem Doktor und den anderen zusammenhängt …« Sie verstummte.
»Nur Mut, Miss Clayton«, forderte Daryl sie mit einem aufmunternden Lächeln auf. »Ich verspreche, wir hören Ihnen aufmerksam zu. Außerdem, denke ich, haben Sie diesen weiten Weg nicht ohne Grund auf sich genommen.«
Janice sah Daryl besorgt an. Dann atmete sie tief durch.
»Also gut … Wie sie wissen, hätte ich eigentlich mit Dr. Hooker mitfahren sollen …« Sie machte erneut eine Pause.
»Doch dann wurden Sie krank und konnten nicht mitreisen«, versuchte ihr Coledale zu helfen.
»Richtig. Zuerst habe ich gedacht, das eine hat mit dem anderen nichts zu tun. Aber dann hörte ich, dass Dr. Hooker und die anderen vermisst werden. Nun ja, und da war ich mir nicht sicher, ob es nicht vielleicht wichtig für Ihre Ermittlungen wäre«, begann Janice.
Die beiden Polizisten warfen sich einen kurzen Blick zu.
»Ich erinnerte mich an den Abend vor der Abreise«, fuhr sie fort. »Wir, das waren Kathleen, Steward, Martyn und ich, verabredeten uns. Wir wollten ein wenig feiern und uns auf die Reise einstimmen. Wir zogen von Bar zu Bar, hatten unseren Spaß und tranken mehr, als uns guttat. Dann, wir verließen eben ein Lokal an der Brunswick Street, bekam ich diese schrecklichen Krämpfe und musste mich übergeben. Ich dachte, ich hätte zu viel getrunken oder etwas Schlechtes gegessen. Ich bin nach Hause gegangen und habe mich ins Bett gelegt. Aber es wurde nicht besser, im Gegenteil, mir ging es dann so schlecht, dass ich den Notarzt rief, der mich ins Krankenhaus brachte.«

Bei der Erinnerung daran wurde Janice immer noch blass. Sie schloss einen Moment die Augen.
»Aber Ihr Zustand hatte nichts damit zu tun, dass Sie zu viel getrunken hatten«, mutmaßte Daryl in die Stille hinein.
»Das stimmt«, antwortete Janice. »Es war so schlimm, dass die Ärzte mir den Magen auspumpen mussten. Aber auch danach verbesserte sich mein Zustand nur langsam. Erst hieß es, ich hätte eine Lebensmittelvergiftung. Doch dann sagten mir die Ärzte, ich hätte eine zwar nicht tödliche, aber doch gefährlich hohe Dosis eines chemischen Giftes zu mir genommen, das unter anderem auch in Rattengift vorkommt.«
Superintendent Coledale zog die Augenbrauen hoch. »Sie wollen damit andeuten, jemand wollte Sie vergiften«, stellte er fest.
»Ich weiß, das hört sich verrückt an …«, sagte Janice.
»Ich würde sagen, das kommt auf Ihre Geschichte an«, mischte sich jetzt Daryl wieder ein. »Wer hätte denn ein Interesse daran, Sie außer Gefecht zu setzen oder gar zu töten? Und in welchem Zusammenhang steht das zum Verschwinden der Vermissten?«, fragte er weiter.
»Ich glaube, es war Kathleen. Sie wollte nicht, dass ich dabei bin.«
»Warum nicht?«
»Aus Eifersucht … Und weil sie hinter dem Doc her ist.«
»Verzeihen Sie mir, Miss Clayton«, warf der Superintendent ein, »aber haben Sie dafür irgendwelche Beweise?«
»Nein, aber wenn Sie Kathleen so gut kennen würden wie ich … Wenn sie einen Mann will, kriegt sie ihn auch, ohne

Rücksicht auf Verluste. Außerdem war sie sauer auf mich, weil ich sie als Notenbeste des Semesters abgelöst hatte. In der letzten Bar, als Steward und Martyn die Drinks holten, sagte sie zu mir: ›An deiner Stelle würde ich mir überlegen, ob du wirklich mitkommen willst. Bei lediglich drei Männern bleibt für dich nämlich keiner übrig.‹«

Superintendent Coledale begann ungeduldig mit den Fingern auf den Armlehnen seines Stuhls herumzutrommeln.

»Selbst wenn an Ihrem Verdacht wirklich was dran ist, sehe ich da immer noch keine Verbindung zum Verschwinden der Gruppe.«

»Ich habe ja schon gesagt, vielleicht hat es nichts damit zu tun. Aber vielleicht hat Kathleen es zu bunt getrieben und alles ist außer Kontrolle geraten, was weiß ich«, sagte Janice verzweifelt.

Coledale seufzte tief und stand auf. Ihm war deutlich anzumerken, dass er von dem, was er bisher gehört hatte, enttäuscht war. »Also, ich brauche jetzt erst mal einen Kaffee. Sonst noch wer?«, fragte er in die Runde.

Janice schüttelte den Kopf und blickte geistesabwesend aus dem Fenster hinaus.

»Wie steht's mit Ihnen, Detective?«

»Wenn Sie irgendwo eine Tasse Tee auftreiben können ...?«

»Werde sehen, was sich machen lässt«, brummte Coledale und ging zur Tür.

Daryl wartete, bis Coledale den Raum verlassen hatte. Dann ging er zur Studentin hinüber, setzte sich neben sie und wartete, bis sie ihn anschaute.

»Und jetzt erzählen Sie den Rest«, sagte er aufmunternd.

Janice wurde rot. »Ich verstehe nicht, was sie meinen«, murmelte sie.
»Doch, das tun Sie.« Daryl setzte sein charmantestes Lächeln auf. »Sie sind schließlich Semesterbeste. So was habe ich übrigens nie auch nur annähernd geschafft. Trotzdem reicht mein Verstand aus, um zu begreifen, dass Sie noch aus einem ganz anderen Grund hier sind. Also: Was – oder besser: Wer ist der Grund?«
Janice biss sich unschlüssig auf die Lippen.
»Kommen Sie, was Sie uns eben erzählt haben, das hätten Sie auch der Polizei in Brisbane zu Protokoll geben können«, bohrte Daryl weiter.
»Also schön.« Janice gab sich einen Ruck. »Ich hoffe nur, es wird nicht an die große Glocke gehängt.«
»Wir werden sehen, was sich machen lässt.«
»Also, der Punkt ist, ich habe ein Verhältnis mit Dr. Hooker. Deshalb hielt ich es in Brisbane auch nicht mehr aus ...«
Die Beziehung zwischen John Hooker und Janice dauerte bereits über drei Monate. Angeblich hatte lange Zeit niemand davon gewusst, bis Kathleen die beiden zufällig in einem Straßencafé gesehen hatte. Von Kathleen daraufhin zur Rede gestellt, hatte Janice das Treffen als zufällige Begegnung abgetan, was Kathleen ihr aber nicht glaubte. Immer wieder machte sie gegenüber ihrer Studienkollegin zweideutige Bemerkungen, und Janice erkannte, dass Kathleen eifersüchtig auf sie war. Eines Tages wurde Janice auch von Martyn auf ihre Affäre angesprochen. Natürlich stritt sie weiterhin alles ab, auch als Martyn ihr kurz vor der Reise gestand, dass er in sie verliebt war.

»Glauben Sie, dass Mrs. Hooker von alledem wusste?«, fragte Daryl.
Janice überlegte einen Augenblick, dann schüttelte sie den Kopf.
»Auch nicht von Martyn? Bedenken Sie, dass er in Sie verliebt ist.«
»So etwas würde er nicht tun, dafür ist er viel zu korrekt und verschwiegen.«
»Und Kathleen? Könnte sie eventuell Mrs. Hooker über Ihr Verhältnis mit dem Doktor informiert haben?«
»Schon eher. Aber auch wenn, glaube ich nicht, dass es Mrs. Hooker allzu sehr aufgeregt hätte. Immerhin ist sie auch kein Kind von Traurigkeit.«
Daryl seufzte. »Ich fürchte, das müssen Sie mir jetzt näher erklären«, sagte er – was die Studentin auch tat.
Es geschah nach Mrs. Hookers letzter Vorlesung vor den Semesterferien. Steward Pryce, der Mrs. Hooker anscheinend noch etwas fragen wollte, war im Hörsaal zurückgeblieben, während Janice gemeinsam mit ihren Kommilitonen den Saal verlassen hatte. Als sie bemerkte, dass sie ihren Stift vergessen hatte, kehrte sie um und wurde unfreiwillig Zeuge, wie Doreen Hooker ihre Finger küsste und diese auf Stewards Lippen legte, ehe sie ihm zärtlich über die Wange streichelte.
Als Janice geendet hatte, lehnte Daryl sich zurück. Genug Nahrung für Konflikte innerhalb der Forschergruppe, dachte er, hatte es ja allemal gegeben.

4

Als Daryl am nächsten Morgen in den Hubschrauber stieg, drängte die aufgehende Sonne im Osten gerade in den neuen Tag und trieb die Sterne wie eine Herde verstreuter Schafe rasch nach Westen. Die Luft war noch frisch und klar, doch das würde sich bald ändern. Der Wetterbericht sagte einen wolkenlosen Tag mit einer Windgeschwindigkeit von kaum einem halben Knoten voraus. Dies würde das Thermometer auf fast fünfunddreißig Grad steigen und die Luft unter der sengenden Sonne flimmern lassen.

Doch Daryl machte das nichts aus. Die meiste Zeit des Tages saß er ohnehin im Hubschrauber, und da die Hughes 300 keine Türen hatte, würde es durch den Luftzug angenehm kühl sein.

Daryl checkte die letzten Instrumente, dann setzte er die Kopfhörer auf und startete den 190 PS starken Kolbenmotor. Als alle Instrumente ihre vorgeschriebenen Betriebsleistungen anzeigten, bat er beim Tower um Starterlaubnis und hob ab.

Zu fliegen bedeutete für Daryl nicht nur ein großes Stück Freiheit, es war auch eine Möglichkeit, der Erde mitsamt ihren Sorgen für eine Weile zu entfliehen. Das hatte sich auch nicht geändert, nachdem er während einer Ermittlung in den Kimberleys einmal abgestürzt war. Wenn er flog, fühlte er sich vollkommen losgelöst von irdischen Problemen und konnte sogar die Erinnerung an Michelle für

einen Moment lang hinter sich lassen. Auf dem Boden war das nicht immer so.
Sein erstes Ziel an diesem Tag war die kleine Aborigine Community Nyirripi, die gut dreihundertvierzig Kilometer nordwestlich von Alice Springs in der Wüste lag. Für die Strecke dorthin benötigte er schätzungsweise zweieinhalb Stunden. Seinen Besuch hatte er nicht im Voraus angemeldet, wie das eigentlich nötig gewesen wäre. So wollte er verhindern, dass Nyurupayia Nampitjinpa in den Outback verschwand, weil jemand auf dem Weg zur Community war.
Nyurupayia hatte sich als Einzige der Polizei als Tracker zur Verfügung gestellt. Doch nicht um zu helfen, davon war Superintendent Coledale überzeugt, und Daryl teilte diese Auffassung. Da alle anderen Tracker ihre Unterstützung verweigert hatten, musste Nyurupayia einen anderen Grund gehabt haben. Und Daryl wollte herausfinden, welchen.
Daryl folgte zunächst dem Verlauf der McDonnell Ranges. Aus der Luft sah das verwitterte Gebirge wie die riesigen versteinerten Wellen einer gigantischen Sintflut aus. Flog man jedoch etwas niedriger, hatten die parallel zueinander verlaufenden Bergketten mit den dazwischen liegenden Tälern eher Ähnlichkeit mit gewaltigen Wagenspuren.
Eine Weile flog Daryl direkt über dem gewellten Kamm eines Höhenzugs. Zu beiden Seiten hatte das Regenwasser in Jahrmillionen tiefe Abflussrinnen geschaffen und dabei die weichen Sandstein- und Schiefertonschichten aus dem Gebirge gewaschen. Am Ende waren so die Täler zwischen der einstmals mächtigen Bergkette entstanden.

Als rechts von ihm der mit über eintausendfünfhundert Metern höchste Punkt der McDonnell Ranges in Sicht kam, drehte Daryl leicht nach Nordwesten ab und folgte einem uralten Quarzit-Ausläufer des Mount Liebig in eine flache rote Wüstenlandschaft.

Rasch verloren sich die wasserlosen und sandigen Flussläufe, die sich wie elfenbeinfarbene Schlangen aus den Bergen in die Wüste wanden, in der kargen Gegend. Rote Dünen, bewachsen mit stacheligen Spinifex-Grasbüscheln, lösten sie ab und gingen dann, je näher er der Community kam, allmählich in eine flache steinige Landschaft über.

Nyirripi war eine relativ junge Community, gegründet von einer kleinen Gruppe des Walbiri-Stammes. Ursprünglich hatten sie in Yuendumu, einer Community in der Tanami-Wüste, gelebt, ehe sie sich entschlossen, dem Druck der stetig wachsenden Community zu entfliehen und einen Außenposten nahe der südwestlichen Grenze ihres traditionellen Stammeslandes zu gründen. Obwohl Nyirripi überwiegend eine Walbiri-Gemeinschaft war, lebten in ihr auch Angehörige der Pintubi, Luritja und Kukatja.

Von oben betrachtet machte die Community einen erbärmlichen und verlassenen Eindruck. Die Siedlung sah aus, als hätte man sie einfach achtlos in die Wüste gesetzt. An dem trostlosen Panorama änderte auch der majestätische Mount Cockburn nichts, dessen breiter abgeflachter Gipfel dreizehn Kilometer entfernt einsam aus der Gibson-Wüste emporragte.

Fast alle der einfachen Fertigbauhäuser in der Community hatten Wellblechdächer, auf denen Solarzellen befestigt waren, die einen Teil der benötigten Elektrizität lieferten. Die

Häuser lagen verstreut in einem Netz kurzer, parallel ins Nichts verlaufender Straßen. Im Gegensatz zu dem schmalen, schnurgerade verlaufenden Track, der Nyirripi mit der über hundertfünfzig Kilometer entfernt gelegenen Yuendumu Community verband, waren die Straßen geteert, was in der Weite der Wüste ebenso deplaziert wirkte wie die Siedlung selbst.

Daryl setzte ungefähr zweihundert Meter nördlich der Community auf. Während er wartete, bis die Rotoren stillstanden und sich der aufgewirbelte Staub verzogen hatte, kamen auch schon die ersten Kinder herbeigerannt. Daryl hatte zum Glück vorgesorgt und Süßigkeiten mitgebracht, die er nun großzügig an die aufgeregte Kinderschar verteilte. Um sicherzugehen, dass sein gemieteter Hubschrauber nicht als willkommenes neues Spielzeug herhalten musste, versprach er den Kindern mehr Süßigkeiten, wenn sie der Maschine fernblieben, ihn stattdessen zur Community begleiteten und ihm zeigten, wo Nyurupayia Nampitjinpas Zuhause war. So marschierte Daryl, umringt von einer lachenden und völlig überdrehten Schar schwarzer Kinder, ins »Zentrum« der kleinen 240-Seelen-Gemeinde.

Daryl kannte Communitys wie diese aus seiner eigenen Jugend. Im Gegensatz zu den meisten anderen Weißen sah er in ihnen daher auch nicht Elend und Hoffnungslosigkeit.

Wie in Communitys weit verbreitet, waren die meisten Häuser in einem schlechten Zustand. Bei vielen fehlten ganze Türen und Fenster, bei anderen waren sie immerhin durch fliegengitterbespannte Rahmen ersetzt worden. Vor den Häusern lag Abfall sowie allerlei Gerümpel. In den wenigen verstreut wachsenden Sträuchern und Bäumen hingen weiße Plastiktüten, die der Wind irgendwann einmal aufgewirbelt hatte und die dann in den Ästen hängen geblieben waren.

Die Achtlosigkeit, mit der die Eingeborenen den Abfall um sich herum verstreuten, erschien auf den ersten Blick wie ein unbegreiflicher Gegensatz zu ihrer Naturverbundenheit. Doch als die Aborigines noch als Nomaden durch die Wüste gezogen waren, die ihr weniges Hab und Gut auf einfache Weise mit sich geführt hatten, wurden alle Werkzeuge und anderen Gebrauchsgegenstände aus der Natur hergestellt. Waren diese zu schwer, um sie die ganze Zeit mit sich herumzutragen, wie zum Beispiel die Mahlsteine für Pflanzensamen, ließ man sie einfach zurück, bis man bei der nächsten Wanderung an den Ort zurückkehrte. Konnte etwas nicht mehr genutzt werden oder ging kaputt, warf man es weg, und es wurde wieder zu einem Teil der Natur. Dieses Denken war noch immer tief in den Aborigines verwurzelt, nur dass sich der Abfall der weißen Kultur nicht mehr so einfach in den Naturkreislauf einfügte.

Überall im Schatten lagen Hunde und dösten. Einige erhoben sich nun träge und trotteten ihnen in der glühenden Hitze entgegen, um sich der seltsamen Prozession anzuschließen. Erwachsene sah Daryl kaum. Entweder hatten sie sich in ihre Behausungen zurückgezogen, oder sie saßen ebenfalls im Schatten und würdigten den ungebetenen Besucher keines Blickes.

Fünfzehn Meter vor Nyurupayia Nampitjinpas Haus blieb die Kinderschar stehen. Einer der älteren Jungen wies mit dem Finger zu einem rundum offenen Unterstand, der sich einige Meter rechts vom Haus befand. Unter dem von rostigen Metallstangen gestützten Wellblechdach saß eine alte weißhaarige Frau. In einem Halbkreis um sie herum zählte Daryl ein halbes Dutzend Eingeborenenmädchen, die nun neugierig die Köpfe in ihre Richtung drehten.

»Ist das Nyurupayia?«, fragte Daryl den Jungen.

Dieser nickte.

Daryl nahm den Rucksack von den Schultern. Als er ihn öffnete und erneut Süßigkeiten hervorholte, sprangen die Mädchen unter dem Sonnendach auf und kamen schreiend zu ihnen herübergelaufen.

Während Daryl die Leckereien verteilte und darauf achtete, dass niemand zu kurz kam, beobachtete er aus den Augenwinkeln Nyurupayia. Die Aborigine saß regungslos im Schneidersitz unter dem Unterstand und beobachtete ihn mit zusammengekniffenen Augen.

»So, ich denke, das reicht«, sagte Daryl nach einer Weile und schnürte seinen Rucksack wieder zu. »Esst das erst mal in Ruhe auf, während ich mit Nyurupayia rede. Aber bleibt in der Nähe. Ich habe noch mehr, und das gebe ich euch Rackern, wenn ich wieder gehe.«

Die Kinder lachten, johlten und klatschten begeistert in die Hände. Daryl bahnte sich seinen Weg durch die Menge und ging zu Nyurupayia hinüber.

»Guten Morgen, mein Name ist Daryl Simmons«, stellte er sich vor und lächelte freundlich. »Tut mir leid, wenn ich hier einfach so hereinplatze, aber ich würde mich gerne ein wenig mit Ihnen unterhalten.«

Nyurupayia Nampitjinpa würdigte ihn keiner Antwort.

Sie musterte Daryl weiter aus schmalen Augenschlitzen, ohne dass dieser erkennen konnte, was sie dachte.
Daryl schätzte Nyurupayia auf über sechzig Jahre. Anders als die meisten älteren Aborigine-Frauen war sie nicht füllig, sondern sehr dünn, fast schon knochig. Erstaunlicherweise hatte sie kaum Falten, ihre Haut war immer noch sehr geschmeidig und glänzte seidig, was Daryl unwillkürlich an schwarze Schokolade erinnerte.
Da Nyurupayia immer noch schwieg, änderte er seine Taktik. Nachdem er sich die verschiedenen Gebrauchsgegenstände, Samen und Früchte genau angesehen hatte, die vor der alten Aborigine ausgebreitet lagen, zählte er sie in der Sprache der Walbiri auf: »Grabstöcke, Holzschalen, Mahlsteine und Feuersägen, Buschtomaten, Galläpfel, wilde Passionsfrüchte, Yamswurzeln und Buschgurken, wilde Zwiebeln, Mulga-, Wattleseed- und Pigweed-Samen – ich habe gerade beim Buschkundeunterricht der Mädchen gestört, das tut mir sehr leid.«
Nyurupayias Augenschlitze weiteten sich etwas. »Du sprichst Walbiri«, stellte sie mit ruhiger Stimme fest.
»Ich spreche Walbiri und Pintubi. Außerdem verstehe ich auch einige Dialekte der Arrernte. Fehlerfrei kann ich aber nur Pintubi.«
»Soso, Pintubi, ja?« Endlich konnte Daryl Nyurupayias Augen sehen. Sie waren pechschwarz, doch in ihrer Mitte schienen hunderte winziger Feuer zu lodern. »Und wie kommt ein Amerjig, ein weißer Mann dazu, gleich mehrere Eingeborenensprachen zu sprechen?«, wollte sie wissen.
Daryl erzählte ihr in aller Kürze, dass die Aborigine Community, in der er aufgewachsen war, nur ein paar hundert

Kilometer von hier entfernt lag, wie ihn Ungjeeburra schon sehr früh unter seine Fittiche genommen hatte und er ohne das Wissen seiner Eltern die Initiationsriten der Pintubi durchlief, was ihm, als diese davon erfuhren, mächtigen Ärger eingebracht hatte. Besonders der letzte Teil brachte das Eis anscheinend zum Schmelzen. Nyurupayia schüttelte sich vor Lachen, und die in einiger Entfernung spielenden Kinder warfen ihnen neugierige Blicke zu.

Als Nyurapayia sich wieder im Griff hatte, bat sie Daryl mit einer Handbewegung, sich zu setzen. »Dann bist du also ein weißer Pintubi«, stellte sie fest. »Unsere Stämme sind verwandt. Das bedeutet, du bist hier willkommen. Was ist dein Eingeborenenname und dein Totem?«

»Ich heiße Munkumbole, und mein Totem ist das Felsenkänguru«, antwortete Daryl stolz. Für einen Aborigine war sein Totem, oder das »Dreaming«, wie die Aborigines es nannten, das Wichtigste im Leben. Ohne sein Totem war ein Aborigine nichts. Doch das Totem war nicht einfach nur eine Art Klan-Emblem. Mitglieder des Felsenkänguru-Dreamings beispielsweise glaubten, von einem universalen Felsenkänguru-Vater abzustammen. Dieser war sowohl der Ahne aller Felsenkänguru-Menschen als auch der Tiere, was Menschen und Tiere in der Aborigine-Vorstellung zu Brüdern machte. Ein Felsenkänguru zu töten und zu verzehren galt daher gleichermaßen als Brudermord und Kannibalismus. Die Totems zeigten den Menschen, woher sie kamen und wer sie waren. Sie gaben dem Leben Orientierung.

Bei der Erwähnung von Daryls Totem weiteten sich Nyurupayias Augen einen Augenblick erstaunt. Dann nickte sie

nachdenklich. »Das Felsenkänguru«, wiederholte sie beinahe feierlich, »ein besonderes ›Dreaming‹.« Nyurupayias Blick bohrte sich in Daryls Augen.
Gewöhnlich hatte Daryl kein Problem damit, dem Blick eines anderen Menschen standzuhalten. Bei Nyurupayia war das jedoch anders. Sie konnte einen Menschen mit ihren hypnotisierenden Augen vollkommen in ihren Bann schlagen. Nach der Erwähnung seines Totems hatte Daryl den Eindruck, sie verstärke ihre Bemühungen, genau das mit ihm zu tun.
Bildete er sich das nur ein, oder konnte er ihren Blick tatsächlich auf seiner Haut und in seinem Gesicht spüren? Seine Augen wurden jedenfalls immer heißer und begannen leicht zu brennen. Er blinzelte, ohne dass dies allerdings etwas an dem merkwürdigen Gefühl änderte. Langsam schlich sich die Wärme weiter in sein Gehirn und sogar hinunter bis zu seinem Herzen. Daryl spürte, wie Nyurupayia nach seiner Seele suchte, um sie vollkommen zu durchleuchten, und er war in höchstem Maß verwirrt. Er spürte, wie ihm die Situation langsam entglitt und er dem Blick der alten Frau unmöglich noch länger standhalten konnte. Ruckartig unterbrach Daryl die Verbindung, die zwischen ihm und Nyurupayia zu bestehen schien, und heftete seine Augen entschlossen auf die Gegenstände vor sich auf dem Boden. Er spürte, wie die Wärme in seinem Körper langsam nachließ. Sie war zwar immer noch da, aber sie fühlte sich nicht mehr so brennend an wie ein paar Sekunden zuvor.
»Verraten Sie mir, was Sie gerade denken?«, versuchte er die Situation wieder in den Griff zu bekommen.

»Munkumbole, der Schlaue, Wissende … Ich versuche herauszufinden, weshalb du diesen Namen trägst«, antwortete Nyurupayia sanft.
»Mein Lehrmeister, Ungjeeburra, schlug ihn bei meiner Initiation vor, und die Ältesten stimmten sofort zu.« Damals hatte Daryl nicht verstanden, warum man ihm diesen Namen gegeben hatte.
Er hatte sich weder geschickter noch klüger als die anderen Jungen angestellt, die mit ihm zum Mann geweiht wurden. Erst Jahre später erklärte Ungjeeburra es ihm. Der Name sollte nicht ausdrücken, was er war, sondern wer er einmal sein würde.
»Und warum bist du heute zu mir gekommen?«, fragte Nyurupayia.
»Sie nahmen als Tracker bei der Suche nach Dr. Hooker und seinen Begleitern teil. Wie Sie vermutlich wissen, fehlt von ihnen noch immer jede Spur. Was, glauben Sie, ist ihnen zugestoßen?«
Nyurupayias Augen verengten sich wieder. »Munkumbole, der weiße Pintubi, ist ein Polizist«, sagte sie nachdenklich, ohne direkt auf Daryls Frage einzugehen.
»Das ist richtig. Ich wurde zu diesem Fall hinzugezogen, weil die eingeborenen Fährtensucher der Polizei nicht helfen konnten – oder besser: nicht helfen wollten.«
Nyurupayia zuckte mit den Schultern. »Ich weiß nicht, warum die anderen Tracker nicht helfen konnten. Ich habe es jedenfalls getan.«
»Wirklich?«, fragte Daryl skeptisch nach. »Und Sie haben nicht einen einzigen brauchbaren Hinweis gefunden? Verzeihen Sie, aber das kann ich nur schwer glauben.«

»Warum sollte ich lügen?«, fragte Nyurupayia unbeeindruckt.
Nun war es Daryl, der nicht direkt auf die Frage antwortete. Stattdessen sagte er trocken: »Ich bin zwar weiß und ich bin Polizist – aber ich bin auch ein Pintubi. Daher weiß ich, dass etwas vorgefallen ist, etwas so Bedeutendes, dass alle Eingeborenen schweigen. Und Sie wissen, worum es geht. Deshalb sind Sie auch der Aufforderung von Superintendent Coledale gefolgt: Sie wollten nicht die Forscher aufspüren, Sie wollten die Polizei für alle Fälle im Auge behalten.«
Wenn Nyurupayia wegen dieser Aussage überrascht oder gar beunruhigt war, so ließ sie sich dies nicht anmerken. Selbst Daryl, der gelernt hatte, auch die kleinste Regung im Gesicht eines Eingeborenen richtig zu deuten, hatte nicht die geringste Ahnung, was die Aborigine dachte.
»Die Fahrzeuge waren tatsächlich in der Nähe des Taleingangs, der zum Billabong führt«, erklärte Nyurupayia ruhig. »Doch dann haben sie gewendet und sind wieder weggefahren. Weshalb sie danach in die Tanami-Wüste fuhren, weiß ich nicht. Mehr kann ich dir dazu nicht sagen.« Ihr Blick löste sich von Daryl und schweifte zu den spielenden Kindern hinüber. Damit war das Gespräch für sie beendet.
Daryl nickte nachdenklich. Er hatte von Nyurupayia absolut nichts erfahren, und das würde er auch nicht, ganz egal wie lange er hierblieb. Allerdings hatte er das auch nicht anders erwartet, als er heute Morgen in den Hubschrauber gestiegen war. Man konnte Aborigines nicht zum Reden bringen, wenn sie nicht wollten. Nicht einmal die Androhung von Gefängnis oder gar Gewalt hätte etwas bewirken

können, ganz im Gegenteil. Und wenn es sich bei dem Billabong gar um ein Heiligtum der Aborigines handeln sollte, dann gehörte es ohnehin zu ihren Tabus, nicht mit Uneingeweihten darüber zu sprechen.

Dennoch hatte sich sein Besuch bei Nyurupayia gelohnt. Daryl wusste nun immerhin, dass sie eine wichtige Persönlichkeit des Stammes war. Sie unterrichtete die Mädchen in kulturellen Belangen der Walbiri-Gemeinschaft, wie Naturkunde, ihren Traumzeiterzählungen, Stammestänzen und -gesängen oder der Herstellung von Gebrauchsgegenständen für das Sammeln und Jagen. Sie war eine Eingeweihte und kannte alle Geheimnisse des Stammes – mit Ausnahme derjenigen, die ausschließlich den Männern vorbehalten waren.

Daryl stand auf. »Ich weiß, ich bin ein Wuiei, ein uneingeweihtes Nichts«, meinte er sachlich. »Aber man hat mich nun einmal gebeten herauszufinden, was mit Dr. Hooker und seinen Begleitern geschehen ist. Und das werde ich auch, egal wie lange es dauert.«

Für den Bruchteil einer Sekunde kniff Nyurupayia alarmiert die Lippen zusammen, und Daryl erkannte, dass die Aborigine doch beunruhigter war, als sie vorgab. Natürlich konnte er auch versuchen, mit einigen anderen Eingeborenen in Nyirippi zu reden. Doch das wäre aller Wahrscheinlichkeit nach reine Zeitverschwendung. Die Aborigines würden nicht zulassen, dass ihnen ein Fremder Fragen stellte, geschweige denn diese beantworten. Die Stammesältesten, zu denen mit Sicherheit auch Nyurupayia gehörte, hatten das bestimmt schon längst so beschlossen. Kein Angehöriger des Stammes würde sich jemals über diese Anordnung hinwegsetzen. Man schuldete den Ältesten Respekt, gleichzeitig fürchtete man sie auch. Denn die Alten kannten sie noch, die uralten Zaubersprüche und Flüche. Und Junge und Alte wussten gleichermaßen, dass sie noch immer wirkten.

»Ich weiß nicht, was ich auf meiner Suche finden werde«, fuhr Daryl fort. »Aber ich verspreche, dass ich, was die Eingeborenen angeht, die in diese Sache involviert sind, so schonungsvoll wie möglich vorgehen werde.«

Die Augen der Aborigine kehrten bei diesen Worten langsam zu Daryl zurück. Einen Augenblick fixierten sie die seinen, dann fragte sie leise: »Was macht dich so sicher, dass wir etwas damit zu tun haben?«

Daryl lächelte die alte Aborigine freundlich an. »Meine Haut ist zwar weiß, aber das bedeutet nicht, dass ich auch fühle wie ein Weißer.«

Er wandte sich um und trat unter dem Wellblechunterstand in die brütende Sonne hinaus.

»Munkumbole«, rief Nyurupayia. Daryl drehte sich wieder um. »Ich habe vorhin in dein Herz gesehen. Es ist ehrlich und gut, aber auch einsam und traurig. Du musst einen Menschen verloren haben, der dir sehr viel bedeutet hat.«

Daryl war so überrascht, dass er nicht wusste, was er sagen sollte. Er fühlte sich nackt und verletzlich, durchschaut bis in die tiefsten Wurzeln seiner Seele.

Während er noch um Fassung rang, sprach Nyurupayia bereits weiter. »Auf dich warten noch schwere Prüfungen. Ich wünschte, ich könnte dir helfen, sie zu bestehen. Aber es ist dein Weg – und du musst ihn alleine gehen. Ich kann dir lediglich einen Rat geben. Was auch in der nächsten Zeit geschehen wird, denke immer daran: Was war, wirkt auf uns immer tiefer als das, was ist. Löse dich vom Vergangenen, akzeptiere es, und du wirst die Proben, die auf dich warten, meistern und das Richtige tun.«

Nachdem Daryl die restlichen Süßigkeiten an die Kinder verteilt hatte, kehrte er zum Hubschrauber zurück und startete die Maschine. Während die Nadeln der Cockpitanzeigen langsam nach oben kletterten, dachte er nochmals über die Begegnung mit Nyurupayia Nampitjinpa nach.
Die Aborigine erinnerte ihn ein wenig an seinen Ziehvater Ungjeeburra. Sie gehörte zu den wenigen Eingeborenen, die noch die alten Traditionen kannten, lehrten und auch weitgehend wie ihre Vorfahren in der Wildnis lebten. Sie verschwand wahrscheinlich wie Ungjeeburra regelmäßig wochenlang in der Wüste, allein und ohne dass jemand wusste, wohin sie ging und wann sie zurückkam. Nyurupayias dünner sehniger Körper und ihre schwieligen Hände und Füße zeugten davon.
Am meisten beeindruckte Daryl aber ihre Ausstrahlung. Der ruhige Klang ihrer Stimme, ihr intensiver Blick und die Art, wie sie regelrecht in ihn »hineingesehen« hatte, berührten und faszinierten ihn gleichermaßen. Er kannte nur noch einen Menschen, der so eine Ausstrahlung besaß, und das war Ungjeeburra. Wie gerne hätte Daryl ihn jetzt an seiner Seite gehabt. Ungjeeburra war einer der weisesten Menschen, denen er jemals begegnet war. Außerdem kannte Ungjeeburra viele der Ältesten des Walbiri-Stammes. Er hätte bestimmt problemlos herausgefunden, was hier vorging.

In eine rote Staubwolke gehüllt, hob Daryl ab. Er flog nach Osten, umrundete den Mount Cockburn und nahm Kurs auf die westlichen Ausläufer der Stuart Bluff Ranges. Als die Bergkette in der Ferne immer deutlicher zu erkennen war, tauchten unter ihm die ersten ausgetrockneten Salzseen auf, die immer größer wurden, je näher er dem Gebirgszug kam.
Aus der Vogelperspektive sahen die salzgesäumten Sandinseln in den ausgetrockneten Seen wie Bakterienkulturen in einer riesigen Petrischale aus. Alle paar Jahre, wenn es über dem Inneren Australiens einmal ausgiebig regnete, suchte sich das Wasser aus den Bergen einen Weg durch die sonst ausgetrockneten Flusssysteme hinaus in die Wüste, wo es entweder irgendwo versickerte oder sich in den Salzseen sammelte. Bei der Verdunstung lagerten sich die hellen, schwer löslichen Salze zuerst ab und die dunklen, besser löslichen zuletzt. So entstanden rings um die kleinen Inseln Gürtel aus gleißend weißen Salzringen, während die Kanäle dazwischen von schmutzig blauer bis olivgrüner Farbe waren.
Daryl schwenkte leicht nach Norden, stieg etwas höher und peilte den Billabong an. Zunächst wollte er sich aus der Luft ein Bild vom Canyon und dessen Umgebung machen, um dann einen geeigneten Landeplatz in der Nähe des Schluchteingangs zu suchen. Anschließend plante er, an der Stelle, an der die Fahrzeuge der Vermissten angeblich gewendet hatten, nach Spuren zu suchen.
Das verwitterte, rötlichbraune Gestein der Bergkette war nur spärlich bewachsen. Einzig in den unzähligen Tälern hielt sich ein verhältnismäßig dichter Teppich aus Bäumen

und Büschen. Obwohl Daryl die genauen Koordinaten des Billabongs kannte, hatte er Mühe, ihn auszumachen. Das Ende des Canyons war eng, und der Teich lag tief unten zwischen den fast senkrechten Felswänden verborgen. Zwei mächtige rote Flusseukalypten schirmten den vorderen Teil der Wasserstelle ab, während ein paar Geistereukalyptusbäume, die sich aus den Felsnischen der Canyonwände zwängten, den hinteren Teil des Billabongs verdeckten. Eine überhängende Felswand, über die bei Regen mit Sicherheit ein kleiner Wasserfall in den Pool stürzte, bildete das Ende der Schlucht. Erst beim dritten Überflug war er sicher, dass sich der richtige Canyon unter ihm befand, und er folgte ihm taleinwärts. Je breiter die Schlucht wurde, umso tiefer flog er. Am Ende berührten die Kufen seines Hubschraubers beinahe die Wipfel der Bäume.
Daryl setzte die Maschine gut zweihundert Meter vom Taleingang entfernt mitten im ausgetrockneten Flussbett auf. Ein Blick auf die Tankanzeige zeigte ihm, dass er etwas mehr Treibstoff verbraucht hatte, als berechnet war. Doch zum Glück war seine Maschine mit einem Zusatztank ausgestattet, der ihre normale Reichweite von dreihundert Kilometer auf über vierhundertfünfzig erhöhte. Bis Alice Springs reichte das zwar nicht, wohl aber bis zur Old Creek Station, bei deren Besitzern er sich bereits zu einem Besuch angemeldet hatte.
Nachdem er Wasserflasche, Klappmesser und ein Sandwich, die in einem Plastikbeutel auf dem Kopilotensitz festgeschnallt waren, in seinen inzwischen leeren Rucksack gepackt hatte, folgte er dem Flussbett Richtung Canyon.
Daryl musste nicht lange nach der Stelle suchen, an der die

Landcruiser der Gruppe gewendet hatten. Spuren am Ufer des locker mit Eukalypten gesäumten Kiesbetts markierten den Ort unübersehbar. Daryl folgte der Wendespur etwa zwanzig Meter bis zu der Stelle, wo sie von denen der Polizeifahrzeuge überdeckt worden war. Auf dem Weg zurück bis zum Wendeplatz entdeckte er drei verschiedene Fußspuren. Eine der Spuren stammte von einem leichten Menschen, der barfüßig ging, und konnte daher nur von Nyurupayia sein. Die beiden anderen Spuren gehörten zu großen, schweren Personen, die Schuhe mit Absätzen getragen hatten. Die Spuren folgten und überdeckten teilweise die von Nyurupayia und stammten demnach von Superintendent Coledale und einem weiteren Polizisten. Die beiden waren, wie das üblich war, mit einigem Abstand hinter ihrem Tracker gegangen, um keine Spuren zu verwischen.

Auf den ersten Blick sah es also tatsächlich so aus, als ob Dr. Hooker und seine Begleiter bis an das Ufer des ausgetrockneten Flusslaufs gefahren wären, dort angehalten hätten, um dann ohne auszusteigen wieder zu wenden und zurückzufahren.

Daryl schüttelte den Kopf. »Das ergibt keinen Sinn. Warum sollten sie einfach wieder zurückfahren?«, murmelte er. Spuren eines weiteren Fahrzeuges oder eines Motorrades gab es rund um den Wendeplatz auch keine. Die Theorie einer Entführung schien somit endgültig nicht in Frage zu kommen. Blieben zwei Möglichkeiten. Entweder Nyurupayia hatte doch die Wahrheit gesagt – was bedeuten würde, er hatte am falschen Ort mit seiner Suche begonnen –, oder jemand hatte alle Spuren sorgfältig verwischt, um dann eine falsche Fährte zu legen. Sein Gefühl ließ ihn auf das Zweite tippen.

Ungjeeburra hatte ihn zwar gelehrt, wie man Spuren las, aber Daryl war deswegen noch lange kein Tracker. Sein Wissen beschränkte sich sozusagen auf die Grundbegriffe. Richtige Fährtensucher waren in der Regel immer ältere Frauen und Männer, so wie Nyurupayia. Das Fährtensuchen war eine Fähigkeit, die man ständig, ja nahezu täglich anwenden und verfeinern musste. Während ihrer langen und einsamen Wanderungen durch den Busch erwarben sich die Eingeborenen ein unschätzbares Wissen und Verständnis über die Abläufe der Natur, das weit über das der Weißen hinausging. Oft nahmen Tracker Dinge wahr, die selbst alten und erfahrenen Aborigines verborgen blieben. So brauchten gute Tracker nicht selten mehr als dreißig Jahre, um die verschiedenen Tricks zu lernen, die nötig waren, um in jedem Gelände und unter den schwierigsten Bedingungen Spuren zu erkennen und richtig zu deuten.

Daryl konnte sich noch gut erinnern, wie ihn Ungjeeburra auf einem ihrer Streifzüge durch den Busch aufgefordert hatte, nach Tierspuren zu suchen und diese dem passenden Lebewesen zuzuordnen. Dabei hatte Daryl sich sogar ganz wacker geschlagen. Als er aber die Fährte einer Schlange untersuchte, hatte er einsehen müssen, dass zwischen dem bloßen Erkennen und dem Lesen einer Spur ein gewaltiger Unterschied bestand. Während Daryl die Schlangenspur mit Mühe auch über härteren Untergrund verfolgen konnte, sah – oder besser – las Ungjeeburra die ganze Geschichte dieser Schlange.

Er zeigte Daryl, in welche Richtung sich das Reptil be-

wegte. Erkannt hatte er dies anhand kleiner abgebrochener Spinifex-Halme und der Richtung, in die sie verschoben worden waren, als das Tier über sie hinwegglitt.
»Siehst du diese winzige Überschneidung im Sand?«, hatte ihm sein Lehrmeister weiter erklärt. *»Hier hat die Schlange einen Moment innegehalten und flach auf der Erde gelegen. Wie du siehst, ist ihr Hals dicker als der restliche Körper, es ist also ein altes Tier. Nun brauchst du nur nach einer weiteren kleinen Überschneidung in der Gegenrichtung zu suchen, schon weißt du, wo ihr Schwanzende war.«* Ungjeeburra errechnete daraus nicht nur die Länge der Schlange, sondern bestimmte aufgrund des Bewegungsmusters auch die Art. Dann hatte er sich neben der Fährte niedergekniet und ganz vorsichtig zweimal seinen Unterarm in den Sand gedrückt. *»So tief wäre die Schlangenspur an dieser Stelle, wenn ihr Magen leer ist«*, hatte er Daryl erklärt. *»Das würde wiederum bedeuten, sie ist auf der Jagd, ihre Giftvorräte sind groß und ihre Reflexe schnell, so dass du ihr also besser aus dem Weg gehst. Und so tief wäre der Abdruck, wenn die Schlange vor ein paar Tagen eine Beutelmaus oder einen Vogel gefressen hätte.«* Ungjeeburra kannte noch unzählige weitere Tricks, die man bei einer Schlangenfährte – und bei jeder anderen Spur natürlich auch – anwenden konnte. Doch all dies brauchte sehr viel Übung, Geduld und die Fähigkeit zu sehen, was auf den ersten Blick nicht zu erkennen war. Erst das Zusammenfügen vieler kleiner Puzzleteile ergab am Ende ein komplettes Bild.
Mit den Jahren hatte Daryl viele Tricks von Ungjeeburra gelernt und sich zu einem ganz passablen Spurensucher entwickelt. Verglichen mit seinem Lehrmeister und Nyu-

rupayia war er allerdings immer noch ein ziemliches Greenhorn.

»Du hast zwei Möglichkeiten«, sagte er laut zu sich selbst. »Entweder du suchst die Umgebung um den Wendeplatz ab, in der Hoffnung, auf eine Spur zu stoßen, die deine Theorie beweist. Oder du packst die ganze Sache von einer ganz anderen Seite an.«

Die erste Methode hätte Daryl Stunden sinnlosen Suchens gekostet. Denn wenn alle Spuren sorgfältig entfernt worden waren, würde er nichts finden. Er versuchte also eine andere Methode.

Wäre er Dr. Hooker gewesen und der Billabong sein Ziel, dann hätte er nach den Anstrengungen der langen Fahrt und den teilweise sehr schwierigen Streckenbedingungen schon deshalb mindestens eine Nacht hier campiert, weil die Gruppe bestimmt erst am späteren Nachmittag hier angekommen war. Dr. Hooker hätte so auch vermieden, bei Dunkelheit wieder zurückfahren zu müssen, was äußerst leichtsinnig und gefährlich gewesen wäre. Er trug schließlich die Verantwortung für die Studenten, was ihn kaum ein solches Risiko hätte eingehen lassen. Eine Notfallsituation konnte Daryl auch ausschließen. Denn in diesem Fall hätte jedes Mitglied der Gruppe problemlos über die Funkgeräte in beiden Fahrzeugen Hilfe rufen können. Darüber hinaus wären sie dann auch bestimmt entweder zur Old Creek Station oder zurück nach Alice Springs gefahren.

Der Fundort der Fahrzeuge in der Wüste gab Daryl ebenfalls Rätsel auf. Laut Polizeibericht waren die Wagen hinter einem Felsenkliff abgestellt worden, nur wenige hundert Meter vom Tanami Track entfernt. Es gab nur Millionen roter Termitenhügel, Spinifex und steinige Wüste. Nichts von all dem hätte jemals Dr. Hookers Interesse geweckt.

»Also, Detective Simmons, wenn Sie hier übernachtet hätten, wo hätten Sie Ihr Nachtlager aufgeschlagen?«, fragte er sich laut.

Daryl drehte sich langsam im Kreis. Schließlich lächelte er. »Da drüben scheint mir der ideale Ort dafür zu sein.«

Ungefähr vierzig Meter entfernt, unweit des Eingangs zur Schlucht, stand links und rechts eines gewaltigen, herabgestürzten Felsquaders je ein prächtiger, zwanzig Meter hoher Geistereukalyptus. Die schneeweiß leuchtenden Stämme der Bäume und das olivgrüne Blättermeer bildeten vor der Kulisse der zerklüfteten rostroten Bergkette einen malerischen Kontrast. Das dichte, breite Blätterdach der Bäume war zudem ein hervorragender natürlicher Unterstand. Trotz vieler großer Steine und unzähliger stacheliger Spinifex-Grasbüschel, deren Spitzen mit Leichtigkeit einen Autoreifen durchstechen konnten, war es möglich, bis dorthin zu fahren. Den Blick aufmerksam auf den Boden gerichtet, folgte Daryl dem einzigen möglichen Weg zu den Bäumen. Brauchbare Spuren fand er dabei jedoch keine.

Der Platz war für ein Basiscamp ideal, denn der Blätterbaldachin der Eukalyptusbäume spendete viele Stunden des Tages Schatten, der sowohl für Fahrzeuge als auch für Zelte oder Swags groß genug war. Auch hier sah sich Daryl lange und gründlich um.

Als er schon aufgeben wollte, entdeckte er endlich etwas. Einige Meter vom mutmaßlichen Lagerplatz entfernt stand das silbergraue Skelett eines abgestorbenen Mulga-Baumes. Termiten krabbelten darauf herum und verschwanden durch kleine Löcher im Innern des Baumes. Rund um den ausgehöhlten Stamm lagen abgefallene Äste, die teilweise fest mit der roten Erde verbacken waren. Dieses Phänomen trat auf, wenn Regen – oder auch das weggekippte Wasser eines Campers – die Erde aufweichte und in eine zähe, lehmige Masse verwandelte, die anschließend in der Sonne wieder trocknete. Die verbackenen Äste allein waren natürlich noch kein Beweis für die Anwesenheit der Forscher, wohl aber das Fehlen einer dieser Äste …

Daryl war aufgeregt. Der Ast konnte sich nicht von selbst aus seiner »Gussform« gelöst haben. Jemand musste ihn daraus befreit haben, und zwar erst kürzlich, denn die Ränder des Erdabdrucks waren noch scharf und nicht von Wind und Sonne abgeschliffen oder bröckelig geworden. Angespannt suchte er die nähere Umgebung nach dem fehlenden Ast ab, konnte ihn aber nirgendwo finden.
Einen Moment stand Daryl regungslos da und überlegte. Um seine Gedanken zu ordnen, begann er erneut, laut mit sich zu reden. »Vom abgestorbenen Baum steht nur noch der Stamm, alle Äste sind abgebrochen. Doch nur ein Teil liegt auf dem Boden verstreut«, kombinierte er. »Das bedeutet, jemand hat alle Zweige, die sich noch am Stamm befunden haben, abgebrochen und auch den dicken Ast vom Boden aufgehoben.«
Er spürte ein deutliches Kribbeln im Nacken und wusste, was das bedeutete. Er hatte in der vergangenen Dreiviertel-

stunde etwas gesehen, dem er zunächst keine Beachtung geschenkt hatte, das aber jetzt, im Zusammenhang mit seiner Entdeckung, einen Sinn ergab.

»Verdammt, konzentrier dich«, ermahnte er sich. »Schau dich um, irgendwo hast du etwas übersehen!«

Erneut drehte sich Daryl im Kreis. Dabei erinnerte er sich an etwas, das Ungjeeburra ihm einmal gesagt hatte. *»Das Wesentliche ist für die Augen oft unsichtbar. Wenn du also einer Spur folgst, sieh auch mit deinem Verstand, deinem Herzen und all deinen Sinnen.«*

»Natürlich, das ist es!«, rief Daryl aufgeregt. »Mulga ist gutes Brennholz. Sie brauchten die Äste zum Feuermachen.« Und nun wusste er auch, was er gesehen hatte, aber erst jetzt richtig einordnen konnte. Es war ein kleiner, runder Hügel, der in etwa den Mittelpunkt des Lagerplatzes bildete. Auf ihm lagen zwei Steine, dazwischen befand sich ein kleines Spinifex-Grasnest.

Daryl drehte einen der Brocken um. Die Unterseite war von Ruß schwarz verfärbt. Als er den zweiten umdrehte, rollte der Stachelgrasball vom Hügel hinunter. Daryl lächelte zufrieden. Das Spinifex war lediglich als Tarnung zwischen den Steinen platziert worden. Er kontrollierte einige Gesteinsbrocken, die in der Nähe lagen, und stellte fest, dass auch sie auf der Rückseite schwarz waren. Eigentlich hätte er den Erdhügel nicht mehr untersuchen müssen, denn er war sich nun auch so sicher, dass es sich dabei um eine zugeschüttete Feuerstelle handelte, deren Begrenzung die geschwärzten Steine gebildet hatten. Er tat es trotzdem. Vielleicht fand er ja etwas, das darauf hinwies, wer das Feuer entzündet hatte.

Die australische Unsitte alles, ob brennbar oder nicht, ins Feuer zu werfen, half, seine letzten Zweifel auszuräumen. In den Überresten des Lagerfeuers fand er Eierschalen, eine nicht völlig geschmolzene Plastikverpackung und eine Konservendose.

Nyurupayia hatte also gelogen. Mindestens eine Nacht hatten die Hookers und die Studenten hier campiert. Was danach geschehen war, lag allerdings weiterhin im Dunkeln. Ebenso die Frage, warum Nyurupayia ihm nicht die Wahrheit gesagt hatte, wer die Spuren beseitigt hatte und die Fahrzeuge in die Tanami-Wüste brachte.

Daryl warf einen Blick zum Himmel. Der Stand der Sonne verriet ihm, dass es ungefähr zwölf Uhr war. Er hatte noch knapp drei Stunden Zeit, also beschloss er, der drückenden Hitze zu entfliehen, indem er den Canyon hinauf zum Billabong wanderte. Nyurupayia hatte Superintendent Coledale ja nun erfolgreich davon abgehalten, sich den Teich genauer anzusehen. Vielleicht waren die Forscher ja aber auch mehr als einen Tag hier gewesen, und er fand Spuren am Billabong, die ihm weiterhalfen.

Anfangs bahnte Daryl sich seinen Weg entlang des sandigen Flussbetts. Es war von Felsbrocken und mächtigen Flussgummibäumen durchsetzt, die nicht nur am Rand des ausgetrockneten Wasserlaufs wuchsen, sondern auch in der Mitte. Totes Holz und umgestürzte Baumstämme lagen kreuz und quer auf dem Boden und erschwerten das Vorwärtskommen.

Wenn er an einem der grau-weiß-rot marmorierten Flusseukalypten vorbeikam, war der Boden von dessen kleinen gelben Samenkapseln übersät, die ganze Heerscharen von Ameisen zu ihren Nestern abtransportierten. Daneben sammelten Lehmwespen feuchten Schlamm, den sie mit Speichel vermischten und zu kleinen Kugeln rollten, um ihn dann im Flug zu Höhlen oder Felsnischen zu transportierten, in denen sie ihre röhrenförmigen Nester bauten, die mit Raupen als Nahrungsvorrat für die Brut gefüllt wurden.

Nach einer Weile wurde der Canyon immer enger, und es gab nur noch gelegentlich sandige Stellen. Die Felswände zu beiden Seiten bestanden aus verschieden dicken Gesteinsschichten, die wie ein Turm aus riesigen unregelmäßig aufeinandergeschichteten Pfannkuchen aussahen und aus deren Spalten vereinzelt zierliche Geistereukalypten wuchsen.

Daryl war fasziniert von der wilden Schönheit des Canyons. Trotzdem achtete er genau auf jeden seiner Schritte, denn die Schlucht war auch ein Zufluchtsort für allerlei Getier. Felsenkängurus und andere kleine Säugetiere, Echsen, Vögel, aber auch giftige Spinnen und Schlangen lebten in ihrem schützenden Schatten.

Als Daryl an einer Gruppe niedriger Akazienbüsche vorbeikam, schwoll das aufgeregte Gezwitscher der in den stacheligen Büschen nistenden Zebrafinken schlagartig an. Er beeilte sich, an der Stelle vorbeizukommen, um die kleinen Vögel nicht weiter zu stören. Dabei hätte er fast die beiden Schuhabdrücke links von ihm übersehen. Die Abdrücke befanden sich auf dem Grund eines ausgetrockneten Wasserlochs, an einer Stelle, wo dieses noch ein klein wenig feucht war.

Er bückte sich und sah sich seinen Fund näher an. Vom einen Schuh hatte sich nur der Absatz in der lehmigen Erde abgezeichnet. Die Größe ließ sich dadurch nur schätzen, da er aber nicht sehr tief und auch deutlich schmaler als der andere Abdruck war, stammte er vermutlich vom Trekkingschuh einer Frau.

Der zweite Abdruck war gut erhalten. Dem Profil nach zu urteilen, stammte er von einem Wanderschuh, Größe vierundvierzig oder vierundvierzigeinhalb. Daryl hatte Schuhgröße zweiundvierzig und wog knapp achtzig Kilo. Er setzte vorsichtig seinen Abdruck neben den vorhandenen, dann kniete er sich auf den Boden und verglich die beiden miteinander. Der fremde Abdruck war tiefer als sein eigener, daher schätzte er das Gewicht der Person auf gut neunzig Kilo. Laut Polizeibericht waren sowohl Dr. Hooker als auch Steward Pryce groß gewachsen. Der Zoologe wurde aber als sehr schlanker Mann beschrieben, Steward dagegen als groß und kräftig, also war er wahrscheinlich hier langgegangen. Dass der Abdruck von einem Eingeborenen stammte, konnte er aufgrund des Gewichts und der Tatsache, dass ein Aborigine kaum Schuhe – und erst recht keine Wanderschuhe – getragen hätte, ausschließen.

Daryls Stimmung hob sich. Die Forscher hatten nicht nur in den Stuart Bluff Ranges gecampt, sie waren auch zum Billabong aufgebrochen, wie sie das von vornherein vorgehabt hatten. Seine Augen funkelten zufrieden. »Wer sagt's denn! Dann bin ich ja mal gespannt, welche Spuren sich am Billabong finden lassen.«

Je weiter er in den Canyon vordrang, umso schmaler und unwegsamer wurde dieser. Daryl musste nun bei fast jedem

Schritt über kleine Gesteinsbrocken und totes Holz steigen, unter denen es immer wieder verdächtig raschelte. Dort, wo große herabgestürzte Felsen, kleinwüchsige Beefwood- und Blutholzbäume sowie Akazienbüsche das Weiterkommen besonders erschwerten, entdeckte Daryl immer wieder abgebrochene oder abgeknickte Zweige, die bewiesen, dass hier vor nicht allzu langer Zeit jemand durchgekommen war. Auch die wenigen sandigen Stellen wiesen jede Menge Fußspuren auf.

Angetrieben von seiner Neugier beeilte sich Daryl, ans Ende des Tales zu gelangen. Als die Schlucht schließlich einen sanften Bogen nach rechts beschrieb, tauchten zwei gewaltige Felsblöcke auf, die die Sicht auf das Ende der Schlucht versperrten. Hinter ihnen ragten zwei mächtige rote Flusseukalyptusbäume auf, gefolgt von einer überhängenden Felswand.

Als Daryl gerade durch den schmalen Gang zwischen den Felsen gehen wollte, blieb er überrascht stehen. Der linke Stein hatte die Form eines Schlangenkopfes, der andere ähnelte verblüffend einem Känguru. War es Zufall, oder hatte Nyurupayias Überraschung bei der Erwähnung seines Dreamings etwas mit diesem Ort zu tun? Hatte sie deshalb in ihn »hineingesehen«, um zu erfahren, ob er hierher kommen würde?

Den meisten Weißen wären diese Gedanken wohl völlig absurd erschienen. Aborigines wie Nyurupayia fragten jedoch nicht wie die Weißen nach dem Sinn ihres Daseins. Für sie stand fest, wer sie waren und woher sie kamen, weil sie ihre Schöpfungsmythen als vollkommene Wahrheit betrachteten. Die »Traumzeit«, die Entstehungsgeschichte aller Dinge, verband für sie das Vergangene mit der Gegenwart und der Zukunft. Sie war ein nie endender Prozess, in dem alles – die Ahnen, die Erde, der Kosmos in jeder ihrer Erscheinungsformen – seinen Platz und seine Berechtigung hatte. Es gab für die Aborigines auch keine Trennung zwischen Körper und Geist; sie waren eins. So erklärte sich Daryl auch, wie manche australischen Ureinwohner wie Nyurupayia in die Seele eines anderen Menschen blicken oder über weite Distanzen geistig miteinander kommunizieren konnten.

Daryl hatte diese Art der Kommunikation schon ein paar Mal mit Ungjeeburra erlebt. Der Kontakt war aber stets von Ungjeeburra hergestellt worden. Er selbst hatte es auch schon versucht, bisher allerdings ohne den gewünschten Erfolg. Vielleicht lag es ja an seiner weißen Abstammung: Er hatte zwar die Initiation der Pintubi durchlaufen, aber seine Wurzeln waren eben nicht die eines Eingeborenen, auch wenn er sich das noch so sehr wünschte.

Trotzdem war er offenbar in gewisser Weise empfänglich für diese Dinge, und das machte Daryl stolz. Es bedeutete für ihn, dass in ihm wirklich zwei Seelen lebten, wie er es auch täglich spürte. Vielleicht hatte Ungjeeburra ja recht, wenn er sagte, Daryl sei mehr Aborigine als irgendein anderer Weißer und werde eines Tages wohl auch die letzten Geheimnisse der Eingeborenen erfahren.

Daryl gab sich einen Ruck und schob sich zwischen den Tierfelsen hindurch. Er wusste sofort, dass der Billabong ein »Ort der Kraft« und somit ein heiliger Platz mit besonderer Ausstrahlung war. Jede dieser Stätten war mit einem Dreaming verbunden. Wer diesem Dreaming angehörte, konnte an dem Ort der Kraft durch Meditieren oder Träumen eine geistige Verbindung mit den Ereignissen aus der Traumzeit herstellen und so die Entstehungsgeschichte seines Dreamings als Vision sehen. Daneben konnte er die positive natürliche Energie, die der Platz barg, freisetzen und zur eigenen psychischen oder physischen Stärkung nutzen.

Daryl spürte die Kraft, die von diesem Ort ausging, so stark, dass er einen Moment regungslos dastand und versuchte, sie mit all seinen Sinnen in sich aufzunehmen. Dieses Gefühl hatte er erst einmal erlebt. Es war im »Tal der singenden Winde« gewesen, einer heiligen Stätte seines Clans. Ungjeeburra hatte ihn dorthin mitgenommen und ihm die Geschichte von Warrew, dem großen Urwallaby erzählt, aus dessen Beutel die Menschen des Felsenkänguru-Dreamings einst entsprangen.

Wie damals spürte er auch mit diesem Ort eine starke Verbundenheit, was ihn sehr verwunderte. Natürlich konnte es sein, dass dies die heilige Stätte eines Walbiri-Clans war, dessen Totem ebenfalls das Felsenkänguru war. Das hätte zumindest Daryls starke Empfindungen erklärt. Aber er bezweifelte, dass dies der Grund war. Denn jede heilige Stätte eines Dreamings lag an dem Traumpfad, den die oder der Ahne des Totems in der Traumzeit gegangen war. Da Pintubi und Walbiri verwandte Stämme waren, gab es viele Geschichten aus der Traumzeit, die beide Clans gemeinsam hatten. Wenn dies also ein heiliger Ort des Felsenkänguru-Dreamings war, warum erwähnten die Geschichten der Pintubi diesen Ort nicht?

Daryl stieg über den bleichen Stamm eines umgestürzten Eukalyptusbaumes und trat an das Ufer des Billabongs.

Während seine Augen langsam über die spiegelglatte Oberfläche wanderten, bemerkte er ein anderes, neues Gefühl. Es war dunkel, bedrohlich und breitete sich wie ein schwarzes Laken über die positive Energie, die er eben noch wahrgenommen hatte. Er erschauderte. Was für ein geheimnisvoller Ort dies doch war, und was für ein merkwürdiger Fall.

Daryl versuchte, die beklemmende Stimmung, die ihn so plötzlich befallen hatte, zu verdrängen, indem er im weichen Ufersand des Billabongs nach weiteren Spuren suchte.
Er fand sowohl die Abdrücke von Schuhen als auch von nackten Füßen. Zwar hatte man auch hier versucht, diese zu beseitigen, doch bei weitem nicht so sorgfältig wie am Eingang zum Canyon, und so konnte Daryl, wenn auch mit Schwierigkeiten, ausmachen, wer hier entlanggegangen war. Insgesamt fünf Personen hatten Schuhe getragen – wohl Dr. Hooker und seine Begleiter –, und sieben oder acht waren barfuß gegangen, vermutlich handelte es sich bei ihnen um Eingeborene. Teilweise überlagerten die Abdrücke sich, was darauf hinwies, dass alle Personen sich zur gleichen Zeit am Billabong aufgehalten haben mussten.
Daryl nickte zufrieden. Dies war eine weitere wichtige Spur. Gleichzeitig bestätigte sie, was er schon vermutet hatte: Die Aborigines waren in den Fall verwickelt.
Warum aber waren sie überhaupt hierher gekommen? Möglich, dass es sich bei den Aborigines um eine Gruppe Walbiri aus Nyirripi oder Amunturrngu handelte, die auf einem Walkabout gewesen waren, einer spirituellen Wan-

derung auf den Pfaden ihrer Ahnen. Vielleicht war es zwischen ihnen und den Forschern, aus welchen Gründen auch immer, zu einer Auseinandersetzung gekommen. Wenn diese Vermutung stimmte, dann ließ das spurlose Verschwinden der Forscher eigentlich nur einen Schluss über die Heftigkeit dieser Konfrontation zu …

Zeichen eines Kampfes hatte Daryl allerdings noch keine gefunden. Doch er hatte auch bisher nur im feuchten Untergrund nach Spuren gesucht. Nun weitete er seine Suche bis zu den Flusseukalypten aus – und wurde prompt fündig. Am Fuß des rechten Baumes wuchsen einige spärliche Gräser. Sie waren auf einer Breite von vierzig Zentimetern und einer Länge von über eineinhalb Metern flachgedrückt, außerdem hatte man die Stelle von Steinen und Holzstückchen gesäubert. »Ein Schlafplatz«, murmelte Daryl, »und der Abdruck stammt vermutlich von einem Schlafsack oder einem Swag.« Er fand aber noch mehr. Von der Schlafstelle führte eine kaum sichtbare Schleifspur zum Billabong. Zwar hatte man versucht, sie ebenfalls zu verwischen, einem guten Beobachter fiel die leichte Vertiefung jedoch immer noch auf.

Auf dem Grau eines dicken Wurzelpakets neben dem Schlafplatz machte Daryl eine weitere wichtige Entdeckung: Kleine rostrote Flecken breiteten sich fächerförmig darauf aus. Gleich drei blaue Schmeißfliegen krabbelten auf ihnen herum. Daryl runzelte die Stirn. Aller Wahrscheinlichkeit nach handelte es sich dabei um getrocknetes Blut, was auch die Fliegen erklären würde. Das Muster der Tropfen wies ein typisches Spritzmuster auf, wie es zum Beispiel nach einem Schlag auf den Kopf eines Menschen auftrat.

Langsam fügten sich die Teile zusammen. Folgendes Szenario war für Daryl denkbar: Die Person, die unter dem Flusseukalyptus geschlafen hatte, war niedergeschlagen worden. Dabei war der Schlafsack aller Wahrscheinlichkeit nach mit Blut bespritzt worden. Wer auch immer hinter all dem steckte, er hatte von Anfang an versucht, es nicht wie ein Verbrechen aussehen zu lassen. Daher hatte er den blutbespritzten Schlafsack auch nicht zusammen mit den anderen in eines der Fahrzeuge plaziert und gehofft, dass dies nicht weiter auffiel. Der tödliche Schlag selbst konnte mit irgendeinem harten Gegenstand ausgeführt worden sein, zum Beispiel einem Gewehrschaft, einem Knüppel, einem Bumerang oder einer Speerschleuder. Auch ein Stein kam in Frage, allerdings musste man damit sehr nahe an sein Opfer herantreten.

Daryl richtete sich auf und betrachtete suchend den Boden, die nahen Felsen und schließlich die Oberfläche des Billabongs. Gut fünf Meter vom Ufer entfernt entdeckte er einen Holzknüppel, der nahe der Felswand im Wasser trieb. Er hatte genau die richtige Größe und Form, um damit jemanden niederzuschlagen.

»Okay, mein Guter, Badezeit«, meinte er fröhlich.

Daryl ging zum umgestürzten Eukalyptusbaum und begann sich auszuziehen. Die Kleider legte er auf den ausgebleichten Stamm, anschließend trat er nackt ans Ufer des Billabongs. Dort bückte er sich, hob einen kleinen Stein auf und warf ihn weit in den Teich. Wenn dieser Ort heilig war, konnte er den Geistern seine Anwesenheit wenigstens in althergebrachter Sitte signalisieren und sie so beruhigen.

Langsam und vorsichtig watete er in den Pool. Der Boden

unter seinen Füßen war zwar angenehm sandig, fiel jedoch steil ab. Schon nach einem Meter stand er hüfttief im Wasser. Seine Hoffnung, zu Fuß bis zu seinem Ziel waten zu können, erfüllte sich nicht. Das Wasser war außerdem auch noch ziemlich kühl und wurde mit jedem Schritt kälter.
Daryl wusste um die Gefahren, die beim Schwimmen in einem Billabong lauerten. Gerade in einem Teich wie diesem, wo die Sonne die Oberfläche nur wenige Stunden pro Tag erreichte und das Wasser trüb und nahezu lichtundurchlässig war, herrschten extreme Temperaturunterschiede zwischen Wasseroberfläche und den nur wenig oder gar nicht erwärmten Schichten darunter. Da das Wasser meist auch kaum bewegt wurde, gab es Stellen, die wesentlich kälter waren als der Rest des Gewässers. Plötzliche Krämpfe, Angstattacken oder ein kältebedingter neurologischer Schock hatten so schon zu manch tödlichem Unfall geführt.
Daryl holte ein paar Mal tief Luft, dann ließ er sich in den Billabong gleiten. Bei jeder Bewegung, die seine Arme und Beine vollführten, durchmischten sie das Wasser. »Scheiße«, fluchte er mit zitternder Stimme. Es fühlte sich an, als streiften dutzende kalter Schlangenleiber seinen Körper.
Als Daryl die Stelle erreichte, an der der Knüppel im Wasser trieb, fasste er das Holzstück nicht sofort an. Er wollte es sich erst anschauen, damit er es nicht am falschen Ende packte und womöglich wichtige Spuren verwischte. Doch die unheimliche Kälte, die mit eisigen Fingern nach seinen Füßen und Beinen griff, während er Wasser trat, versetzte ihn in Panik. Sie zog ihn mit aller Macht in die Tiefe, und Daryl vergaß alle Vorsicht. Er packte das Holzstück in der

Mitte, hob es aus dem Wasser und schwamm damit so schnell er konnte wieder an Land.
Zitternd vor Kälte kehrte er zum Baumstamm zurück und setzte sich. Während er sich von der Sonne aufwärmen ließ, betrachtete er das gut einen Meter lange Holzstück.
Auf der trockenen Oberseite, an einem der gesplitterten Enden, entdeckte Daryl dunkelrote Verfärbungen. An dem gleichen Ende hingen außerdem ein winziges Stück Haut und zwei graue Haare.
Daryls Gesichtszüge verfinsterten sich. Fürs Erste hatte er genug herausgefunden. Den Holzknüppel konnte er der Spurensicherung schon mal mitbringen, für eine genaue Untersuchung mussten die Männer aber selber hierher kommen. Außerdem sollte der Grund des Billabongs von Tauchern abgesucht werden. Daryl blickte hoch zum Himmel. Es war Zeit. Wollte er noch vor Anbruch der Nacht in Alice Springs sein, musste er sich auf den Rückweg machen, zumal er auch noch auf der Old Creek Station auftanken wollte.
Er legte sein Fundstück vorsichtig neben dem Baumstamm in den Sand und stand auf. Als er sich das T-Shirt übergestreift hatte und nach seinen Boxershorts greifen wollte, bemerkte er zwei Eingeborene ein paar Meter neben sich stehen. Daryl fuhr erschrocken zusammen und wich einen Schritt zurück.

5

Die Männer waren buchstäblich aus dem Nichts aufgetaucht. Beide trugen gleich mehrere Speere sowie eine Speerschleuder, der Ältere war auch noch mit einem Jagdbumerang bewaffnet. Sie musterten Daryl mit starrem, finsterem Blick.

»Das nenne ich lautloses Anpirschen«, meinte Daryl freundlich. Er versuchte locker zu wirken. »Wo kommt ihr denn her?«, fragte er und zog sich ohne Eile weiter an.

»Das könnte ich dich auch fragen«, antwortete der Jüngere.

Daryl schätzte ihn auf höchstens zwanzig Jahre, sein Begleiter war vermutlich fast dreimal so alt. Beide Männer zeigten die typischen äußeren Merkmale der Uraustralier: dunkelbraune Haut, stark gekräuselter Haarwuchs, eine breite, platte Nase und ausgeprägte Augenwülste. Beide waren lediglich mit einem Stirnband und einem Gürtel aus geflochtenem Menschenhaar bekleidet, an dessen Vorderseite je eine Art Lendenschurz befestigt war. Dieser bestand jeweils aus einer Reihe daumendicker, zwanzig Zentimeter langer Stränge aus gesponnenen Känguruhaaren.

In der Nasenscheidewand des Älteren steckte ein zehn Zentimeter langer Knochen. Seine Haare waren nach Art der Buschnomaden verfilzt. Außerdem zierte ein wilder zottiger Bart sein Gesicht, der zahlreiche weiße Stellen aufwies. Am auffälligsten waren aber eine Reihe von geschwulstartigen Stammesnarben auf seiner Brust und Hüfte, wie Daryl sie noch nie zuvor gesehen hatte. Ansonsten wirkte er so kräftig und zäh wie ein Eisenholzbaum. Auch der Jüngere trug Stammesnarben, allerdings nur an den Hüften.

Daryl hatte das untrügliche Gefühl, dass die Aborigines genaustens über seine Anwesenheit hier Bescheid wussten. Sie konnten unmöglich so schnell aus Nyirripi oder Amunturrngu hierher gekommen sein. Sie mussten sich bereits in der Gegend aufgehalten haben und irgendwie – vielleicht durch Nyurupayia Nampitjinpa – alarmiert worden sein.

Zwar bedrohten sie Daryl nicht direkt, doch ihre ganze Haltung signalisierte Entschlossenheit – gepaart mit einer deutlich spürbaren Portion Feindseligkeit. Daryl wollte die Situation durch Ausflüchte nicht noch weiter verschärfen, deshalb sagte er geradeheraus: »Mein Name ist Simmons. Ich bin Polizist und untersuche das Verschwinden von Dr. Hooker, seiner Frau und den drei Studenten, die sie begleitet haben. Ich nehme an, ihr habt schon davon gehört.«

»Hm«, brummte der Jüngere. »Ihre Landcruiser wurden doch in der Tanami-Wüste gefunden, oder? Was also tust du hier?«

»Ich suche nach Spuren.« Daryl machte eine umfassende Handbewegung Richtung Billabong. Gleichzeitig hob er sein hölzernes Beweisstück unauffällig mit dem Fuß an und versteckte es vorsichtig unter dem Baumstamm. »Und hier gibt es eine ganze Menge davon.« Er blickte dem älteren Aborigine direkt in die Augen. »Sowohl von den Vermissten als auch von Eingeborenen.«

Der Bärtige starrte Daryl mit funkelnden Augen an, schwieg

aber. Dafür zwirbelte er mit den Fingern seinen Bart, was bei Eingeborenen der Walbiri und Pintubi ein deutliches Zeichen für äußerste Erregung und große Anspannung war. Daryl beschlich das merkwürdige Gefühl, dass er überhaupt nicht verstand, was hier eigentlich gespielt wurde.

»Ja«, antwortete der Jüngere an seiner Stelle, »wir haben die Spuren der Weißen auch gesehen, als wir vor zwei Tagen auf unserer Wanderung hierher kamen. Doch da waren sie längst nicht mehr da.«

»Verstehe«, meinte Daryl gedehnt. Er machte absichtlich eine kleine Pause, ehe er auf Walbiri fortfuhr. »Es nützt alles nichts. Wir werden Canyon, Billabong und Umgebung sicherheitshalber genau absuchen müssen.«

Die Reaktion des alten Eingeborenen folgte sofort. »Der Billabong ist heilig«, sagte er mit aufgebrachter Stimme. »Es ist verboten, in ihm zu baden, ja sich als Uneingeweihter in seiner Nähe aufzuhalten. Aber das kümmert euch Amerjig ja nicht!«

»Was die meisten Weißen angeht, hast du recht«, erwiderte Daryl ruhig. »Ich aber bin zwar ein ›weißer Mann‹, doch ich achte die Gesetze der Eingeborenen – so weit ich kann. Deshalb habe ich auch einen Stein in den Billabong geworfen, bevor ich hineinstieg. Aber es sind auch fünf Menschen verschwunden, und ihr Schicksal muss aufgeklärt werden.«

»Hier wirst du dann aber nichts finden«, meldete sich nun der junge Aborigine wieder zu Wort. Er warf seinem Begleiter einen fragenden Blick zu. Dieser zögerte einen Moment, dann nickte er, drehte sich um und ging zum Felsdurchgang.

»Folge uns«, sagte der Jüngere, »wir werden dir zeigen, was du suchst.«

Daryl war angespannt. Die Aborigines verheimlichten etwas, das konnte er deutlich spüren. Außerdem hatten sie gelogen, als sie behaupteten, es hätte kein Aufeinandertreffen von Forschern und Eingeborenen gegeben, das bewiesen die Fußspuren am Billabong. Die beiden wollten ihn vom Teich weglocken. Aber was wollten sie ihm zeigen, damit er das Interesse am Billabong verlor? Oder war das Ganze vielleicht eine Falle? Er wünschte, er hätte seine Dienstwaffe bei sich. Doch die lag in seiner Wohnung in Perth. Man hatte ihn schließlich nur als externen Berater hinzugezogen, und er hatte nicht damit gerechnet, sie gebrauchen zu müssen. Blieb sein Klappmesser, doch das befand sich in seinem Rucksack auf dem Rücken, und da kam er auch nicht so schnell ran.

Der ältere Aborigine führte sie an. Dabei bewegte er sich so geschmeidig und sicher zwischen den Sträuchern, spitzen Steinen und dem toten Holz hindurch, dass Daryl seine liebe Mühe hatte, ihm zu folgen. Der jüngere Eingeborene ging mit einigen Metern Abstand hinter ihm. In Anbetracht der Speere in seinen Händen war Daryl ziemlich mulmig zumute.

Der Bärtige führte sie etwa hundert Meter die Schlucht zurück und dann nach links in ein kurzes, breites Seitental. Dieses endete nach fünfundzwanzig Metern an einer steilen Felswand, in deren unzähligen Spalten und Höhlen dutzende Vögel nisteten. Links ragte eine weitere, von herausgebrochenem Gestein bizarr geformte Steilwand empor. Die rechte Seite des Seitentales sah ganz anders, aber nicht weniger spektakulär aus. Sie bestand aus einer sehr steilen Geröllhalde, zwischen deren rostfarbenem Gestein überall die weiß und blassrosa schimmernden Blüten der Mulla-Mulla-Blumen hervorstachen.

Der bärtige Aborigine kletterte über mehrere Gesteinsbrocken auf eine gut zehn Quadratmeter große Felsplatte, die wie eine Bühne am Fuß der Geröllhalde lag. Daryl folgte ihm. Oben angekommen, stieg ihm ein schwerer, süßlicher Geruch in die Nase, der ihm das Blut in den Adern gefrieren ließ …

Der Tod hatte nicht nur ein Gesicht, er hatte auch einen unverwechselbaren Geruch, der wie ein böses Omen in der Luft hing: den der Verwesung. Das Grab lag am Übergang zur Geröllhalde und bestand aus übereinandergeschichteten Steinen.

Der Intensität des Leichengeruchs nach zu urteilen, lag das Opfer noch nicht lange darunter begraben. Oder aber die Steine waren sehr sorgfältig und möglichst luftdicht ineinandergefügt worden.

Mehr als eine Person konnte nicht unter dem Steinhaufen liegen. Das war einerseits eine Erleichterung, andererseits auch nicht. Vielleicht gab es in einem der anderen Seitentäler noch weitere solche Gräber.

Daryl warf einen düsteren, fragenden Blick zum älteren Aborigine. »Wer liegt da?«, fragte er auf Pintubi.

Der Eingeborene trat beiseite und ließ Daryl an das Grab

treten. »Ein grauhaariger weißer Mann«, antwortete der Ältere knapp.
»Wie ist er hierher gekommen?«, wollte Daryl wissen und kniete sich am mutmaßlichen Kopfende des Grabes, in dem aller Wahrscheinlichkeit nach Dr. Hooker lag, nieder.
»Wir fanden ihn, als wir hier Vogeleier sammelten. Er muss beim Versuch, die Geröllhalde hochzuklettern, abgestürzt sein«, schaltete sich der jüngere Eingeborene ein. »Wir haben ihn hier begraben, die Polizei wollten wir informieren, wenn wir von unserem Walkabout zurück sind.«
Diese Antwort hatte Daryl erwartet. Für die Aborigines hatte der Tod eine andere Bedeutung als für Weiße. Zwar unterschieden sich die Jenseitsvorstellungen regional stark, doch nur, was die Seele eines Menschen betraf. Der Körper, da waren sich alle Aborigine-Stämme einig, wurde nach dem Tod wieder zu Erde, um die Pflanzen zu nähren, die Futter für Tiere boten, welche wiederum den Menschen als Nahrung dienten. Die menschliche Hülle war demnach Teil des Lebenskreislaufs, und somit war nichts Ungewöhnliches oder Abstoßendes an einem toten, sich zersetzenden Körper.
In diesem Fall hatte Daryl aber seine Zweifel, ob die Eingeborenen den Fund der Leiche tatsächlich gemeldet hätten.
»Aus welcher Community kommt ihr eigentlich?«, fragte er den Jüngeren.
»Amunturrngu«, kam die zögerliche Antwort.
»Und wie heißt ihr?«
Wieder dauerte es einen Moment, ehe der junge Mann ihm antwortete. »Ich bin Tjungurrayi … Und das ist Napangarti.«

Daryl wandte sich wieder dem Grab zu. Er sammelte sich einen Moment und atmete tief durch. Vorsichtig begann er dort, wo er Dr. Hookers Kopf vermutete, die Steine abzutragen.
»Was ist mit den anderen Weißen?«, fragte er über die Schulter.
»Wissen wir nicht. Sie waren schon weg, als wir herkamen«, sagte Tjungurrayi.
Noch eine Lüge. Und eine weitere, so befürchtete Daryl, würde er jetzt gleich entdecken.
Dr. Hookers Gesicht bot einen schrecklichen Anblick. In der Wunde über dem rechten Auge fraßen Maden, ebenso in der Nase und im linken, halb geöffneten Auge. Das rechte Augenlid indessen war wie der Mund geschlossen. Allerdings war es auch nicht besser anzusehen als das linke. Das Lid zuckte, und es sah aus, als bewege sich Dr. Hookers Auge darunter nervös hin und her. Auch hier waren Maden am Werk. Wahrscheinlich hatten Schmeißfliegen ihre Eipakete auf den Spalt der Lider abgelegt, von wo sich die winzigen, frisch geschlüpften Maden ins Innere des Auges gefressen hatten. Stirn und Wange waren zudem von Fäulnisblasen entstellt, die mit Verwesungsflüssigkeit gefüllt waren. Darunter, zwischen zwei Hautschichten, befanden sich vermutlich noch mehr Schmeißfliegenmaden im ersten Larvenstadium.
Es kostete Daryl große Überwindung, sich nicht zu übergeben. Der Verwesungsgeruch, das widerliche schabende Geräusch, das die aneinanderreibenden Madenleiber verursachten, das Wissen, dass dies die Temperatur in den Madenteppichen um ein paar Grad gegenüber der Außentem-

peratur erhöhte, während sich ihre Beißwerkzeuge immer tiefer in ihr Opfer fraßen, waren schwer beiseite zu schieben.

Daryl war beileibe kein Experte in forensischer Insektenkunde. Er wusste, dass dies ein sehr weites Forschungsgebiet war und jeder Fall, in dem eine Leiche von Insekten besiedelt worden war, als Einzelfall angesehen werden musste, selbst wenn er auf den ersten Blick vielleicht große Ähnlichkeit mit einem anderen, bekannten Fall hatte. Nur wenn die Begleitumstände genaustens analysiert wurden, konnte man die Liegezeit und die Todesursache einigermaßen präzise bestimmen. Dies setzte allerdings eine möglichst gründliche Untersuchung der Leichenfundstelle und ihrer Umgebung voraus. Seine eigenen Beobachtungen in der Natur, gemeinsam mit den beruflichen Erfahrungen, befähigten ihn aber immerhin dazu, erste Schlüsse über Dr. Hookers Tod zu ziehen.

Daryl wusste, dass er sich mit der Untersuchung beeilen musste. Schon umschwirrten neue Schmeißfliegen die Leiche, krochen auf der Suche nach Nahrung und einem Eiablageplatz auf dem Gesicht und in den blutverkrusteten Haaren herum. Eine zweite Besiedlungswelle durch Insekten konnte letztendlich eine Verfälschung der Liegezeiteinschätzung zur Folge haben.

Dr. Hooker hatte eine Verletzung auf der Stirn über dem rechten Auge. Ob diese tödlich gewesen war und ob sie von einem Sturz oder einem Schlag herrührte, musste der Gerichtsmediziner feststellen. Bei einem Sturz würden sich jedenfalls auch in diesem Stadium der Verwesung noch Prellungen, Schürfwunden und dergleichen feststellen lassen. Daryl suchte lieber nicht selber danach, denn er wollte möglichst wenig an der Fundstelle verändern. Er wusste ja, wie wenig begeistert die Experten der Spurensicherung waren, wenn man an »ihrem« Tatort herumpfuschte. Davon abgesehen glaubte er ohnehin nicht an die Absturzgeschichte.

Er verscheuchte die lästigen Fliegen, dann bedeckte er Dr. Hookers Gesicht wieder sorgfältig mit den Steinen. Etwas gab es noch, was er überprüfen wollte. Er rutschte bis ans andere Ende des Grabes. Wieder entfernte er einige Gesteinsbrocken. Als die Füße freilagen, öffnete er die Schnürsenkel des rechten Wanderschuhs. Vorsichtig zog er der Leiche den Schuh aus.

Daryls Gesichtszüge verhärteten sich. Die blaue Socke war – besonders an der Unterseite – feucht. Daryl nahm den Wanderschuh in die Hände und untersuchte ihn eingehend. Die Außenseite war so gut wie trocken. Vermutlich war er vor der Reise imprägniert worden. Die gepolsterte Innenseite sowie die Innensohle waren aber ebenfalls feucht.

Daryl legte den Schuh beiseite. Als seine Hände das Hosenbein etwas hochschoben und die Haut des Toten streiften, begannen sie zu zittern. Die Berührung dauerte nur einen winzigen Augenblick, doch allein dieser kurze Kontakt bereitete Daryl Übelkeit. Er verzog angewidert das Gesicht und würgte. Mit aller Kraft kämpfte er gegen die Angst und den Ekel an, die über ihn hereinbrachen. Für einen Moment schloss er die Augen und hielt inne. Er versuchte sich an das zu erinnern, was ihm einmal ein Rechtsmediziner geantwortet hatte, als Daryl ihn fragte, wie er es

aushielte, tagtäglich von Tod und Verwesung umgeben zu sein.
»Ich versuche, den Körper als Maschine zu betrachten«, hatte dieser gesagt. »Eine Maschine, die aus verschiedenen Geweben, Chemikalien, Mineralien und Flüssigkeiten besteht. Angetrieben wird sie von einer Herzmaschine, die Antriebszüge aus Sehnen und Muskeln betreibt, die ihrerseits von einem Luftkühl- und einem Schmiersystem in Schuss gehalten werden. Das alles sitzt auf einem festen Gestell aus Kalzium und wird von einem Computerhirn gesteuert.«
»Wenn es nur so einfach wäre«, murmelte Daryl leise. Als er sich wieder einigermaßen unter Kontrolle hatte, öffnete er die Augen und streifte die Socke vom Fuß.

Der Fuß war schrumpelig und bläulich verfärbt. Zusammen mit dem Knüppel und der Schleifspur, die Daryl beim Billabong gefunden hatte, war das der Beweis, dass Dr. Hookers Körper erst eine Weile im Wasser gelegen hatte, bevor er hierher gebracht worden war. Ein weiteres Indiz dafür war die relativ geringe Dichte der Maden an der Leiche. Hätte der Zoologe auch nur ein, zwei Tage tot am Fuß der Geröllhalde gelegen, ehe man ihn begrub, dann wären wesentlich mehr Fliegen zur Eiablage gekommen. Außerdem müssten dann auch Fraßspuren von Waranen, Vögeln und kleinen Säugetieren an der Leiche zu finden sein.
In diesem Punkt hatten die Eingeborenen also ebenfalls gelogen. Napangarti und Tjungurrayi! Daryl hatte die beiden in der Aufregung ganz vergessen. Er drehte sich um – und

schüttelte verärgert den Kopf. Die beiden Aborigines waren ebenso lautlos verschwunden, wie sie aufgetaucht waren.
»Verdammt, auch das noch!«, rief er frustriert. Daryl blieb einen Moment lang regungslos sitzen. Er musste eine Entscheidung treffen, und zwar schnell. Entweder er kehrte zum Hubschrauber zurück und forderte über Funk Hilfe an, oder er versuchte sich auf Napangartis und Tjungurrayis Fersen zu heften.
»Denk nach, Daryl, denk nach«, murmelte er mit geschlossenen Augen. Hätten die Aborigines ihn zu Hookers Leiche geführt, wenn seine Begleiter ebenfalls in einem der anderen Canyons begraben waren? Vermutlich nicht. Für den Tod des Doktors hatten sie eine, zumindest aus ihrer Sicht, plausible Erklärung. Für noch mehr Leichen im Canyon hätten sie das nicht. Vielleicht lagen die restlichen Vermissten im Billabong. Aber was, wenn nicht?
Daryl streifte in aller Eile den Wanderschuh über Dr. Hookers Fuß, warf die Socke darüber und bedeckte die Leiche wieder mit den Steinen. Dann kletterte er von der Felsplatte und hastete aus dem Seitental.
Die Eingeborenen verschwanden gerade im schmalen Durchgang zwischen den Tierfelsen. Daryl zögerte. Er musste an das denken, was Superintendent Coledale gesagt hatte: »Wir fanden mehrere Wasserkanister in den Wagen, jedoch keine einzige Wasserflasche.« Die Vermissten waren am Billabong gewesen, das hatte er bewiesen. Ebenso, dass die Eingeborenen gelogen hatten. Vielleicht waren Dr. Hookers Begleiter ja irgendwo hier verschwunden, und Napangarti und Tjungurrayi wussten, wo sie waren?

Wenn er zum Hubschrauber ging, würde er die Spur der Aborigines verlieren. Napangarti und Tjungurrayi waren zweifellos erfahrene Buschmänner, die ihre Spuren, die auf dem vorwiegend felsigen Untergrund ohnehin schwer zu lesen waren, bestens verwischen würden. Da half ihm auch der Hubschrauber nichts. Außerdem hatte er sowieso nicht mehr genug Treibstoff für eine lange Suche, und Napangarti und Tjungurrayi würden sich beim leisesten Geräusch von Motorenlärm rechtzeitig verstecken.

»Überlasse bei schwierigen Entscheidungen dein Handeln nicht nur deinen Empfindungen, sondern auch deinem Verstand«, war eine von Ungjeeburras Weisheiten. Vielleicht hätte Daryl in diesem Augenblick auf sie hören sollen. Aber er konnte es nicht. Er spürte instinktiv, dass er diesen Fall nicht lösen würde, wenn er die Eingeborenen ziehen ließ. Zwar kam im Leben jedes Kriminalpolizisten irgendwann der Tag, an dem er einen Fall nicht lösen würde.

»Aber nicht dieses Mal!«, sagte er entschieden.

Sicher, diese Situation erinnerte ihn sehr an Michelles Schicksal, was seine Versagensängste zusätzlich verstärkte. Aber das allein war es nicht. Er war zurzeit der einzige Mensch weit und breit, der wusste, dass diese Menschen noch am Leben sein konnten. Wenn sie das waren, benötigten sie darüber hinaus dringend Hilfe, besonders der Asthmatiker Martyn Dale. Er hatte keine Wahl: Er musste den Eingeborenen folgen.

6

Lautlos und ganz vorsichtig schob sich Daryl zwischen den Tierfelsen hindurch. Mit zusammengekniffenen Augen suchte er die Umgebung des Billabongs nach den Aborigines ab, konnte sie aber nirgends entdecken. Mit geübtem Blick überprüfte er die rechte Uferseite und die dahinter liegende Felswand. Diese hinaufzuklettern war nahezu unmöglich. Also wandte Daryl seine Aufmerksamkeit der linken Canyonseite zu.

Die Felswand war zwar ebenfalls steil, jedoch durch zahlreiche Vorsprünge für einen geübten Kletterer durchaus zu bewältigen. Weit oben, halb verdeckt von einem wie ein ausgestreckter Zeigefinger in die Schlucht ragenden Felsbrocken, nahm er eine Bewegung wahr. Er erkannte gerade noch Schulter und Arm eines Eingeborenen, dann verschwand beides hinter dem Felsen.

Daryl eilte zum umgestürzten Flusseukalyptus. Er streifte den Rucksack von seinen Schultern, öffnete ihn und entnahm ihm seine Wasserflasche, die er in einem Zug leer trank. Anschließend zog er das Hemd aus und warf es auf den Baumstamm. Bei der Untersuchung von Dr. Hookers Leiche hatte es dessen Verwesungsgeruch aufgenommen, der sich derart im Baumwollgewebe festgesetzt hatte, dass er vermutlich auf Dauer darin haften bleiben würde.

Er schnupperte an seinem T-Shirt. Hier schien der Geruch nicht ganz so stark, sicher war er aber nicht. Leichengeruch

hatte nämlich die unangenehme Eigenschaft, hartnäckig lange in den Nasenhaaren hängen zu bleiben.
Daryl kramte zwei der Plastiktüten aus dem Rucksack, in denen die Süßigkeiten für die Kinder in Nyirripi eingepackt gewesen waren, und holte den Knüppel aus seinem Versteck unter dem Stamm. Er vergewisserte sich, dass die Haare und der kleine Hautfetzen noch daran hafteten, dann stülpte er die eine Tüte vorsichtig über das Ende, band die andere wie eine Schnur um die Öffnung der Tüte und verknotete sie so fest, dass kein Insekt mehr hineinkrabbeln konnte. Abschließend versteckte er das Beweisstück zusammen mit seinem Hemd in einer Felsnische und verschloss diese mit Steinen.
Natürlich war es Irrsinn. Er war nicht ausgerüstet, um den Eingeborenen in die Wüste zu folgen. Ungjeeburra hatte ihn zwar gelehrt, wie man im Outback überlebte, und im Stammesgebiet seines Pintubi-Clans wäre ihm das vermutlich selbst nackt und ohne Waffen gelungen, weil er sich dabei an den Traumpfaden seines Wallaby-Ahnen hätte orientieren können. Hier, in einem fremden Stammesgebiet, war das aber nicht möglich, da er dessen »gesungene Wege« nicht kannte.
Obwohl die Traumpfade den ganzen Kontinent wie ein riesiges Spinnennetz überzogen, waren sie für Nichteingeweihte entweder unsichtbar oder nicht zu deuten. Jeder Ahne eines Totems hatte auf seiner Reise durch das Land neben seinen Fußspuren auch Worte und so etwas wie Noten hinterlassen. Diese »Songlines« durchzogen das Land wie Verkehrswege, sie waren gleichzeitig Karten, Kompass und Entfernungsmesser zwischen zwei Orten. Wer die

Lieder kannte, fand immer seinen Weg. Es gab keinen Berg, keine auffälligen Felsen, ausgetrockneten Flussläufe, Billabongs oder heilige Stätten auf dem ganzen Kontinent, die nicht »gesungen« werden konnten – zumindest in früheren Zeiten.

Mit jedem Aborigine-Clan, den die Weißen aus seinem ursprünglichen Stammesgebiet vertrieben hatten, waren auch dessen Traumpfade nutzlos geworden. Und nicht nur das: Auch die Verbindung zu den Ahnen wurde unterbrochen. Plötzlich war, wer sich auf einen Walkabout und somit auf eine rituelle Reise auf den Fußspuren seines Ahnen begeben wollte, hilf- und orientierungslos, abgeschnitten von Vergangenheit, Gegenwart und Zukunft.

Napangarti und Tjungurrayi hingegen kannten ihre Traumpfade bestimmt noch bestens. Daryl war ihnen gegenüber also klar im Nachteil. Während sie sich zielsicher durch ihr Stammesland »sangen«, durfte er ihre Spur keinesfalls verlieren. Sie wussten, wo sie Wasser fanden, er nicht.

Er holte Rucksack und Wasserflasche, füllte Letztere am Billabong auf und verstaute sie wieder in der Tasche. Noch einmal wanderte sein Blick über die Felswand, auf der Suche nach dem besten Aufstieg. Dann begann die Verfolgung der beiden Aborigines.

Daryl krallte seine Finger in Ritzen, stemmte seinen Körper über scharfe Felskanten und zog sich an Ästen von Geistereukalypten empor. Dabei musste er höllisch aufpassen, denn immer wieder lösten sich kleine flache Steine aus dem verwitterten Fels und zerbrachen unter dem Druck seiner Hände und Füße wie dünnes Eis. Immer wenn er einen größeren Felsvorsprung erklommen hatte, hielt er an, um den nächsten Abschnitt zu planen. Sein Ziel war das große fingerförmige Kliff, hinter dem Napangarti und Tjungurrayi verschwunden waren.

Daryl befand sich gerade unter einem Felsvorsprung, seine Finger tasteten Halt suchend die Felskante über seinem Kopf ab, als sie plötzlich ein weiches, schuppenartiges Etwas berührten, das sogleich ein zischendes Geräusch von sich gab. Sofort zog Daryl die Hände zurück. Vermutlich war das Etwas ein Waran oder ein Felsenpython. Aber was immer es auch war, gebissen werden wollte er weder vom einen noch vom anderen. Also wich er nach links aus, ohne nachzuschauen, welches Tier ihn zum Umweg gezwungen hatte.

Als Daryl den Vorsprung erreicht hatte, schaute er zurück zum Billabong. Dieser lag friedlich und grün schimmernd etwa dreißig Meter unter ihm. Weitere fünfzehn Meter, schätzte er, trennten ihn nun noch vom oberen Rand der Schlucht.

Daryl umrundete den Fingerfelsen über einen schmalen Grat. Die kleine Plattform, auf der er nun stand, bot gerade genug Platz für eine Person. Vor ihm und zu seiner Linken ragten die Felsen im rechten Winkel an die drei Meter empor, während der Canyon hinter ihm fast senkrecht bis zum Billabong abfiel. Rechts neben Daryl klaffte eine tiefe, etwa einen Meter breite Spalte im Fels. Auf der anderen Seite des Abgrundes, fast auf derselben Höhe, befand sich ebenfalls ein kleiner Felsvorsprung.

Daryl glaubte nicht, dass die Eingeborenen auf ihn hinübergesprungen waren. Soweit er das beurteilen konnte, gab es dort kein Weiterkommen, denn die Felswände ragten senkrecht, teilweise sogar leicht überhängend in die Höhe. Die Schlucht verbreiterte sich hinter dem Vorsprung jedoch etwas, und Daryl konnte nicht erkennen, wie es dort weiterging und ob dort ein Durchkommen war.

Die rechtwinklige Felswand vor ihm war allerdings auch nicht auf herkömmliche Art zu erklimmen. Ausgerechnet an dieser Stelle war der Fels so glatt, als habe man ihn mit einem scharfen Messer abgeschnitten. Der einzige Weg nach oben führte über den dünnen Stamm und die bizarr verdrehten Äste eines Geistereukalyptus, der sich aus einer faustdicken Spalte im Fels zwängte.

Jetzt erst fiel Daryl auf, dass dem Baum die typische weiße Rindenfärbung an vielen Stellen fehlte. Vermutlich benutzten die Eingeborenen den Baum als eine Art Leiter auf ihrem Weg in und aus dem Canyon, wodurch die Rinde abgeschabt worden war.

Daryl wollte sich gerade an einem der Äste hochziehen, da bewegte sich auf dem Felsen über ihm etwas. Er zuckte zusammen und schaute erschrocken nach oben – direkt in ein paar große dunkelbraune Augen.

Auf der Felsklippe über ihm saß ein kleines Felsenkänguru. Die Ohren gespitzt, den zierlichen Hals gestreckt, blickte es neugierig und mit schiefem Kopf zu ihm hinunter.

»Hast du mich vielleicht erschreckt«, sagte Daryl und atmete erleichtert aus.

»Gerade scheu bist du ja nicht«, meinte er dann lächelnd.

Wahrscheinlich war das putzige Tier von den beiden Aborigines aus seinem Versteck in einer Felsnische oder kleinen Höhle aufgeschreckt worden, denn eigentlich verschliefen Felsenkängurus den Tag und gingen nur frühmorgens und am Abend auf Futtersuche.

»Normalerweise würde ich mich ja, wie sich das gehört, zurückziehen und dir den Vortritt lassen. Aber leider hab ich es eilig.«

Doch bevor Daryl sich hochziehen konnte, sprang das Felsenkänguru mit einem mächtigen Satz auf einen kaum zwanzig Zentimeter breiten Vorsprung, stieß sich von diesem wie eine Sprungfeder ab, um dann sicher auf der Plattform auf der anderen Seite des Felseinschnitts zu landen. Mit dem Rücken zu Daryl stützte es sich auf seinen kräftigen Schwanz, lehnte sich zurück und kratzte sich mit den scharfen Vorderkrallen genüsslich den Bauch.

Als es damit fertig war, drehte es den Kopf und blickte zu Daryl hinüber. Zweimal schnalzte es mit der Zunge. Dann schüttelte es den schmalen Kopf, lehnte sich nach vorn, stützte sich mit den kurzen Vorderpfoten auf den Fels, schob die Hinterläufe nach und bewegte sich so auf dem schmalen Sims gemächlich um das Felsenkliff. Es war einer dieser Augenblicke, in denen Daryl spürte, wie sein weißes Denken in den Hintergrund trat und er fast nur noch wie ein Aborigine dachte und fühlte.

Warrew, das Urwallaby. Schöpfungswesen des Wallaby-Dreamings, *seines* Dreamings. Er hatte Warrews Anwesenheit seit seiner Ankunft am Billabong gespürt. Sein Verstand hatte dieses Gefühl aber verdrängt, denn es entbehrte jeglicher weißen Logik.

Ungjeeburra hatte ihm klargemacht, dass sich das Bewusstsein der Menschen in der Regel auf das beschränkte, was die Gesellschaft, der sie angehörten, ihnen wahrzunehmen erlaubte. Das Unterbewusstsein war jedoch zu wesentlich tieferem Verständnis fähig, sofern man dies auch zuließ.

»Die weiße Kultur trennt die wahrnehmbaren, greifbaren Dinge von den unsichtbaren, nicht fassbaren und schafft so zwei Welten, von denen sie der sichtbaren den Vorzug gibt, weil diese leichter zu verstehen ist. Die Wahrheit ist, dass sie beide miteinander verwoben sind. Bewusstes und Unbewusstes sind allgegenwärtig, sie durchdringen alle Ebenen des Seins.«

Das Felsenkänguru hatte keine Angst vor ihm gehabt. Wusste es, dass Daryl dem Wallaby-Träumen angehörte und dass sie wie alle Wallaby-Menschen und alle lebenden Felsenkängurus Brüder waren? Oder waren es bloß seine Gedanken daran gewesen, die das Känguru spüren ließen, dass von ihm keine Gefahr ausging?

Daryl war zutiefst bewegt. In jedem Fall hatte sich das Felsenkänguru nicht normal verhalten. Daryl hatte den Eindruck, als wollte es ihn dazu bringen, ihm zu folgen. Er warf einen kurzen Blick auf den abgewetzten Stamm des Geistereukalyptus, dann zuckte er mit den Schultern und trat an den Rand der Felsspalte.

Die Schlucht war sieben bis acht Meter tief und übersät mit scharfen vorstehenden Felszacken. Ein Sturz in sie endete mit Sicherheit tödlich.

Er trat vom Abgrund zurück, bis er mit dem Rücken an die Felswand stieß. Einen Schritt, mehr Anlauf bot die kleine Plattform nicht. »Okay«, versuchte er sich Mut zuzureden,

»etwas mehr als einen Meter, das schaffst du auch aus dem Stand.« Daryl holte tief Luft und sprang.
Er landete sicher auf der anderen Seite des Abgrunds. Erleichtert atmete er aus. Dann folgte er dem Känguru auf dem schmalen Sims um das Kliff – und blieb erstaunt stehen. Nur wenige Schritte vor ihm lag eine Höhle, genauer: ein Tunnel.
Dieser war an die fünf Meter lang. Von seinem breiten, niedrigen Eingang, der Ähnlichkeit mit dem halb aufgerissenen Maul eines urzeitlichen Monsters hatte, hingen tropfsteinähnliche Gebilde wie Fangzähne herunter. Im Gegensatz zu echten Tropfsteinen, die durch die Mineralien in langsam herabrinnendem Wasser gebildet wurden, waren diese Zapfen das Werk von Erosion und Auswaschungen weicherer Gesteinsschichten in der Höhlendecke. Auf dieselbe Weise war auch der bizarr gezackte und ausgewaschene Boden am Tunneleingang geformt worden.
Da die Sonne bereits tief am Himmel stand, fiel Licht von der anderen Seite in den Gang. Daryl bückte sich, trat in den Tunnel und ein triumphierendes Lächeln umspielte seine Lippen. Das Felsenkänguru war zwar verschwunden, dafür hatte er aber etwas anderes entdeckt.

Die linke Seitenwand der Höhle wies auf Brusthöhe eine gut zwei Meter lange und fünfzig Zentimeter tiefe Einbuchtung auf, in der die Schädel und Gebeine verstorbener Eingeborener lagen. Die gegenüberliegende Wand sowie die Decke der Höhle waren im Gegensatz zum Eingang nahezu flach und nur von wenigen Unebenheiten unterbrochen.

Die Wände und die Decke waren übersät mit Felszeichnungen, die in Weiß, Schwarz und Ockergelb leuchteten. Daryl nahm das Gesumme der Lehmwespen wahr, die er unten am Fluss beobachtet hatte und die nun aufgeregt um ihre von der Decke abgeschlagenen Nester herumschwirrten.

Die leuchtenden Farben der Felsmalereien und das Fehlen alter Lehmwespennester waren für Daryl der Beweis, dass der Tunnel regelmäßig von Eingeborenen aufgesucht wurde. Dieser ganze Ort hatte noch immer eine wichtige Bedeutung für sie. Vielleicht war dies der Grund für das abweisende Verhalten der Aborigines.

Ohne das Felsenkänguru wäre Daryl an dem Geistereukalyptus hochgeklettert und hätte die Höhle nie entdeckt. Vermutlich hätte er auch die Spur von Napangarti und Tjungurrayi verloren.

Die beiden waren hier durchgekommen, davon war Daryl überzeugt. Er hatte, was das Fehlen der weißen Rinde auf dem Geistereukalyptus betraf, vorschnell die falschen Schlüsse gezogen. Oder wie Ungjeeburra es ausgedrückt hätte: *»Vertraue nicht blind dem ersten Eindruck – er ist meist nur eine Kombination aus Wahrheit und Täuschung.«*

Genau wie Tierblut, rote und gelbe Ockererde oder Holzkohle verwendeten die Aborigines auch das Puder der abgeschabten Geistereukalyptus-Rinde, vermischt mit Wasser, Honig, Wachs oder Tierfett, als Farbe für ihre Höhlenbilder.

Doch bevor Daryl die Malereien genauer studierte, wollte er feststellen, wie viel Vorsprung Napangarti und Tjungurrayi hatten. Er durchquerte den Tunnel und trat vorsichtig auf der anderen Seite ins Freie. Sein Blick fiel auf ein weites steiniges Tal. Wind und Regen hatten in ihm die wunderbarsten Formen herausgearbeitet, die im Zusammenspiel von Licht und Schatten der Fantasie keine Grenzen setzten. An der tiefsten Stelle erkannte er einen schmalen Grünstreifen, der sich wie ein riesiger olivfarbener Baumpython in die sich dahinter ausbreitende Wüste schlängelte.

Daryl brauchte eine Weile, bis er die Aborigines entdeckte. Dicht hintereinander kletterten sie talwärts. Ihr Vorsprung betrug nicht mehr als ein paar hundert Meter. Ihm blieb also noch etwas Zeit. Er drehte sich um und betrat erneut den Höhlengang.

Während die Eingeborenen im Norden und Südosten des Kontinents bei ihren Felszeichnungen die personifizierte Darstellung bis hin zum Röntgenstil bevorzugten, bei der sie sogar die inneren Organe genau abbildeten, herrschten hier in Zentralaustralien ornamentale Motive wie Spiralen, Bögen, konzentrische Kreise und andere abstrakte Muster vor. Für Uneingeweihte waren sie schwer zu verstehen. Doch Daryl hatte ihre Bedeutungen von Ungjeeburra gelernt. So konnte er die Geschichten über Geburt, Leben und Tod und über die Ahnen, deren Geist mit diesem Ort verbunden war, vergleichsweise mühelos entziffern.

Was er da las, verwunderte ihn. Die Erzählung von Warrew, dem großen Urwallaby, war die zentrale Geschichte. Nach seiner Initiation hatte Ungjeeburra sie ihm »Im Tal der singenden Winde«, dem heiligen Ort ihres Clans, erzählt. Wie Daryl jetzt feststellte, hatte sie offenbar Lücken. Das irritierte ihn. Er hatte nie erlebt, dass ihm sein Aborigine-Ziehvater nicht die Wahrheit gesagt oder ihm etwas verheimlicht hätte. Warum also fehlte dieser Teil, dieser bestimmte Ort, in Ungjeeburras Ahnenerzählung von Warrews Traumzeit-Wanderung? Daryl wandte sich der linken Höhlenwand zu. Vielleicht fand er dort die Antwort auf diese Frage.

Ein kleiner Kreis, umschlossen von zwei weiteren, größeren Kreisen, symbolisierte den Billabong. Ringsum befanden sich weitere Zeichen, die für die Schlucht, die Höhle und die Songlines standen, die sich an diesem Platz kreuzten. So weit war die Szene nicht weiter ungewöhnlich.

Was Daryl aber in Staunen versetzte, war die Darstellung einer kriegerischen Auseinandersetzung. Sowohl die typischen abstrakten Symbole für die verschiedenen Eingeborenenwaffen als auch stilisierte Zeichnungen von Personen waren in das Gemälde eingefügt worden. Über der dramatischen Szene schwebten wie göttliche Traumzeitwesen ein Känguru und eine Schlange.

Es musste ein ungleicher Kampf gewesen sein, der sich am Billabong zugetragen hatte. Ein Dutzend Krieger, bewaffnet mit Speeren und Bumerangs, trat gegen vier Gegner an, die mit dem Rücken zum Billabong standen. Auch sie hielten Waffen über ihren Köpfen, doch handelte es sich dabei nicht etwa um Speere, sondern um Gewehre. Daryl hatte schon von ähnlichen Felsmalereien weit oben im Norden gehört. Auf ihnen waren Weiße auf ähnliche Weise dargestellt. Beide Bildgalerien mussten älteren Datums sein, denn die Aborigines, die sie schufen, wussten zwar, dass die Waffen der Weißen genau wie ihre Speere töten konnten, wie sie funktionierten, hatten sie jedoch nicht begriffen. Darum wurden die Fremden auch so dargestellt, als ob sie einen todbringenden Speer schleudern würden.

Daryl schätzte, dass die Kampfszene vor mindestens sechzig Jahren gemalt worden war, vermutlich war sie aber älter. Damals hatte man keine dreihundert Kilometer südwestlich von hier eine Gruppe noch immer frei lebender Eingeborenen entdeckt, die, hätte eine verheerende Dürreperiode sie nicht dazu gezwungen, ihre Heimat zu verlassen, womöglich noch viele Jahre unentdeckt durch die Große Westliche Sandwüste gewandert wären.

Ungjeeburra war einer dieser letzten frei lebenden Eingeborenen des Pintubi-Stammes gewesen. An ein Leben in einer Aborigine Community hatte er sich nie gewöhnt. Daryl fragte sich, ob Ungjeeburra wusste, was diese Malereien genau bedeuteten. Möglich war es. Ungjeeburra war zwar kein Walbiri, als Pintubi aber ihr Bruder. Außerdem war dies ein Ort des Felsenkänguru-Dreamings.

Wie wichtig diese Höhle und die Geschichte, die sie erzählte, für die Walbiri noch immer waren, bewiesen die kräftigen Farben der Felsbilder. Sie wurden noch immer regelmäßig von den Eingeborenen »berührt«, dies hieß, mit neuer Farbe sorgfältig aufgefrischt, um die magischen Kräfte der Ahnen und des Totems zu reaktivieren.

Daryl löste sich von den Malereien und ging zu einer kleinen Felsnische, die er zunächst nicht bemerkt hatte. In ihr lagen Tjurungas, hölzerne Sakralobjekte. Er zögerte. Die flachen, ovalen und länglichen Holzstücke galten den Walbiri und Pintubi als die Leiber verstorbener Totemvorfahren, die sich in die Kultobjekte verwandelt hatten. Die Tjurungas waren mit geheimnisvollen Zeichen bemalt, die einerseits mythologische Landkarten waren und andererseits die Geschichte und die Gesetze des Stammes erzählten und dem Leben eine Orientierung geben sollten. Sie zu berühren und neu zu bemalen, bedeutete für einen Eingeborenen, in eine mystische und Glück bringende Verbindung mit seinem Ahnenwesen zu treten.

Die Tjurunga-Tafeln galten als heilig und wurden den jungen Männern erst am Ende ihrer Initiation gezeigt. Für Frauen, Kinder und Fremde waren sie absolut tabu. Wer es trotzdem wagte, gegen dieses Gesetz zu verstoßen, wurde mit dem Tod bestraft – zumindest wenn er ein Aborigine war. Daryl war zwar weiß, trug aber die Stammeszeichen der Pintubi. Hier zu sein war also schon Verstoß genug. Er wollte nicht noch mehr Gesetze brechen, deshalb verzichtete er darauf, die Tafeln näher zu untersuchen, auch wenn sie ihm vielleicht wichtige Hinweise gegeben hätten. Es war ohnehin Zeit, wieder die Verfolgung Napangartis und Tjungurrayis aufzunehmen.

Er wandte sich um und wollte zum Ausgang gehen, als ihm links in einem schmalen Spalt ein seltsamer Gegenstand auffiel. Dort lagen ein alter, verrosteter Gewehrbeschlag, eine Gürtelschnalle, zwei Hosenknöpfe und ein grober Stofffetzen. Die Gegenstände waren allesamt alt, wie alt, konnte er aber nicht sagen.

»Sehr ungewöhnlich«, murmelte er. Die Sachen gehörten eindeutig nicht hierher. Er hatte noch nie erlebt, dass Eingeborene Gegenstände von Weißen an ihren heiligen Plätzen aufbewahrten. Im Moment hatte er überhaupt keine Erklärung dafür. Selbst wenn sie von der dargestellten Kampfszene stammten, so gehörten sie nicht direkt zur

Ahnengeschichte des Stammes und hatten somit eigentlich auch nichts an diesem Ort verloren. Da er dieses Rätsel hier und jetzt aber nicht lösen konnte, ließ Daryl die Fundstücke an ihrem Platz und trat stattdessen an den Ausgang.
Napangarti und Tjungurrayi hatten inzwischen das Ende des Tals erreicht. Sie waren nur noch zwei kleine braune Punkte in einem Meer aus rotem Sand und Geröll. Daryl beobachtete sie einige Minuten. Dabei prägte er sich die markantesten Punkte ein, die sie passierten. Das würde es ihm erleichtern, ihren Spuren zu folgen, wenn er sie aus den Augen verlor.
Er sah zum Himmel. Die Sonne war weiter nach Nordwesten gewandert. Beim Abstieg würde er von ihr leicht geblendet werden und sah dadurch womöglich zu spät, wenn sich einer der Eingeborenen zufällig umdrehte und in seine Richtung blickte. Außerdem fielen die Sonnenstrahlen direkt auf ihn, so dass er selbst recht gut zu erkennen war.
Daryl blickte kritisch an sich herunter. Er öffnete den Gürtel seiner Hose, zog ihn aus den Schlaufen der Jeans und fädelte ihn verkehrt herum wieder ein. Die metallene Gürtelschnalle konnte so nicht mehr wie ein Spiegel wirken, der ihn selbst noch auf große Entfernung hätte verraten können. Dann marschierte er los.

7

Daryl warf einen Blick zurück. Hinter ihm, weit entfernt und wie eine Fata Morgana in dunstiges, rötlich schimmerndes Licht gehüllt, waren noch schwach die Ausläufer der Stuart Bluff Ranges zu erkennen. Vor ihm erstreckte sich, so weit das Auge reichte, eine flache, eintönige Gegend aus Spinifex, Sand, verwitterten Steinen und vereinzelt wachsenden niedrigen Wüstensträuchern. Dazwischen lagen überall abgestorbene hellgraue Mulga-Äste wie ausgebleichte Knochen verstreut. Sie zeugten von vergangenen Sturzfluten, die sie von den Bergen bis weit in die Wüste getragen hatten.

Um zu vermeiden, dass er von den beiden Aborigines entdeckt wurde, bewegte sich Daryl bewusst langsam durch die immer sandiger werdende Landschaft.

Stunden später und völlig unerwartet stand er plötzlich auf dem schmalen Wüstentrack, der die beiden Communitys Nyirripi im Südwesten und Yuendumu im Nordosten verband. Im Süden konnte er schwach die Umrisse des Mount Cockburn erkennen. Nyirripi war demnach nur ungefähr zwanzig Kilometer entfernt, Yuendumu hingegen über hundert.

Das Ziel der Aborigines war aber offenbar keine der Communitys und auch nicht die Rinderstation Vaughan Springs, die fünfzig Kilometer nördlich in der Tanami-Wüste lag. Ihre Spuren führten weder in die eine noch in die andere

Richtung, sondern quer über die sandige Piste. Napangarti und Tjungurrayi wanderten zielstrebig in die unermesslich weite, menschenleere Große Sandwüste.

Nach einer Weile kamen Daryl erste Zweifel an seinem Vorhaben. »Dämlich, absolut *bescheuert*«, sagte er zu sich. Was war, wenn er sich irrte? Was, wenn Napangarti und Tjungurrayi tagelang in die Wüste wanderten, weiter, als er glaubte? Wenn er ihre Spur verlor? Im Moment konnte er noch seinen eigenen Fußspuren zurück folgen. Irgendwann gab es kein Umkehren mehr.

Seine Wasserreserve war kümmerlich. Zu essen hatte er auch kaum etwas. Ein Sandwich in seinem Rucksack, das war alles. Dies musste er noch diesen Abend essen, weil es sonst schlecht wurde. Danach war er auf die Nahrung angewiesen, die er unterwegs fand. Das Problem war nur, dass er der Spur der Aborigines folgen musste. Da diese traditionsgemäß ebenfalls keine Vorräte mit sich führten, würden sie natürlich jede Buschnahrung sammeln, die sie auf ihrem Weg fanden. Für ihn würde da nicht so viel übrig bleiben, schließlich war die Wüste kein Supermarkt.

Gegen Abend blieb er zum ersten Mal stehen. Im Nordwesten berührte die Sonne schon den Horizont. Einen Moment balancierte sie wie ein Seiltänzer darauf, dann versank sie langsam dahinter. Die Landschaft, eben noch in warme, rote und goldgelbe Farben gehüllt, verschmolz zusehends zu einem grauen konturlosen Ganzen. Das Surren der Fliegen, die ihn in den letzten Stunden zu tausenden umschwirrt hatten, wurde rasch leiser, bis es schließlich endgültig ver-

stummte. Einen Moment lang herrschte würdevolle Stille. Dann begannen die Grillen aus ihren Verstecken in den Spinifex-Grasnestern heraus mit ihrem abendlichen Gezirpe.
Für Daryl wurde es Zeit, sich einen Schlafplatz zu suchen. Zunächst wollte er aber herausfinden, wo Napangarti und Tjungurrayi ihr Lager aufgeschlagen hatten. Da Aborigines die bösen Geister der Nacht fürchteten, hatten die beiden bestimmt schon einen Lagerplatz ausgewählt und damit begonnen, Feuerholz für die Nacht zu sammeln.
Wie Daryl es von Ungjeeburra gelernt hatte, nutzte er jede Deckung, die sich ihm bot, um sich geduckt und lautlos vorwärts zu bewegen. Dabei überprüften seine Augen rastlos wie ein unsichtbarer Scanner Büsche, Sandhügel und die wenigen verstreut stehenden Wüstenbäume.
Er erreichte gerade den Rand einer flachen Erhebung, als er in einer kleinen Senke, etwa zweihundert Meter entfernt, eine Bewegung wahrnahm. Daryl duckte sich schnell hinter einen Termitenhügel. Er wartete einen Moment, bis er sicher war, nicht entdeckt worden zu sein, dann schlich er sich vorsichtig näher heran.
Napangarti war gerade dabei, Feuer zu machen. Dazu benutzte er die Feuersäge, ein hartes Holzstück, das er in einer quer verlaufenden Kerbe über einem liegenden Mulga-Ast hin und her zog, bis das heiße Sägemehl den bereitliegenden Zunder aus Spinifex-Harz und trockenen Gräsern in Brand steckte.
Tjungurrayi verteilte unterdessen Feuerholz auf drei kleine Feuerstellen rings um ihren Schlafplatz. Diese würden die Wärme gleichmäßig verteilen und Tjungurrayi und Napangarti einen angenehmen Schlaf ermöglichen.

Daryl beneidete sie um die Lagerfeuer. Er selbst beherrschte wie die meisten Eingeborenen gleich mehrere Arten des Feuermachens. Allerdings wagte er es jetzt nicht, ein Feuer zu entfachen, aus Angst, die Eingeborenen würden es sehen oder riechen. Vor allem der bärtige Napangarti machte den Eindruck eines Mannes, der über alle Instinkte und alles Wissen verfügte, das ein Aborigine nur haben konnte. Das bewies schon die Art und Weise, wie er sich durch die Wüste bewegte. Er hinterließ so gut wie keine Spuren, Tjungurrayi zum Glück umso mehr.
Daryl zog sich langsam bis auf gut dreihundert Meter zurück. Neben einem gespaltenen Eisenholzbaum hob er eine kleine Kuhle aus der roten Erde aus, dann brach er einige Äste vom Baum ab und legte sie neben die Grube. Er setzte sich in die Vertiefung. Aus dem Rucksack kramte er das Sandwich, sein Messer und die Wasserflasche.
Er klappte die labbrigen Brotscheiben auf und betrachtete kritisch den Inhalt. Käse und Butter rochen bereits ranzig, und die Wurst triefte vor Fett. Er verzog angewidert das Gesicht. »Na dann guten Appetit«, sagte er sarkastisch und biss mit gerümpfter Nase in sein Abendessen.
Natürlich sollte er froh sein, überhaupt etwas zu essen zu haben. Einen halb gegarten Goanna oder ein paar rohe Maden hätte er in diesem Moment allerdings vorgezogen.
Daryl trank ein paar Schluck Wasser, verstaute die Wasserflasche wieder im Rucksack und legte das Klappmesser neben sich in die Kuhle. Er streckte sich aus und deckte sich mit den Ästen und dem Rucksack provisorisch zu.
Der Himmel war inzwischen mit Sternen übersät, die wie silberne Pailletten auf einem schwarzen Samtschal glitzer-

ten. Ihr Anblick löste Daryls Anspannung und ließ ihn die Ruhe finden, die er brauchte, um die Geschehnisse dieses Tages nochmals rekapitulieren zu können.

Nyurupayia hatte ihm nicht die Wahrheit erzählt und auch Tjungurrayi und Napangarti nicht. Sie alle verheimlichten etwas. Trotzdem hatte man ihn zu Dr. Hookers Leiche geführt. Wenn man den Doktor und seine Begleiter also umgebracht hatte, warum zeigte man Daryl dann das Grab? Weder er noch sonst jemand hätte es vermutlich so schnell gefunden. Man suchte die Vermissten ja in der Tanami-Wüste und nicht am Billabong.

»Vielleicht«, redete Daryl wieder leise mit sich selber, »haben Napangarti und Tjungurrayi dich beobachtet, seit du mit dem Hubschrauber gelandet bist. Sie sahen, dass du die Spur der Vermissten bis zum Billabong verfolgt hast, und wollten deine Aufmerksamkeit dann von der Wasserstelle ablenken. Nur, warum?« Er überlegte eine Weile. Dann kam ihm eine Idee.

Dr. Hooker war niedergeschlagen worden und hatte eine Weile im Wasser gelegen, das stand fest. Aus irgendeinem Grund hatten ihn die Aborigines aber wieder aus dem Billabong herausgeholt und ihn in einem Seitencanyon begraben. Stammten die Schleifspuren, die er gefunden hatte, vielleicht davon, dass Dr. Hooker nicht in das Wasser, sondern aus ihm heraus gezogen worden war?

Hatte Daryls Auftauchen die Aborigines vielleicht beim Bergen der restlichen Leichen gestört, die sie ebenfalls irgendwo anders zu verscharren gedachten? Er hatte den Billabong mehrmals überflogen, so dass Napangarti und Tjungurrayi ihn sicher bemerkt hatten. Es war immerhin eine Möglichkeit. Sie erklärte aber nicht, warum man die Forscher überhaupt hätte umbringen sollen und weshalb sie erst im Billabong versenkt wurden, nur um sie dann wieder aus ihm herauszuholen.

Daryl runzelte die Stirn. »Womöglich entdeckten Hooker und seine Begleiter die Höhle. Sie untersuchten die Tjurungas, dabei wurden sie von den Eingeborenen ertappt. Es kam zum Streit. Dr. Hooker und seine Begleiter wurden erschlagen und ihre Leichen von dem Felskliff in den Billabong geworfen.«

Und weil die Aborigines die Täter und den heiligen Ort schützen wollten, hatten sie die Spuren verwischt. Später kam man zum Schluss, dass es besser war, die Leichen nicht im Billabong zu lassen, sondern sie irgendwo anders zu begraben. Das würde allerdings bedeuten, dass es nicht viel Sinn machte, ja sogar ein Fehler war, Napangarti und Tjungurrayi in die Wüste zu folgen.

»Möglich …«, flüsterte Daryl.

Er dachte eine Weile über diese Theorie nach, dann schüttelte er entschieden den Kopf. Er glaubte, auf der richtigen Spur zu sein. Schließlich konnte es ebenso sein, dass nur Dr. Hooker umgekommen war und die anderen in die Wüste fliehen konnten.

Zwei Sternschnuppen schossen über den Himmel. Daryl schloss die Augen. Er fror. Seit Sonnenuntergang war die Temperatur um mindestens zehn Grad gefallen. Und es würde noch ein ganzes Stück kälter werden …

8

Die Sonne war schon vor einer Weile aufgegangen, und die letzten nachtaktiven Tiere zogen sich nun eilig in ihre kühlen Höhlen zurück. Daryl hingegen zitterte vor Kälte. Sein ganzer Körper schmerzte. Er war bis auf die Knochen durchgefroren, und auch das harte Nachtlager auf der nackten Erde hatte seine Spuren hinterlassen. Zu allem Überfluss war er wegen der Unterkühlung immer wieder aufgewacht, weshalb er sich zusätzlich geschwächt fühlte. Früher, wenn er mit Ungjeeburra für Tage oder sogar Wochen in die Wüste gezogen war, hatte er zwar auch nie einen Schlafsack mitgenommen, dafür aber immer entweder eine Jacke oder ein Sweatshirt. Außerdem hatten sie stets Feuer gemacht und, wie das bei den Eingeborenen in kalten Nächten üblich war, sich an den Körpern der Hunde gewärmt, sofern sie welche auf ihre Wanderungen mitgenommen hatten. Trotzdem hatte Daryl gelegentlich gefroren. Ungjeeburra dagegen hatten niedrige Temperaturen nie viel ausgemacht. Aborigines konnten ihren Stoffwechsel im Schlaf reduzieren, wodurch ihr Herz langsamer schlug, ihre Körpertemperatur tiefer lag und sie die Kälte weniger spürten. So gefroren wie in dieser Nacht hatte Daryl allerdings noch nie. Er wusste nur zu gut, wie schnell etwas geschehen konnte, wenn man übermüdet war. Die Wüste verzieh keine Fehler.

Kurze Zeit später lag Daryl auf dem Bauch hinter einem

abgestorbenen Pituri-Strauch. Die Buschfliegen umschwirrten ihn bereits wieder zu hunderten. Sie waren die reinste Plage, weil sie auf der Suche nach Feuchtigkeit in jede erreichbare Körperöffnung krochen. Von den Aborigines hatte er gelernt, sie zu ignorieren. Das klappte auch weitgehend, allerdings nicht, weil er sich an die Fliegen gewöhnt hatte, sondern weil es einfach zu kräftezehrend war, sich unentwegt gegen sie zu wehren.

Der Lagerplatz in der Senke war verlassen. Daryl richtete sich vorsichtig auf. Suchend blickte er sich um, bis er in der Ferne die Silhouetten der beiden Aborigines ausmachte. Wie schon am Vortag hatte Napangarti die Führung übernommen, Tjungurrayi ging dicht hinter ihm. Der Abstand zwischen ihnen und Daryl betrug ungefähr einen Kilometer. In der kühlen klaren Morgenluft waren sie aber dennoch gut zu erkennen, vor allem, weil sie die einzigen Objekte in der endlosen Weite der Wüste waren, die sich bewegten.

Für einige Stunden würde Daryl die Sonne im Rücken haben, wodurch er die Eingeborenen gut im Auge behalten konnte, für sie aber im gleißenden Gegenlicht kaum auszumachen war. Er wollte diesen Vorteil nutzen, indem er sich nebenbei auch nach etwas Essbarem umschaute. Zunächst ging er aber zu ihrem Lager.

Die drei Feuerstellen waren mit Sand und Erde zugeschüttet. Daryl scharrte eine von ihnen auf. Er nahm den letzten Plastikbeutel aus seinem Rucksack, füllte ihn mit der noch warmen Asche und verstaute ihn wieder im Rucksack. Anschließend zog er sich aus. Nachdem er sich komplett mit Asche eingerieben hatte, streifte er seine Kleider wieder über.

Seine Haut war zwar von den vielen Jahren, die er im Busch gelebt hatte, fast so dunkel wie die eines Mischlings, völlig immun gegen die starke Sonnenstrahlung war sie aber nicht. Die Asche wirkte wie ein Sonnenschutzmittel, gleichzeitig half sie auch ein wenig gegen die Fliegen. Die Asche in seinem Rucksack würde er dann am Abend als zusätzliche Kälteisolierung auftragen.

Die Stunden vergingen, und Napangarti und Tjungurrayi legten ein unverändert hohes Tempo vor. Daryl spürte, dass er schon längere Zeit nicht mehr in der Wüste unterwegs gewesen war. Seine Füße und Beine begannen zu schmerzen. Aber selbst die beiden Aborigines brauchten irgendwann eine Pause. So lange musste er eben durchhalten.

Er schaute mit zusammengekniffenen Augen zum Himmel. Von Osten her zogen hohe Wolkenbänder langsam in die Wüste. Regen konnte man von ihnen nicht erwarten. Dafür würde die Sonne, die mit jeder Stunde erbarmungsloser vom Himmel brannte, schon sorgen. Doch Daryl war schon zufrieden, wenn die Wolken sich als milchiger Schleier vor die Sonne schoben und so die Temperatur etwas erträglicher wurde.

Einmal kreuzte die Spur eines Warans seinen Weg. Der Abstand zwischen Vorder- und Hinterbeinen ließ auf ein großes Exemplar von über einem Meter Länge schließen. Das Tier hätte eine gute Mahlzeit abgegeben, wäre Napangarti Daryl nicht zuvorgekommen.

Er folgte der Spur des Aborigines bis zu der Stelle, an der dieser die Echse mit einem gezielten Bumerangwurf getötet hatte. Daryl tröstete sich damit, dass er die Echse bis zum nächsten Morgen ohnehin nicht hätte zubereiten können. Dann hätte er sie allerdings in der restlichen Glut ihres Lagerfeuers garen können.

Daryl wollte gerade weitergehen, als er nicht weit entfernt einen Witchetty-Busch bemerkte. Aufgeregt umrundete er ein Dutzend Spinifex-Grasnester und eilte zu dem beinahe drei Meter hohen Strauch.

Mit den typischen stachelähnlichen Blättern und seinen steil nach oben wachsenden Ästen bot der Witchetty-Busch nur wenig Schatten. Dafür verbarg sich in seinen Wurzeln meist ein von den Aborigines hoch geschätzter Leckerbissen. Daryl kniete sich vor den dicken Stamm. Nahe der Erde entdeckte er einige Ritzen und Löcher im Boden.

»Ich sollte mich wohl beim Waran bedanken«, meinte er freudestrahlend. Wäre die Echse Napangarti und Tjungurrayi nicht über den Weg gelaufen, dann hätten diese bestimmt den Witchetty-Busch gesehen und das Gleiche getan wie er.

Daryl zog sein Klappmesser aus der Tasche und begann voller Tatendrang, dicht beim Stamm in der roten Erde zu graben. Gleich an der ersten Wurzel, die er freilegte, wurde er fündig. Zwei geschwulstartige Verbreiterungen zeigten ihm, wo er die Wurzel aufbrechen musste.

Zum Vorschein kamen zwei fette Witchetty-Grubs, Larven der großen grauen Geistermotte, die in den Wurzeln des Busches heranwuchsen. Der Körper der Maden war weiß, ihre Köpfe schwarz und gelb. Die beiden Exemplare, die er ausgegraben hatte, waren mit elf Zentimetern Länge und einem Durchmesser von fast drei Zentimetern ziemlich groß. Das Gute an Witchetty-Grubs war, dass man sie auch ohne zu kochen essen konnte. Roh schmeckten sie wie Eier, gegart eher wie Bananen.

Für die Eingeborenen in Zentralaustralien waren die Witchetty-Grubs früher, zusammen mit anderen Käfern und Insektenlarven, ein sehr wichtiger Fett- und Eiweißlieferant gewesen, weshalb sie auch in der Aborigine-Mythologie eine große Rolle spielten.

Daryl konnte sich noch gut erinnern, als Ungjeeburra ihm zum ersten Mal gezeigt hatte, wo man essbare Larven fand und wie man sie zubereitete. Er war damals elf Jahre alt gewesen und sein Ekel vor den sich windenden Maden riesig. Aber wie immer hatte Ungjeeburra es rasch geschafft, ihn auch hierfür zu begeistern. *»Ohne die Witchetty, Coolibha, Ntyarlke und all die anderen Maden wäre es unserem Volk früher nicht möglich gewesen, in der Wüste zu überleben. Sie machen dein Blut stark, lassen dein Herz fester schlagen und geben dir Energie. Und sie sind Teil des ›Hauses der kleinen Welten‹.«*

»Das Haus der kleinen Welten« – so nannten die Aborigines den Kreislauf des Lebens, der nicht unterbrochen werden durfte, weil er den Fortbestand der Arten sicherte. Ungjeeburra hatte das stets als die wichtigste aller Lektionen bezeichnet. *»Wenn es keine Pflanzen gibt, dann gibt es auch keine Vögel, die ihre Blüten bestäuben, oder Kängurus, die ihre Samen fressen und verteilen. Es gäbe keine Insekten, die sich von den Pflanzen ernähren, keine Echsen, die die Insekten fressen und auch keine Schlangen, die wiederum die Echsen jagen. Alle Pflanzen und alle Lebewesen haben ihren Platz und ihren Sinn in der Welt.«*

Daryl packte die dicken Larven und verschlang sie mit Heißhunger. Nur den Kopf mit den giftigen Kauwerkzeugen verschmähte er. Danach legte er weitere Wurzeln frei. Nach einer halben Stunde hatte er fünf Maden gefunden. Er legte sie vorsichtig zwischen zwei Rindenhälften, band diese mit Spinifex-Grashalmen zusammen und verstaute die verschnürten Maden als lebenden Proviant in seinem Rucksack.
Was Daryl allerdings viel nötiger als Nahrung brauchte, war Wasser. Seine Flasche war inzwischen fast leer. Die Eingeborenen hatten in diesem Punkt gleich mehrere Vorteile. Einerseits hielten sie die Hitze viel besser aus, andererseits brauchte ihr Körper viel weniger Flüssigkeit als der eines Weißen. Außerdem hatten die Aborigines noch einen weiteren Trick. Indem sie ihre Jagdbeute nur wenig durchbrieten, blieb viel Flüssigkeit in ihr enthalten. Vor allem bei den Wüstenstämmen stellte diese Methode eine unverzichtbare Feuchtigkeitsquelle dar. Daryl half das leider nicht, die Witchetty-Grubs enthielten nämlich kaum Flüssigkeit.
In den folgenden Stunden kam Daryl auch noch an zwei Buschrosinen-Sträuchern vorbei. An den Zweigen der unscheinbaren, kaum dreißig Zentimeter großen Büsche hingen zwischen den Blättern kleine gelbbraune Früchte. Leider hatten Napangarti und Tjungurrayi diese bereits zum größten Teil gepflückt, so dass Daryl nicht mal eine Handvoll der kleinen Köstlichkeiten blieb. Vermutlich hatten die Aborigines sie zu tennisballgroßen Kugeln gepresst, die, sobald sie getrocknet waren, für längere Zeit gelagert und so als Notproviant mitgeführt werden konnten.
Gegen Abend, als das kräftige Weinrot am Himmel langsam in ein dunkles Graublau überging, stolperte Daryl

müde und erschöpft einen kleinen Sandhügel hinab. Eine plötzliche Bewegung unmittelbar vor seinen Füßen ließ ihn erstarren. Vor ihm lag eine über zwei Meter lange Mulgaschlange. Das silbergraue Reptil schoss herum, richtete die vordere Körperhälfte auf, spreizte wie eine Kobra den Nacken und riss das Maul weit auf, womit es seine Angriffsbereitschaft signalisierte. Daryl wich erschrocken zurück. Dabei stieß er gegen ein Hindernis und spürte mehrere tiefe Stiche in seinen Waden. Er schrie vor Schmerz laut auf. Hätte er nicht schon das Gleichgewicht verloren, wäre er wohl instinktiv wieder nach vorn gesprungen und mit den Fangzähnen der nun auf ihn zuschnellenden Mulgaschlange kollidiert. So aber fiel er rückwärts über ein Spinifex-Grasnest und landete unsanft auf dem Rücken. Die spitzen Grasstacheln bohrten sich trotz des dicken Jeansstoffs tief in seine Haut. Die Schmerzen, die sie verursachten, steigerten seine Panik noch mehr. Er strampelte wild mit den Beinen, um sich aus dem Stachelgrasball zu befreien. In dem Moment, in dem die Schlange erneut zustieß, konnte er sich befreien. Um Haaresbreite verfehlte das Tier sein rechtes Bein, prallte stattdessen unsanft mit dem Hals auf das nadelspitze Spinifex und schnellte darauf überrascht zurück.

Auf Händen und Füßen kroch Daryl rückwärts. Dabei kratzte er sich den rechten Arm an einem weiteren Spinifex-Büschel auf. Mit weit aufgerissenen Augen und schmerzverzerrtem Gesicht starrte er auf die Schlange, die in diesem Augenblick hinter dem ersten Stachelgrasball auftauchte. Für einen kurzen Moment hob sie wieder den Kopf und riss kampfbereit das Maul auf. Doch dann änderte sie plötzlich ihre Absicht, bewegte sich seitlich an ihm vorbei und verschwand hinter einem Salzdornbusch.

Daryl sank erleichtert in den Sand. Er zitterte am ganzen Körper. Sein Atem ging schwer und stoßweise, während sein Herz wie wild raste.

»Das war knapp«, sagte er mit zitternder Stimme.

Er hatte unwahrscheinliches Glück gehabt. Zweimal hatte ihn die Schlange um Haaresbreite verfehlt, dabei bissen Mulgas in der Regel mehrmals hintereinander zu und verfolgten ihre Opfer bisweilen. Zudem injizierten sie eine hohe Dosis ihres stark muskellähmenden Gifts, das selbst bei schneller Hilfe in achtzig Prozent aller Fälle zum Tod führte.

Nur langsam beruhigte Daryl sich wieder. Als er sich schließlich aufrichtete, erkannte man im Osten bereits schwach die ersten Sterne am Abendhimmel, während der rotgelbe Streifen am westlichen Horizont immer schmaler wurde. Vorsichtig zog er seine Jeanshosen aus. Dann begann er, die spitzen Halme aus Waden und Unterarm zu ziehen. Einige hatten sich tief ins Fleisch gebohrt, ehe sie abbrachen. Um eine Infektion zu vermeiden, musste er sie mit dem Messer herausschneiden. Zum Glück wurde es bereits dunkel, so dass kaum noch Fliegen herumschwirrten, die ihre Eier in den frischen Wunden hätten ablegen können. Als er damit fertig war, setzte er sich erschöpft in den noch warmen Sand.

»Das war nun wirklich genug Aufregung für einen Tag«, meinte er laut. Seine Stimme klang noch immer unsicher. »Höchste Zeit, einen Schlafplatz zu suchen.«

Bevor er aufstand, öffnete er seinen Rucksack. Er zog die zusammengebundenen Rindenhälften heraus, schnitt sie

auf und legte sie auf den Boden. Vorsichtig schlitzte er die Witchetty-Larven eine nach der anderen der Länge nach auf. Anschließend verteilte er ihre Eingeweide auf die Wunden. Die Innereien würden die Verletzungen desinfizieren und die Heilung beschleunigen. Buschmedizin. Die Aborigines waren Meister darin, auch wenn viel von ihrem Wissen seit der Ankunft der Weißen verlorengegangen war.
Als Daryl die toten Larven im Rucksack verstaut hatte, schnitt er aus einem Hosenbein ein paar Stoffstreifen heraus, die er um die schlimmsten Verletzungen band. Dann zog er die Hose wieder an und machte sich auf den Weg.
Zehn Minuten später erreichte er eine flache Sanddüne. Die Spuren der Eingeborenen führten geradewegs über sie hinweg. Dreißig Meter weiter links, an der Flanke der lang gestreckten Erhebung, wuchsen dicht beisammen drei Wüsten-Grevillieas. Die großen orangegelben Blüten der Sträucher, die sich am Ende der gerade gewachsenen Stengel befanden, leuchteten in den letzten Lichtstrahlen wie kleine Sonnen. Daryl wunderte sich, dass Napangarti und Tjungurrayi sich diese Leckerbissen hatten entgehen lassen. Ihm war das allerdings nur recht.
Er ging zu den Sträuchern hinüber, bog einen der knapp drei Meter hohen Stengel herunter und pflückte die große zapfenähnliche Blüte an dessen Ende. Ein paar Mal schlug er sie auf die Hand, bis alle Insekten aus ihr herausgefallen waren. Dann steckte er sie in den Mund. Daryl schloss genüsslich die Augen. Gierig saugte er den süßen Nektar aus ihr heraus.
Früher, so hatte ihm Ungjeeburra erzählt, pflückten die Mütter ihren Kindern auf den langen Wanderungen die

Grevillieas-Blüten, an denen diese dann wie an einem Lutscher stundenlang leckten.
Nachdem er ein gutes Dutzend Blüten ausgesaugt hatte, stieg er geduckt die flache Düne hoch. Die Sonne verschwand gerade hinter dem Horizont, während die anbrechende Nacht den rot glühenden Sand mit ihrem Schatten bedeckte.
Napangarti und Tjungurrayi konnte er nirgends entdecken. Das war für Daryl keine Überraschung. Seine Kräfte hatten deutlich nachgelassen, wie der Zwischenfall mit der Mulgaschlange gezeigt hatte. Mit den gut trainierten Aborigines hätte er so nie mithalten können. Der Vorsprung der Eingeborenen betrug inzwischen vermutlich bereits zwei oder drei Kilometer. Solange kein Wind aufkam, der die Spuren der beiden verwischte, war das nicht so schlimm. Im Gegenteil: Er konnte es nun sogar wagen, ein kleines Feuer zu entfachen. Und wenn er Glück hatte, lief ihm morgen ein Waran über den Weg, den er dann am Abend im Feuer garen konnte.
Neben einer der Grevillieas hob Daryl eine Schlafkuhle aus, die er mit den feinblättrigen Zweigen des Wüstenstrauchs polsterte. Anschließend sammelte er das wenige Feuerholz ein, das herumlag. Aus dem Rucksack holte er zwei dreißig Zentimeter lange Holzstöckchen, die von einem Ast des Eisenholzbaums stammten, neben dem er die letzte Nacht verbracht hatte. Er hatte sie eingepackt, um notfalls jederzeit Feuer machen zu können.
In die Mitte des einen Holzstücks schnitzte er eine Vertiefung, in die er mit der Messerspitze ein Loch bohrte. Das zweite Stöckchen schabte er ringsum gleichmäßig ab und spitzte es an einem Ende an. Fertig war sein Feuerbohrer.

Nun legte er das eingekerbte Holzstück an einer harten Stelle auf die Erde, kniete sich auf beide Enden, um es zu fixieren, und streute zerbröselte Spinifex-Halme über die Einkerbung. Daneben legte er ein Büschel dürres Stachelgras sowie einige frisch ausgerissene Halme, an denen das gut brennbare Spinifex-Harz klebte. Zum Schluss setzte er das zugespitzte Stöckchen in das Loch. Das Eisenholzstück zwischen den Handflächen hin und her zu bewegen, bis genug Reibungshitze entstand, um das Spinifex zu entzünden, brauchte Übung, Geschick und Ausdauer. Doch Daryl hatte schon oft auf diese Weise Feuer gemacht.
Als eine dünne Rauchsäule aus der Einkerbung aufstieg, legte er rasch die harzigen Spinifex-Halme und das Grasbüschel darauf und blies vorsichtig in das Knäuel. Das Spinifex-Harz entzündete sich in einer kleinen Stichflamme, die augenblicklich auf das dürre Gras übersprang. Daryl legte den Feuerball in eine Mulde dicht neben seinem Schlafplatz und schichtete um ihn herum Holz auf.
Längst war es Nacht geworden. Daryl spießte die Witchetty-Grubs auf das Klappmesser und hielt sie über das Feuer. Das Knistern und die wohlige Wärme der lodernden Flammen übten eine hypnotisierende Wirkung auf ihn aus. Er fühlte sich winzig, unbedeutend und doch geborgen, als Teil eines großen Ganzen. Das Feuer war eines der vier Urelemente, es spendete Wärme, Sicherheit und Licht und war ein Sinnbild für den Verstand und die Erfindungsgabe der Menschen. Für Daryl bedeutete es in diesem Moment aber auch Hoffnung und gab ihm Mut. Doch trotz des Feuers wäre ihm bedeutend wohler gewesen, wenn er Ungjeeburra an seiner Seite gehabt hätte.

9

In der Nacht wurde Daryl von Alpträumen geplagt. In einem davon versuchte er gerade auf die andere Seite des Felsenkliffs im Canyon zu springen, als sich die Felsspalte plötzlich immer weiter ausdehnte und er in die Tiefe stürzte. Der Billabong schoss auf ihn zu. Seine dunkelgrünen Fluten begannen sich plötzlich wie ein Strudel zu drehen, veränderten ihre Form und verwandelten sich schließlich in eine riesige, zusammengerollte Schlange. Sie streckte Daryl ihr weit aufgerissenes Maul entgegen, das darauf wartete, ihn zu verschlingen. Dieser Traum wiederholte sich mehrmals. Jedes Mal wachte Daryl auf und versuchte, den Sinn dieses Traums zu verstehen, sank dann aber rasch wieder in unruhigen Schlaf.

Einen weiteren erschreckenden Traum hatte er, kurz bevor er am Morgen erwachte. In ihm sah er Michelle, wie sie von den flüchtenden Bankräubern aus der niedrig fliegenden Propellermaschine gestoßen wurde, wie sie fiel und auf einer großen Sanddüne aufschlug. Das Flugzeug drehte ab und wurde immer kleiner, bis das rasch leiser werdende Motorenbrummen schließlich ganz verstummte.

Michelle lag mit dem Gesicht nach unten im roten Sand. Ihr rechtes Bein war merkwürdig verdreht, genauso wie ihr linker Arm, dessen Ellbogenknochen Fleisch und Haut des Unterarms durchstoßen hatte. Plötzlich bewegten sich die Fingerspitzen ihrer rechten Hand. Michelle hob den Kopf ein paar Zentimeter, dann kämpfte sie sich kriechend, mit nur einem Bein und einem Arm als Hilfe, die Düne hoch. Es schien eine Ewigkeit zu vergehen, bis sie den Kamm erreichte.

Oben angelangt, fiel ihr Blick auf ein kleines Tal, das von einem Blumenteppich überzogen war. Rosafarbene Calandrinien, gelb leuchtendes Kreuzkraut, unterbrochen von Flächen rotschwarzer Wüstenerbsen, bedeckten die ziegelrote Erde. Ein Schwarm bunter Papageien flog erschrocken auf und flüchtete sich in ein gutes Dutzend schlanker Wüsteneichen, die mitten in dem Meer aus leuchtenden Wildblumen standen.

Unter unsäglichen Qualen schleifte sich Michelle in das Tal und durch den Blumenteppich zu einer Wüsteneiche. Süße, aromatische Düfte lagen in der Luft, die Daryl selbst im Traum noch deutlich riechen konnte. Es war ein verzauberter Ort, so fantastisch, als wäre er einem Märchen entsprungen. Und es war ein friedlicher Platz, um zu sterben …

Daryl schoss in die Höhe. »Was …«, keuchte er. Sein Herz klopfte wie verrückt. War er Zeuge von Michelles Ende geworden? Alles war so realistisch gewesen. Hatte er womöglich diese unsichtbare Grenze überschritten, von der Ungjeeburra sagte, sie existiere nur in den Köpfen der Menschen?

»Es gibt keine Trennlinie zwischen dem Gestern, dem Jetzt und dem Morgen. Alle Ebenen sind jederzeit real und existent, sie durchdringen sich gegenseitig. Wenn wir daran

glauben und uns darum bemühen, dann können unsere Gedanken – unsere Seele – sich von unserem Körper lösen und sie berühren.«

Jetzt erst bemerkte Daryl, dass ihm Tränen über die Wangen liefen. Er wischte sie mit dem Handrücken ab. Einen Augenblick betrachtete er nachdenklich die hellen Flecken, die sie auf seiner rußgrauen Haut hinterlassen hatten.

Vielleicht war er doch nicht so stark, wie er gedacht hatte. Die Lehren der Eingeborenen bis zu seiner Initiation hatten auch seine Einstellung und seine Empfindungen gegenüber dem Leben und dem Tod verändert. Die Weißen hielten die Aborigines fälschlicherweise für gleichgültig, faul und träge. Für sie war schwer nachvollziehbar, dass es nicht Gleichgültigkeit, sondern Schicksalsergebenheit und der feste Glaube, im Einklang mit sich und der Erde zu sein, waren, die die Eingeborenen nichts fürchten ließ, auch nicht den Tod. Doch Daryl fürchtete ihn, das war ihm heute bewusst geworden. Er war auch nicht völlig im Einklang mit sich. Er wurde beherrscht von seiner Angst zu versagen, einer Angst, die mit seinen Schuldgefühlen wegen Michelles Tod zu tun hatte. Auch das hatte er heute deutlich begreifen müssen.

Er streckte seine steifen Glieder, legte das letzte Holz in die noch warme Glut und rutschte nahe an die auflodernden Flammen. Während er in das Feuer schaute, musste er einmal mehr an die Worte seines Lehrmeisters Ungjeeburra denken.

»Nichts wiegt schwerer als der Tod des Herzens eines lebenden Menschen. Es macht seine Seele dunkel, seine Taten bitter und sein Leben sinnlos.« Daryl wusste, dass er nahe dar-

an gewesen war, ein solcher Mensch zu werden. Er hatte die Männer, die für Michelles Tod verantwortlich waren, um ein Haar umgebracht. Danach hatte er sich fast selbst aufgegeben. Nur Ungjeeburra war es zu verdanken, dass er sich wieder gefangen hatte.

Daryl gab sich einen Ruck. Nichtsdestotrotz war er Polizist. Und seine Aufgabe, oder besser: seine Begabung war es, Fälle wie diesen zu lösen.

Er riss seinen Blick vom Feuer los und stand auf. Dämmriges Morgenlicht lag über seinem Lager. Er fühlte sich elend und schwach. Und er hatte Durst, *großen* Durst. Seine Wasserflasche war leer. Den letzten Tropfen hatte er am Vorabend getrunken. »Ab jetzt wird es hart«, meinte er grimmig.

Die Faustregel »Drei Minuten ohne Luft, drei Tage ohne Wasser und drei Wochen ohne Nahrung« galt in der Wüste wenig. Daryl war den ganzen Tag unterwegs, noch dazu bei brütender Hitze. Zwar wusste er, wie er sich möglichst energiesparend bewegen musste, trotzdem konnte sein Körper diese Strapazen nicht länger als höchstens zwei Tage durchstehen. Napangarti und Tjungurrayi mochten es da leichter haben, aber auch sie würden irgendwann ein Wasserloch aufsuchen müssen. Daryl baute darauf, dass das bald der Fall war.

Nachdem er das Feuer gelöscht und sich noch einmal an den Grevilliea-Blüten gestärkt hatte, rieb er sich wieder mit Asche ein und machte sich auf den Weg.

Als Daryl eine Stunde später das Ende eines langen flachen

Dünentales erreichte, blieb er wie angewurzelt stehen. Zu den unverändert fast schnurgerade nach Nordwesten verlaufenden Fußabdrücken der beiden Aborigines gesellte sich aus Südosten eine neue Spur.

Daryl stieß einen überraschten Pfiff aus. »Eindeutig die Abdrücke von nackten Füßen«, sagte er, nachdem er sie sich näher angeschaut hatte. Es war möglich, dass auch sie von Napangarti oder Tjungurrayi stammten. Vielleicht waren die Aborigines auf ihrem Weg auf Jagdbeute gestoßen, einer von ihnen hatte die Verfolgung aufgenommen und dabei einen Halbkreis beschrieben, ehe er schließlich wieder auf ihren eigentlichen Weg zurückkehrte.

Um ganz sicherzugehen, folgte Daryl den Abdrücken zurück bis zu einer Stelle, wo der Boden etwas weniger sandig war und er die Umrisse besser erkennen konnte. Er machte wieder den Vergleichstest, indem er seinen eigenen Abdruck neben die vorhandene Spur setzte.

»Fünfzig Kilo, höchstens«, kommentierte er das Ergebnis. Napangarti und Tjungurrayi waren damit aus dem Rennen, und die Spur stammte tatsächlich von einem dritten Aborigine. »Ich möchte wissen, wo die alle hinwollen?«, fragte er sich.

Der Lauf der Sonne zeigte Daryl, in welche Richtung die Dreiergruppe ging. Das half ihm allerdings wenig. Zwischen ihm und der beinahe tausend Kilometer entfernten Westküste Australiens gab es nichts weiter als Millionen Sanddünen, ein paar einsame verwitterte Hügelketten und vereinzelte Salzseen.

Der Lake Mackay war einer von ihnen. Er lag im Stammesgebiet der Pintubi und gehörte zu den größten Salzseen

Australiens. Zusammen mit Ungjeeburra hatte Daryl schon ein paar Mal die westliche und südwestliche Seite des gewaltigen, fast dreitausendvierhundert Quadratkilometer großen Sees erkundet. Die nördliche und östliche Seite kannte er indessen nicht, obwohl auch sie teilweise Pintubi-Land waren. Geradewegs auf diesen Teil marschierten die Eingeborenen zu. Daryl hatte zwar eine ungefähre Vorstellung von der Landschaft, die vor ihnen lag. Aber bei einem so unermesslich weiten, menschenfeindlichen Flecken Erde war das unerheblich. Ohne die Songlines, die gesungenen »Eingeborenenlandkarten«, würde er keine Wasserstelle finden. Er durfte die Spur der Aborigines also auf gar keinen Fall verlieren.
Daryl beschloss, diesen Tag weniger Zeit mit der Nahrungssuche zu verbringen. Dafür wollte er zu den Eingeborenen aufschließen. Er wusste, dass das in seinem Zustand ein ehrgeiziges Vorhaben war. Aber er war neugierig auf den dritten Aborigine. Sein Auftauchen war kein Zufall, so gut kannte er die Eingeborenen.
Kaum hatte er das lang gezogene Dünental verlassen, stieß er auf das Nachtlager der drei. Daryl war tief beeindruckt. Seine Mundwinkel verzogen sich zu einem anerkennenden Lächeln. »Wirklich erstaunlich.«
Obwohl er wusste, wie genau die »gesungenen Wege« einen Menschen durch die Wüste leiten konnten, staunte er immer wieder, mit welcher Präzision es die Eingeborenen schafften, ihr Ziel zu erreichen. Napangarti, Tjungurrayi und der unbekannte Dritte hatten sich für diesen Abend an diesem Platz verabredet, davon war er überzeugt. Für Aborigines, die noch über das alte Stammeswissen verfügten,

war das nicht ungewöhnlicher, als wenn sich zwei Weiße um eine genaue Uhrzeit an einer bestimmten Straßenecke verabredeten. In diesem Fall befand sich die »Straßenecke« nur mitten im Nirgendwo.

Der Treffpunkt war gut gewählt. Er lag zwischen einigen Corkbark-Bäumen und einem mehrere Meter hohen Felshügel, den Wind, Regen und Sonne ringsum geglättet hatten. Daryl sah sich kurz im Lager um. Das Jagdglück der Aborigines war offenbar größer gewesen als seins, denn neben der zugeschütteten Feuerstelle lagen Haut und Knochen von zwei Waranen und eine Womapython.

Was hätte er in diesem Moment doch für den Saft eines kurz im Feuer gegarten Warans gegeben! Selbst das frische warme Blut eines Kängurus, das Ungjeeburra so liebte und er normalerweise wegen seines scharfen Geruchs lieber verschmähte, wäre ihm jetzt wie ein Göttertrank vorgekommen.

»Du hast es nicht anders gewollt, also jammere jetzt nicht«, ermahnte er sich selbst. »Auch im Walbiri-Land gibt es Wasser, und früher oder später werden sie dich dorthin führen. Du musst nur durchhalten.«

Daryl wandte sich um und ging zu dem ockerroten Felsen hinüber. Dieser war ungefähr dreißig Meter lang und etwas über fünfzehn Meter breit. Daryl kletterte auf den höchsten Punkt des abgeflachten Felskliffs. Er hatte das Gefühl, als stünde er auf einer winzigen Insel inmitten eines erstarrten Meeres aus rotem Sand. Vor ihm lagen nur rote Dünen, jede an die sechs Meter hoch und alle von Norden nach Westen verlaufend.

Daryl seufzte. Gegen das, was nun auf ihn wartete, waren

die letzten zwei Tage ein Spaziergang gewesen. Anders als die ständig wandernden Sandhügel anderer Wüsten wie der Sahara bildeten die Dünen in Australien meist ortsfeste, lang gezogene Kämme, auf denen Spinifex, kleine, zähe Wüstensträucher wie der Witchetty-Busch und sogar Wüsteneichen oder Eisenholzbäume gediehen. Diese Dünen zu überqueren war aber nicht weniger anstrengend, als durch das Sandmeer der Sahara zu stapfen.

Er zuckte mit den Schultern. Es war sinnlos, weiter darüber zu lamentieren. Es war wichtig, dass er sich auf sein Vorhaben konzentrierte und nicht seine Kräfte unnötig verbrauchte. Er wollte unbedingt herausbekommen, was aus Dr. Hookers Begleitern geworden war. Für mehr war im Augenblick kein Platz. Auch nicht für Selbstzweifel. Sie konnten tödlich sein.

Daryl begann, den erodierten Felshügel hinabzusteigen. Als er fast unten angekommen war, bemerkte er eine Bartagame. Die einen halben Meter lange Echse hatte ihm halb den Rücken zugewandt und ihn noch nicht bemerkt.

Zuerst glaubte Daryl, das Tier wärme sich in der Morgensonne auf. Normalerweise hatte diese Echsenart eine hellgelbe oder braune Hautfarbe, morgens aber veränderten Bartagame ihre Körperfarbe, um die Wärme besser aufnehmen zu können, und dieses Exemplar war fast schwarz. Die Echse saß aber nicht einfach still da und wartete, bis sie die gewünschte »Arbeitstemperatur« erreicht hatte, nein – sie trank!

Daryl kam bis auf weniger als einen Meter an das Tier heran. Einen kurzen Moment überlegte er, ob er die Echse am Schwanz packen sollte, um sie dann durch die Luft zu schleudern und ihren wuchtigen Kopf gegen die Felsen zu schmettern. So schnell und einfach kam er vermutlich nicht wieder an eine gute Mahlzeit. Aber etwas sträubte sich in ihm.
In diesem Augenblick bemerkte die Bartagame die Gefahr. Blitzschnell drehte sie sich um, hob den dreieckigen Kopf, riss das Maul weit auf und fauchte wütend. Ihr Schwanz schlug wie eine Peitsche wild hin und her, gleichzeitig stellte sie ihren kleinen Stachelkragen auf und präsentierte Daryl die ebenfalls stachelbewehrte Flanke.
»Schon okay«, sagte dieser und ging unbeeindruckt weiter auf die Agame zu.
Als die Echse begriff, dass ihr Bluff keine Wirkung zeigte, versetzte sie Daryl blitzschnell einen kräftigen Schlag mit dem Schwanz und schoss dann mit unglaublicher Geschwindigkeit über die Felsen davon.
Die Bartagame hatte aus einer kleinen Wasserpfütze getrunken, die kaum größer als eine Kinderhand war. Ein Stück oberhalb der Pfütze entdeckte Daryl ein dürres Grasknäuel. Von ihm führte eine schmale, dunkle Spur hinunter bis zu der kleinen Vertiefung, in der sich das Wasser gesammelt hatte.
Schlagartig war Daryl in Hochstimmung. Er ging zu dem Grasball und hob ihn auf. Seine Unterseite war noch feucht. Daryl kniff die Augen zusammen. Der abgeflachte Hügel wies eine von oben nach unten verlaufende, kaum wahrnehmbare Rille auf. Diese verengte sich nach unten hin und

lief in einem schmalen Felseinschnitt im unteren Drittel des Hügels zusammen. Je näher an der Spalte, umso dunkler war das Gestein.
Nun war für Daryl alles klar. Er eilte zu der Öffnung. Sie war ungefähr fünfzig Zentimeter lang und knapp halb so breit. Daryl kniete sich hin und späte hinein. Schwärze. Er konnte nicht feststellen, wie tief die Felsspalte war.
Er sah sich nach einem Stein um und ließ ihn in die Tiefe fallen. »Eins …«, *platsch!*
Wasser! Und er hatte nicht mal bis zwei gezählt! Daryl liefen Tränen der Erleichterung über die Wangen. Er wischte sie mit dem Unterarm aus seinem rußverschmierten Gesicht.
In drei, höchstens dreieinhalb Metern Tiefe lag ein Wasserreservoir. Während hunderten, vermutlich aber eher tausenden von Jahren war das kostbare Regenwasser über die Rille in die schmale Spalte geströmt und hatte einen natürlichen Brunnen mit kühlem, klarem Wasser geschaffen, dem auch die gleißende Sonne nichts anhaben konnte. Was er hier entdeckt hatte, war mit Gold nicht aufzuwiegen. Es war eines dieser für die Eingeborenen früher so überlebenswichtigen Wasserlöcher, von deren Existenz nur sie wussten.
»Jetzt nur die Nerven behalten, alter Junge«, ermahnte er sich. »Du darfst jetzt keinen Fehler machen. Du bist nahe dran, aber mehr auch nicht.«
Dreieinhalb Meter Tiefe und eine Öffnung, die viel zu schmal war, um hinabzuklettern. Er musste sich etwas einfallen lassen. Die Aborigines hatten das Problem auf einfache Weise gelöst. Sie hatten dürres Gras und Spinifex-

Halme zu einem Knäuel gepresst, den Ballen mit dem Speer aufgespießt und in das Wasserloch getaucht, bis er sich vollgesogen hatte. Dann hatten sie ihn herausgezogen und ausgedrückt.

Daryl blickte kurz zu den Corkbark-Bäumen hinüber. Die Äste waren zu dick und hingen zu weit oben, als dass er sie hätte erreichen und abbrechen können. Er musste also improvisieren.

Er streifte den Rucksack ab, entnahm ihm Wasserflasche, Klappmesser sowie die Plastiktüte, in der er zuletzt die Asche verstaut hatte. Danach zog er die Jeans aus und fädelte den Hosengürtel aus den Laschen. Das Ende eines Hosenbeins verknotete er mit einer Trageschlaufe der Plastiktüte. Das andere Hosenbein befestigte er an einem der Trageriemen des Rucksacks. Den Gürtel zog er durch den anderen Trageriemen. Zu guter Letzt legte er einen faustgroßen Stein als Gewicht in die Tüte.

»Knapp drei Meter, das müsste reichen«, meinte er zuversichtlich. Er kontrollierte noch einmal alle Verbindungen seines improvisierten »Seils«. Dann ließ er es, mit der Plastiktüte voran, langsam in die Spalte hinunter.

Daryl musste seinen Arm mitsamt der Schulter in die enge Öffnung quetschen, damit die Tüte das Wasser erreichte. Vorsichtig bewegte er den Gürtel hin und her, bis er den Widerstand des Wassers spürte. Als er sicher war, dass sich die Tüte mit Wasser gefüllt hatte, zog er alles sorgfältig wieder nach oben.

Klares, kühles Wasser. Kostbarer als jeder Schatz! Daryl schloss die Augen und ließ gierig das kalte Nass seine Kehle hinunterrinnen. Sein Körper saugte die Flüssigkeit wie

durch unsichtbare Wurzeln auf und transportierte sie in jede Faser seines Organismus.
Daryl wiederholte die ganze Prozedur drei Mal, bis seine Wasserflasche voll war. Dann ließ er sein »Seil« ein letztes Mal in das Wasserloch hinab. Noch einmal trank er so viel, wie er konnte. Dabei musste er an die Bartagame denken. Wäre sie nicht gewesen, hätte er die Wasserstelle nicht entdeckt. Im Nachhinein war er froh, sie nicht getötet zu haben.
Bevor er sich wieder anzog, schüttete er noch etwas Wasser in zwei Felskuhlen. Es war sein kleiner Beitrag zur Erhaltung des »Hauses der kleinen Welten«.

Die Stunden vergingen, und Daryl kam gut voran. Sein Organismus schien das Wasser inzwischen in Energie umgewandelt zu haben. Selbst sein Verstand funktionierte besser als noch am Morgen, und er konnte wieder klarer denken. Doch er wusste, dass das nicht lange so bleiben würde. Spätestens bis zum nächsten Abend würde seine Wasserreserve wieder aufgebraucht sein. Außerdem brauchte er Nahrung. Bei einem Waranbau waren die Eingeboren ihm zuvorgekommen, sonst schienen aber auch sie kein Jagdglück gehabt zu haben.
Gegen Abend kreuzte schließlich eine olivbraune Myallschlange seinen Weg. Daryls Bedarf an Giftschlangen war nach dem Erlebnis mit der Mulgaschlange eigentlich gedeckt. Da das Reptil aber nur einen knappen Meter lang war und nicht zu den aggressiven Arten gehörte, hob er einen Knüppel auf und tötete die Schlange mit mehreren

gezielten Schlägen auf den Kopf. Anschließend hängte er sie sich als Proviant um den Hals und ging weiter.

Als die Schatten der Dünen immer länger wurden, verlangsamte Daryl sein Tempo ein wenig. Er wusste nicht, wie viel und ob er überhaupt Boden zu den Eingeborenen gutgemacht hatte. Deshalb spähte er jetzt erst über jeden Dünenkamm, ehe er ihn überquerte.

Wenig später hatte der scheidende Tag nur noch einen purpurnen Streifen am Horizont hinterlassen. Daryl setzte sich auf den Kamm eines Sandwalls und wartete, bis die Nacht hereingebrochen war. Da er nirgendwo den Schein eines Feuers entdeckte, konnte er davon ausgehen, dass Napangarti und seine Begleiter immer noch mehr als einen Kilometer Vorsprung hatten. Er stieg die Düne herunter, grub sich eine Schlafkuhle und machte mit dem wenigen Holz, das er in den vergangenen zwei Stunden gesammelt hatte, ein kleines Feuer.

Als das Fleisch der Schlange zu einem Drittel gar war, pulte er das Reptil aus der heißen Glut und verzehrte es mit dem Appetit eines ausgehungerten Dingos. Mit einem Gefühl wohliger Sättigung im Magen schlief Daryl schließlich ein.

10

Noch vor Sonnenaufgang war Daryl wieder unterwegs. Eine kalte, unbequeme Nacht lag hinter ihm. Sein Magen knurrte aber dank der Myallschlange wenigstens nicht mehr wie der eines ausgehungerten Tigers, was ihn, gemeinsam mit der kleinen Erhebung, die sich weit im Nordwesten vom klaren, blassblauen Morgenhimmel abhob, zuversichtlich stimmte. Die Spur der Aborigines führte direkt auf die Anhöhe zu. Viele Hügel gab es in diesem Gebiet nicht. Es war also wahrscheinlich, dass die Erhebung wenn nicht das endgültige, so zumindest das heutige Ziel der Eingeborenen darstellte.

Diesmal schenkte Daryl dem Aborigine-Camp keine große Beachtung, denn er wollte weiter zu den Eingeborenen aufschließen. Gegen Mittag tauchte schräg vor ihm ein lang gezogener Salzsee auf. Weiter dahinter erhoben sich neue rote Sanddünen, deren Kämme in der Hitze flimmerten, als stünden sie in Flammen. Über eine Stunde folgten die Spuren der Aborigines dem flachen Ufer.

Daryl kniff die Augen zusammen. Er sah nur gelegentlich in Richtung des Sees, denn die gleißend weiße Oberfläche reflektierte das Sonnenlicht und blendete ihn so stark, dass seine Augen schmerzten und er befürchtete, schneeblind zu werden, wenn er zu lange auf sie schaute.

Die Vegetation entlang des Sees war kärglich. Ein paar Brackbüsche, mehr wollte auf dem salzigen Boden nicht

gedeihen. Auf den ersten Blick schien die Oberfläche des ausgetrockneten Sees absolut flach zu sein. Bei näherer Betrachtung erkannte Daryl aber, dass sie aus Millionen winzig kleiner und messerscharfer Salzkristalle bestand.
Immer wieder zweigte eine der Fußspuren von den anderen ab, führte zu kleinen, in die Erde gegrabenen Löchern und von dort wieder zurück zu den beiden Begleitern. Die Abdrücke stammten von der Person, die vor zwei Tagen zu Napangarti und Tjungurrayi gestoßen war. Sie hatte kleine essbare Blumenzwiebelchen ausgegraben, die in Ufernähe unter der verkrusteten Erde lagen und dort geduldig auf einen der seltenen Regenfälle in der Wüste warteten.
Einen Augenblick überlegte Daryl, ob er ebenfalls nach den Zwiebeln suchen sollte, doch dann entschied er sich dagegen. Durch die Nahrungssuche waren die Walbiri langsamer unterwegs als an den Tagen zuvor. Er konnte also wertvolle Zeit aufholen, wenn er sich heute nicht mit der Suche nach Verpflegung aufhielt. Außerdem vermutete er, dass der Hügel im Nordwesten der Mount Carey war. Der Berg war zwar nicht besonders groß, bestimmt ließ sich dort aber auch für ihn etwas Essbares auftreiben.

Das goldene Licht der untergehenden Sonne brachte die rechte Flanke des Mount Carey zum Strahlen. Wind und Wetter hatten aus dem verwitterten Hügel ungewöhnliche Formen herausgenagt, die nun besonders plastisch hervortraten.
Seit einer Viertelstunde folgte die Spur der Eingeborenen einem ausgetrockneten Bachbett, direkt auf den noch

knapp zwei Kilometer entfernten Berg zu. Daryl war todmüde und völlig erschöpft. Ehe er aber einen geeigneten Übernachtungsplatz suchte, wollte er auskundschaften, wo die Eingeborenen ihr Lager aufgeschlagen hatten. Um die Strapazen dieses Tages einigermaßen zu kompensieren, musste er diese Nacht besser schlafen. Dafür brauchte er Feuer und eine geschützte und bequeme Schlafstelle, die aber nicht zu nah an dem Camp von Napangarti und den anderen sein durfte, damit sie ihn nicht bemerkten. Für die Nahrungssuche würde dann zwar keine Zeit mehr bleiben, aber das wollte er am nächsten Morgen nachholen.

Als das Bachbett eine leichte Rechtskurve beschrieb, stieg Daryl plötzlich der Geruch von verbranntem Holz in die Nase. Sofort blieb er stehen und duckte sich hinter einen dichten Emu-Busch.

Vorsichtig spähte er zwischen den Zweigen hindurch. Zu beiden Seiten des Baches erhob sich eine kleine sandige Böschung, die mit vereinzelten Sträuchern und niedrigen Bäumen bewachsen war. Der ausgetrocknete Wasserlauf war teilweise sandig, teilweise steinig. An einigen Stellen, wo angeschwemmte Äste und Baumteile kleine Sandhügel gebildet hatten, ragten die hohen, spitzen Stengel des Rispengrases aus dem Sand.

An einer etwas tiefer gelegenen Stelle grub Tjungurrayi mit seiner Woomera, der Speerschleuder, nach Wasser. Oberhalb der Uferböschung, zwischen Felsen und trockenem Bachbett, entdeckte Daryl Napangarti. Der alte Walbiri saß im Schatten zweier großer Coolibah-Eukalypten. Neben ihm loderten Flammen eines großen Lagerfeuers. Vor Napangarti lag ein mindestens zwei Meter langer Perentie.

Der alte Aborigine war gerade damit beschäftigt, dem Riesenwaran auf traditionelle Weise durch einen kleinen Einschnitt zwischen Hinterläufen und Schwanz die Eingeweide herauszuziehen. Die Haut der Echse wurde dabei nicht verletzt, so dass beim anschließenden Braten die ganze Flüssigkeit im Fleisch erhalten blieb.
Daryl lief augenblicklich das Wasser im Mund zusammen. Er liebte helles Echsenfleisch. Für seinen Geschmack garten die Eingeborenen ihre Beutetiere zwar stets zu wenig durch, bei den nach Hühnchen schmeckenden Waranen störte ihn das aber überhaupt nicht.
Das Knacken eines Zweiges oberhalb der Uferböschung ließ ihn zusammenzucken. Er duckte sich noch tiefer, gleichzeitig schaute er nach oben. Innerlich fluchte er, weil er sich von Napangarti und dem Perentie hatte ablenken lassen und sich nicht sofort nach dem dritten Aborigine umgeschaut hatte.
Wieder knackten dürre Zweige, dann sah er hinter einem Akazienbusch eine dünne Gestalt hervortreten. Sofort legte Daryl sich flach auf die Erde. Er konnte die Person nun wegen des Rispengrases am Uferrand nicht mehr sehen, hoffte aber, dass sie ihn nicht bemerkt hatte.
Die Sekunden vergingen, dann hörte er ein Rascheln. Diesmal kamen die Geräusche von vorn. Daryl richtete sich lautlos auf und konnte endlich sehen, wer der dritte Aborigine war.
Nyurupayia Nampitjinpa! Er konnte es kaum glauben.
Die Aborigine wandte ihm die Seite zu, doch Daryl erkannte sie auch so. Nyurupayia trug um die Hüften ein breites Band aus rot gefärbten Känguruhaaren, sonst war

sie nackt. Ohne Kleider wirkte sie noch dünner und knochiger, als er sie in Erinnerung hatte. Ihre Bewegungen aber waren so geschmeidig und anmutig wie die eines jungen Mädchens. Daryl konnte nicht widerstehen und beobachtete sie eine Weile dabei, wie sie die Blätter und Samen einer Steinlinde pflückte und diese in einen Coolamon, eine hölzerne Tragschale, legte.

Als Nyurupayia schließlich zum Lager zurückkehrte, entspannte Daryl sich. Er war nicht nur erleichtert, unentdeckt geblieben zu sein, er wusste nun auch endgültig, dass er auf der richtigen Spur war. Wenngleich er noch immer keine klare Vorstellung davon hatte, was am Billabong geschehen war, so konnte es unmöglich ein Zufall sein, dass Nyurupayia sich mit Napangarti und Tjungurrayi getroffen hatte. Im Augenblick war er aber zu müde, um weiter darüber nachzudenken. Er brauchte dringend Schlaf. Behutsam und ohne ein Geräusch zu verursachen, zog er sich langsam zurück.

11

Daryl wachte mit dem Gefühl auf, dass bald etwas Entscheidendes passieren würde. Er spürte wieder einmal dieses deutliche Kribbeln im Nacken, das ihn immer zur Aufmerksamkeit mahnte.

Die Nacht hatte Daryl in einer Felsnische verbracht. Diese lag so weit hinter dem Hügel, dass die Eingeborenen von ihrem Lagerplatz aus weder das Feuer noch den schwach aufsteigenden Rauch sehen oder riechen konnten.

Es war Daryls beste Nacht gewesen, seit er die Walbiri verfolgte. Sein Schlafplatz war mit reichlich Grünzeug gepolstert gewesen. Außerdem hatte die Felsnische die Wärme des Feuers gespeichert, so dass er keine Minute frieren musste.

Daryl beschloss, erst einmal nach Napangarti, Tjungurrayi und Nyurupayia zu sehen. Waren sie weiter gezogen, so konnte er seine inzwischen wieder leere Flasche an der Wasserstelle auffüllen, die Tjungurrayi gegraben hatte, und danach auf Nahrungssuche gehen. Waren sie noch da, dann musste er eben warten, bis er sicher war, was die Aborigines hier wollten.

Geschickt jede Deckung nutzend, schlich Daryl bis zum Bachbett. Er folgte der rechten Uferseite, weil diese etwas dichter bewachsen war und mehr Versteckmöglichkeiten bot. Als er die Flussbiegung erreichte, bezog er erneut hinter dem Emu-Busch Stellung. Vorsichtig spähte er zwischen den Ästen hindurch.

Das Camp war verlassen, die Feuerstelle gelöscht. Die Gruppe war vermutlich bei Sonnenaufgang aufgebrochen, wodurch sie etwa eine knappe Stunde Vorsprung hatte. Einerseits war Daryl froh darüber, weil er nun erst mal für sein leibliches Wohl sorgen konnte, ohne gleich den Anschluss zu verlieren. Andererseits bedeutete es, dass die Entbehrungen noch kein Ende hatten. Schleierhaft war ihm auch immer noch, wohin die drei wollten. Vor ihnen lagen jetzt nur noch Millionen Sanddünen, unterbrochen von vereinzelten Lehmpfannen und großen Salzseen.

Daryl verließ seine Deckung und ging im mit Kies und Sand bedeckten Bachbett Richtung Wasserstelle. Auf halbem Weg hörte er plötzlich ein schwirrendes Geräusch und riss den Kopf herum. Er versuchte noch, dem Bumerang auszuweichen, der direkt auf seine Brust zuschoss, aber es war zu spät. Das Geschoss traf ihn mit voller Wucht am Brustbein. Daryl taumelte rückwärts und versuchte zu atmen, bekam aber keine Luft. Ein grauenhafter Schmerz breitete sich wie ein Buschfeuer rasend schnell von seiner Brust über den ganzen Körper aus. Daryl versuchte zu schreien, aber seine Lungen schienen sich in Steine verwandelt zu haben. Er sah noch, wie Napangarti hinter einem Witchetty-Busch hervortrat, dann wurde ihm schwarz vor Augen, und er brach bewusstlos zusammen.

Als Daryl aufwachte, lag er nackt im Bachbett. Seine Ausrüstung war weg. In seiner Brust schien ein Tasmanischer Teufel sein Unwesen zu treiben. Ihm war übel, und jede Bewegung sandte Schmerzen in alle Regionen seines

Körpers. Beim Versuch, sich aufzurichten, musste er sich übergeben. Viel mehr als etwas Wasser, vermischt mit beißendem Gallensaft, gab sein leerer Magen allerdings nicht her. Irgendwie schaffte er es, durch das Bachbett und die Böschung hinauf bis zu einem Blutholzbaum zu kriechen. Dort lag er nun seit einer Viertelstunde mit geschlossenen Augen im Schatten. Mit dem Rücken an den Stamm gelehnt, wedelte er mit einem kleinen Zweig vor seinem Gesicht herum, um die Fliegen zu vertreiben. Sein Brustkorb tat immer noch höllisch weh, und das würde vermutlich auch noch eine Weile so bleiben. Die Stelle, an der ihn der Bumerang getroffen hatte, begann sich schon rotblau zu verfärben.

Als es ihm etwas besser ging, tastete er vorsichtig das Brustbein und die Rippen ab, bis er sicher war, dass er nur Prellungen und keine Knochenbrüche davongetragen hatte. Dann stand er vorsichtig auf. Sofort verstärkte sich der pochende Schmerz. Er stöhnte leise und versuchte, die aufkommende Übelkeit zu ignorieren. Dann wankte er bis zum Wasserloch und kniete sich hin. Mit bloßen Händen begann er zu graben. Als der Sand feucht wurde und sich das Loch langsam mit schmutzig braunem Wasser zu füllen begann, hörte er auf und begab sich wieder in den Schatten. Ehe er von dem Wasser trinken konnte, musste er warten, bis sich der Schmutz gesetzt hatte.

Leichtsinnig war er gewesen, leichtsinnig und dumm, schalt Daryl sich, während er wartete. Die Eingeborenen hatten ihm eine Falle gestellt, und er war wie ein Anfänger in sie hineingetappt. Vielleicht hatte ihn Nyurupayia entdeckt, sich aber nichts anmerken lassen. Oder aber die Aborigines hatten gemerkt, dass ihnen jemand folgte. Wie auch immer, er saß jetzt mächtig in der Klemme.

»Schön. Ihr wollt also, dass ich hier festsitze und euch nicht weiter verfolge«, sagte er nach einer Weile. »Ihr habt mir alles abgenommen. Kleider, Schuhe, Rucksack, Messer und Wasserflasche. Aber wenigstens habt ihr mich am Leben gelassen.«

Gedankenversunken berührte Daryl die Stammesnarben auf seiner Brust. Vermutlich waren sie der Grund, weshalb man ihn nicht umgebracht hatte.

Die Aborigines glaubten wahrscheinlich, dass sie ihn aufgehalten hatten. Doch Daryl dachte nicht daran aufzugeben. Er fand hier alles, was er brauchte, um sich neu auszurüsten. Aus den vielen scharfen Steinen und dem geeigneten Holz konnte er rasch neue Feuerhölzer und eine Holzkeule für die Jagd zurechtschnitzen. Zähes Rispengras und Baumrinde für eine behelfsmäßige Tragetasche gab es auch in Hülle und Fülle. Rindensandalen brauchte er zum Glück nicht anzufertigen.

Als Junge war Daryl meist nur barfuß herumgelaufen. Seine Eltern hatten das zwar nicht gern gesehen, aber da alle anderen Kinder in der Aborigine Community das auch taten, konnten sie es ihrem Sohn natürlich schlecht verbieten. Seine Füße waren vielleicht nicht mehr so unempfindlich wie früher, trotzdem war er zuversichtlich, dass sie diese Wanderung einigermaßen unbeschadet überstehen konnten.

Für seine Vorbereitungen würde Daryl schätzungsweise vier oder fünf Stunden benötigen. Dazwischen musste er immer wieder trinken, so viel wie er nur konnte. In der

Umgebung des Berges würde er auch genug Nahrung finden, da war er sicher. Die Verfolgung der Walbiri konnte er so aber erst am nächsten Tag wieder aufnehmen.
Die vermissten Forscher waren unmöglich allein so weit in die Wüste vorgedrungen, das war ihm inzwischen klar. Er war auch überzeugt, dass die drei Walbiri wussten, wo sie waren. Warum sonst sollten sie ihn so entschieden davon abhalten, ihnen zu folgen? Deshalb durfte er jetzt keinesfalls ihre Spur verlieren.
Daryl biss auf die Zähne und kletterte auf den Hügel. Glücklicherweise stand die Sonne immer noch in seinem Rücken, so dass er die Walbiri nach einiger Zeit als winzige Punkte auf dem Kamm einer Düne entdeckte. Sie wanderten unbeirrt weiter nach Nordwesten, direkt auf den riesigen Lake Mackay zu.

12

Wann immer Daryl den Anblick des roten Sandmeeres nicht mehr ertrug, schaute er zum Himmel. Dort lag jedoch nur ein weiterer Ozean, in dessen endlosen blauen Fluten die Sonne wie ein glühender Feuerball trieb.

Von den Schmerzen in der Brust mal abgesehen, hatte er eine weitere recht gute Nacht hinter sich. Er hatte sich am Vortag ordentlich den Bauch vollgeschlagen und fühlte sich jetzt angenehm gestärkt. Neben einem Dutzend Maden, die er unter der Rinde oder in den Wurzeln verschiedener Bäume und Sträucher fand, hatte er auch die kleinen grünen Früchte der Mulga-Bäume, sogenannte »Buschäpfel«, entdeckt, die auch roh sehr gut schmeckten. Außerdem war er noch auf schmackhafte »Buschbananen« gestoßen. Die längliche Buschnahrung hatte er zusammen mit einem Waran, den er beim Sonnenbad auf den Felsen aufspürte, in der heißen Asche gegart. Einen Teil des Echsenfleisches hatte er in Rinde verpackt und als Proviant in seiner Rindentasche verstaut. Daryl war zuversichtlich, dass er diesen Tag gut überstand.

»Offensichtlich hast du nicht alles verlernt, was dir Ungjeeburra beigebracht hat«, meinte er zufrieden. »Aber vergiss nicht, morgen ist ein neuer Tag.« Er dachte unwillkürlich an die Worte seines Ziehvaters: *»Heute mag die Erde es gut mit dir meinen, morgen stehst du auf ihrem Speiseplan.«*

Als die Nacht hereinbrach, legte Daryl sich einmal mehr in seine Sandkuhle und blickte in das Lagerfeuer. Sein Magen war voll, und sein Durst hielt sich in Grenzen. Seine Füße hingegen schmerzten. Ein paar Mal war er in abgebrochene Spinifex-Halme getreten, die sich wie spitze Nadeln in seine Füße gebohrt hatten. Zwar konnte er sie alle wieder herausziehen, die Einstiche schmerzten jedoch immer noch. Solange sie sich aber nicht entzündeten und er keine Blasen an den Fußsohlen bekam, brauchte er sich keine Sorgen zu machen.

Daryl lag zusammengerollt im Sand, unfähig aufzustehen. Er blickte nach Osten. Der Himmel verfärbte sich gerade lichtgrau, Minuten später zeigten die Dunstschichten darüber bereits einen rosigen Rand.

Er zitterte am ganzen Körper. Am Vorabend hatte er nur wenig Holz gefunden, daher waren die drei Feuer, die er um sich herum anzündete, mitten in der Nacht erloschen. Auch das Echsenfett und die Asche, mit der er sich am Vorabend eingerieben hatte, hatten ihn nicht ausreichend vor der Kälte zu schützen vermocht. Jedes Mal, wenn er kurz eingenickt war, schlug die Kälte wie ein unsichtbares Raubtier ihre eisigen Krallen noch tiefer in ihn, und er wachte wieder auf.

Als die Sonne endlich über die Sanddünen kroch und Daryl die ersten wärmenden Strahlen erreichten, kehrten seine Lebensgeister langsam zurück. Er verzehrte den Rest seiner Verpflegung und brach auf. Die Buschfliegen umschwirrten ihn schon wieder zu hunderten.

Der Tag verging, ohne dass er außer den Fliegen auch nur ein einziges Lebewesen erblickt hätte. Auch die Landschaft änderte sich kaum. Rote Sanddünen, so weit das Auge reichte. Spinifex. Gelegentlich eine Zwergakazie oder eine Wüsteneiche am Fuß eines Sandwalls. Das war alles.

Immer wieder sprach Daryl mit sich selbst. Meist sang er die Songlines der Pintubi, die ihm Ungjeeburra beigebracht hatte. Natürlich nützte ihm das nichts, er war ja in einem unbekannten Stammesgebiet. Gemeinsam mit der Vorstellung, er ginge durch Pintubi-Land, beruhigte es ihn aber.

Dazwischen trieb er sich an, in dem er so tat, als sei er ein beinharter Drilloffizier. Er stauchte sich selber zusammen, bis er es nicht mehr aushielt und laut lachen musste. »Ich glaube, langsam drehe ich wirklich durch«, seufzte er.

Die Sonne stand bereits tief, doch noch immer wanderte Daryl durch ein Meer von Wellen aus rotem Sand. Manchmal waren die Wogen sanft und flach, dann wieder hoch und bedrohlich. Daryl fühlte sich wie ein Schiffbrüchiger, der Wasser trat, um nicht unterzugehen. Unaufhörlich trugen ihn seine Füße vorwärts, doch schienen seine Schritte in dieser unendlichen Weite winzig und unbedeutend.

Als die Sonne unterging, ließen ihre Strahlen die Kämme der Dünen für einen kurzen Augenblick wie die frisch geschmiedeten Klingen riesiger Schwerter erglühen. Wieder war ein Tag vergangen, und Daryl, nackt und müde, legte sich neben einer Akazie in den Sand.

Noch ehe es völlig hell geworden war, erklomm Daryl schon wieder Sandwälle und durchquerte Dünentäler.

Er hatte an diesem Morgen ein ziemlich hohes Tempo angeschlagen, und das aus gutem Grund. Die Luft war schwer, heiß und trocken. Der Sand roch nach rostigem Eisen und nach Staub. Gleichzeitig zog von Osten ein milchiger gelbroter Schleier auf, der sich immer mehr zu einer bedrohlichen Wolkenwand verdichtete. Die Fliegen spielten verrückt. Sie attackierten Daryl in wilder Panik, als ahnten sie, dass für viele von ihnen das Ende unmittelbar bevorstand. Daryl hastete mit unverändert schnellen Schritten weiter. Wozu Angst einen doch befähigte …

Als Daryl erneut den Grat einer Düne erklomm, streifte ihm plötzlich der heiße Wind wie das rauhe Fell eines Dingos um den nackten Körper. Er blieb stehen. Sein Blick wanderte nach Osten. »Das sieht nicht gut aus«, sagte er besorgt.

Mit kurzen heftigen Stößen schubste der Wind Daryl vor sich her. ›Na los, lauf weg, wenn du kannst, aber ich krieg dich ja doch‹, schien er Daryl wie ein böser Geist ins Ohr zu flüstern.

»Tu, was du nicht lassen kannst«, murmelte Daryl trotzig zurück, obwohl er wusste, dass es sinnlos war. Er war einfach nicht schnell genug. Das Unheil würde unabänderlich über ihn hereinbrechen, und es gab keinen Ort, wo er sich verstecken konnte.

Vor Daryl türmte sich über fünfzig Meter hoch im Osten die Walze eines Staubsturms auf und raste direkt auf ihn zu. Je näher sie kam, desto mehr verschwamm der Horizont. Innerhalb weniger Minuten verschmolzen Himmel und Erde, als bestünden sie aus weichem Wachs.

»Verdammt, wenn man mal einen Baum braucht, dann ist weit und breit keiner da!«, schimpfte Daryl. Er suchte verzweifelt etwas, das ihm Orientierung gab. Etwas, woran er sich festhalten konnte und das ihm das Gefühl gab, nicht fortgespült zu werden von der Flut aus Wind und Staub, die gleich alles unter sich begraben würde.

Die Böen wirbelten dichte Staubfetzen hoch, die sich für einen kurzen Moment zu kleinen Windhosen formierten, ehe sie wieder auseinandergerissen wurden. Vereinzelt hüpften abgestorbene Spinifex-Büschel wie Bälle durch die Dünentäler. Die Staubmenge, die der nun immer heftiger blasende Wind aufsog, wurde stetig größer, und die Konturen der Sonne waren kaum noch zu erkennen.

Plötzlich war Daryl vom Staub eingehüllt wie in ein schmutziges Laken. Seine Augen brannten, und er bekam kaum noch Luft. Mitten in einem Dünental sank er auf die Knie. Mit Händen und Armen bedeckte er sein Gesicht. Er hoffte, dass der Sturm rasch vorbeizog und auf den Staub- nicht auch noch ein Sandsturm folgte. Wenn das geschah, würde er nicht nur die Spur der Aborigines verlieren, sondern auch seine eigene und mit ihr den Weg zurück.

Der Spuk dauerte nur ein paar Minuten, dann hatte der Wind den feinen Staub weggetragen und die Luft wurde wieder klarer. Daryl richtete sich auf. Er hustete und rieb sich die tränenden Augen. So schnell er konnte, durchquerte er das Dünental und kletterte auf den nächsten Sandhügel.

Voller Sorge blickte er nach Osten. »Auch das noch«, stöhnte er leise. Es war noch nicht überstanden …

Der Sandsturm kündigte sich in der Form von einzelnen schmalen Sandbändern an, die sich schließlich zu einer riesigen Wolke vereinigten. Wie ein gelbroter fliegender Teppich glitt die Wolke knapp über den Dünen dahin. Immer mehr der schweren Sandkörner wurden aufgewirbelt, wodurch der Teppich immer größer und dichter wurde. Seine Höhe betrug zwar lediglich ein paar Meter, denn der Wind konnte die Sandkörner nur bis zu einer bestimmten Höhe emporheben, doch das nützte Daryl wenig, denn es gab hier weit und breit keinen Hügel, auf den er vor der Sandwalze hätte flüchten können.
Der Wind wurde wieder stärker. Daryl wandte sich um. Vor ihm im Tal stand eine halb abgestorbene Wüsteneiche. Sie war etwa vierzig Meter entfernt. Er taumelte den Hang hinab, stolperte dabei über ein Spinifex-Grasnest und verletzte sich erneut schmerzhaft an den spitzen Nadeln.
In diesem Augenblick schoss der Sand wie eine Springflut über die Düne hinter ihm. Daryl hielt sich schützend die Arme vors Gesicht. Er versuchte den Baumstamm im Blickfeld zu behalten, gleichzeitig torkelte er wie ein Betrunkener durch die Senke. Sekunden später hatte ihn der Sandsturm verschluckt. Daryl konnte nichts mehr sehen. Rund um ihn herum schoss der Sand mit solcher Geschwindigkeit vorbei, dass sich alle Konturen auflösten. Plötzlich stieß er gegen den Baum. Er tastete sich um ihn herum, dann presste er den Rücken an die rauhe Rinde und sank zu Boden. Die Beine fest an die Brust gepresst, vergrub er den Kopf zwischen Oberschenkeln und Armen.
In rasanter Schussfahrt durchquerte der aufgewirbelte Sand die Ebene und schwappte über den nächsten Sandwall. Der

Wind stöhnte und heulte, pfiff und surrte, gleichzeitig bearbeitete der Sand Daryls Haut wie Schmirgelpapier.
Es dauerte nicht lange, und Daryls Gedanken begannen sich im Kreis zu drehen. Er hatte das Gefühl, als zöge eine unbekannte Kraft seinen Verstand in ein schwarzes Loch, in dem absolute Leere herrschte. Schließlich fiel er in einen tranceähnlichen Zustand.

13

Als Daryl wieder richtig zu sich kam, lag er auf der Seite. Augen, Nase und Ohren waren vom Sand verklebt, und zwischen seinen Zähnen knirschte es. Er richtete sich auf. Aus seinen Haaren rieselten rostrote Sandkörner. Seine Haut fühlte sich an, als hätte er einen Sonnenbrand.
Beim Sturz über das Stachelgras hatte er seine Rindentasche verloren, wie er jetzt bemerkte. Er sah sich um, konnte sie aber nirgendwo sehen. Mühsam stand er auf. Es war absolut still, die Luft klar und rein. Keine einzige Fliege schwirrte umher.
Inzwischen war es Abend geworden. Nur noch die südliche Flanke der Düne und ein Teil der Senke wurden von der Sonne beleuchtet. Der Sand war wie ein japanischer Zen-Garten mit reliefartigen Mustern und Linien durchzogen, die durch das Spiel von Licht und Schatten noch schöner wirkten.
Lange würden die filigranen Muster aber nicht erhalten bleiben. Die schwache Abendbrise begann bereits damit, die komplexen Strukturen zu glätten und Stück für Stück aufzulösen.
Daryl hatte im Moment allerdings keine Augen für die Schönheit der Natur. Es sah ziemlich schlecht für ihn aus. Der Sturm hatte sowohl die Spur der Aborigines als auch seine eigene verwischt.
Er ging bis zu der Stelle, wo er glaubte, die letzte Düne

überquert zu haben. Dort suchte er nach der Rindentasche und der Jagdkeule, konnte aber beides nirgendwo finden.
»Großartig«, meinte er mit heiserer Stimme. »Und was jetzt?« Er setzte sich in den Sand, um nachzudenken.
Es war, als habe der Sturm nicht nur die Luft gereinigt, sondern auch seinen Verstand. Daryls Gedanken waren nun viel klarer.
Zum ersten Mal, seit er losmarschiert war, konnte er wirklich ehrlich zu sich sein. Er hatte Mist gebaut. Gut, er hatte herausgefunden, wo die Forscher tatsächlich verschwanden. Mit Dr. Hooker hatte er einen der Vermissten gefunden und auch den Beweis erbracht, dass dieser ermordet wurde. Er hatte die Tatwaffe sichergestellt, und er wusste, dass die Eingeborenen in den Fall verwickelt waren. Bis zu diesem Punkt hatte er alles richtig gemacht, zumindest aus seiner Sicht. Danach allerdings beging er den Fehler, sich selber zu überschätzen, als er ohne Plan und ohne Ausrüstung in die Wüste stürmte. Die Angst zu versagen, die ihn seit Michelles Tod verfolgte – war sie das Damoklesschwert über seinem Kopf, das ihm jetzt vielleicht zum Verhängnis wurde?
»Du glaubst vielleicht, was du nicht aufgibst, hast du nie verloren. Aber was war, lässt sich nicht mehr ändern. Vergiss die Vergangenheit, verlasse, was hinter dir ist. Deine Fehler ebenso wie deine Schmerzen. Tust du es nicht, werden eben diese dich eines Tages ins Verderben führen.« Ungjeeburra hatte es ihm prophezeit …
»Verdammt lange hast du gebraucht, um das einzusehen«, schimpfte er mit sich. »Du hast geglaubt, Michelles Tod so weit verarbeitet zu haben, dass du damit leben kannst. Aber

weißt du was? Das reicht nicht. Schau doch, wohin es dich gebracht hat! Es trübt dein Urteilsvermögen.«
Bisher hatte er nur sich selber gefährdet. Aber irgendwann würde es vielleicht jemand anderen treffen. Und was dann? Er musste sich endlich damit abfinden, dass Michelle tot war und ihre Leiche vermutlich nie gefunden wurde.
»Bist du deshalb den Aborigines in die Wüste gefolgt?«, versuchte Daryl eine Antwort zu finden. »Weil du den Gedanken nicht erträgst, dass durch dein Nicht-Eingreifen Unschuldige sterben könnten, wie einst Michelle? Dass Verbrecher wie Hank Delaine am Ende vielleicht triumphieren und du dies als dein Verschulden betrachten könntest?«
Langsam schüttelte Daryl den Kopf. Egal, was früher geschehen war, ob er damals hätte anders reagieren sollen, die Zeit ließ sich nicht zurückdrehen, das verstand er jetzt. Und wenn er sich weiterhin seinen Schuldgefühlen und seiner Furcht ergab, würde alles nur noch schlimmer.
Die Erinnerung an Michelle besetzte immer noch einen wichtigen Teil von Daryls Herzen. Eines Tages würden Delaine und seine Kumpane wieder auf freiem Fuß sein. Dann – und wirklich erst dann – war der Zeitpunkt gekommen, um sich noch einmal an ihre Fersen zu heften. Bis dahin konnte er nur eins tun: endlich wieder lernen, richtig zu leben, vielleicht wieder eine neue Beziehung eingehen – und dafür sorgen, dass Typen wie Delaine das Handwerk gelegt wurde. Daryl riss sich zusammen.
»Vermutlich stehen deine Chancen ein wenig besser, wenn du umkehrst«, gestand er sich schließlich ein.
Mit etwas Glück würde er zurück bis zum Mount Carey finden, wo er fürs Erste gerettet war. Allerdings nur, wenn

er die Richtung korrekt einschätzte und nicht allzu sehr vom Kurs abwich, was sehr vom Wetter abhing. Ein milchiger Schleier am Horizont oder flirrende Hitze konnten ihn den flachen Hügel ohne weiteres verfehlen lassen.

Umkehren bedeutete natürlich auch, dass er kaum noch eine Gelegenheit haben würde, den Fall zu lösen. Zwar konnte er versuchen, in der Nyirripi Community auf Nyurupayia zu warten, um sie zu verhaften und zum Verhör nach Alice Springs zu bringen. Doch vermutlich würden die Buschtrommeln der Eingeborenen sie warnen, so dass er warten würde, bis er schwarz war.

Daryl stand auf. Er hatte sich entschieden. Er war schon zu weit gegangen, um aufzugeben. Möglich, dass er bei seinem Vorhaben umkam, doch das bereitete ihm in diesem Augenblick nicht mehr die gleichen Ängste wie noch vor kurzem. Es war, als hätten die Erkenntnisse der vergangenen Stunde eine tonnenschwere Last von ihm genommen und dazu geführt, dass er das Leben wieder wie ein Pintubi sah. Sollte er es nicht schaffen, dann war die Wüste der richtige Ort für ihn, um zu sterben – und der Tod der Preis, den er für diese Einsicht zu zahlen bereit war.

Daryl kehrte zur Wüsteneiche zurück. Er brach einen der abgestorbenen Äste ab, damit er etwas hatte, womit er eine Echse oder Schlange erlegen konnte. So ausgerüstet, zog er wieder los.

Unterdessen war die Sonne untergegangen und hatte dem leuchtenden Mond Platz gemacht. Daryl wollte die Nacht durchmarschieren und sich erst gegen Mittag, wenn es ihm zu heiß wurde, im Schatten eines Strauches oder Wüstenbaumes ausruhen.

Zwei Tage, so schätzte er, trennten ihn noch vom Lake Mackay. Vielleicht hatte er ja Glück und fand die Spur von Napangarti, Tjungurrayi und Nyurupayia wieder. Er hatte auch schon eine Idee, wie er das anstellen konnte.
Seit sie vom Billabong aufgebrochen waren, hatten die Eingeborenen sich immer in nordwestlicher Richtung bewegt, direkt auf den großen Salzsee zu. Seit gestern waren sie aber immer mehr nach Westen abgewichen. Dabei hatten sie sich mehrheitlich in den Dünentälern bewegt und nur noch gelegentlich deren Kämme überquert. Wenn die drei diese Taktik beibehielten, konnte Daryl ihre Spur vielleicht wiederfinden, indem er im Zickzack eine Weile in einem Dünental ging, dann einen Sandwall überquerte und wieder eine Zeit lang dem nächsten Tal folgte. Immer vorausgesetzt, die Aborigines änderten nicht plötzlich die Richtung.

14

Zunächst ging alles gut. Der Mond schien hell, und Daryl kam zügig voran. Gegen Morgen entdeckte er einen Waranbau. Er zog das Tier am Schwanz aus der Höhle und erschlug es mit seiner Holzkeule. Da er kein Messer und keinen scharfen Stein hatte, mit dem er es hätte aufschlitzen können, nagte, biss und zerrte er mit den Zähnen so lange an einer der scharfen Krallen, bis er sie abgerissen hatte. Anschließend schnitt Daryl die Echse damit vorsichtig auf, trank ihr Blut und saugte die Körperflüssigkeit aus dem Tier heraus. Das Fleisch verzehrte er roh. Sein Flüssigkeitsbedarf war damit noch lange nicht gedeckt, zumindest hatte er sich aber wieder etwas Zeit verschafft.

Als die Sonne direkt über ihm stand, setzte Daryl sich in den spärlichen Schatten einer verkrüppelten Zwergakazie. An Schlaf war nicht zu denken, denn die Fliegen peinigten ihn mit unverminderter Hartnäckigkeit. Er schloss die Augen, wedelte mit einem kleinen Zweig vor seinem Gesicht herum und versuchte, wenigstens etwas zu dösen.

Etwa drei Stunden später machte Daryl sich wieder auf den Weg. Es dauerte nicht lange, und sein linker Fuß begann wehzutun. Die durch das Spinifex verursachte Fußverletzung hatte sich entzündet. Zunächst ignorierte er den Schmerz, doch dann wurde es immer schlimmer. Schließlich humpelte Daryl stark. Seine Keule war zu kurz, um sie als Stütze benutzen zu können. Vergeblich sah er sich nach

einem längeren Holzstück um, doch entweder waren die herumliegenden Äste zu kurz oder so von Termiten zerfressen, dass sie gleich zerbrachen. Der nächste Rückschlag folgte wenig später.
Über eine Stunde war Daryl einem Dünental gefolgt, nun stieg er wieder einen Sandhügel hoch. Vor ihm verloren sich die roten Dünen rasch in einer steinigen Ebene, die sich ausbreitete, so weit das Auge reichte. Kein richtiger Baum und kaum ein Strauch wuchsen auf ihr.
Daryl schüttelte langsam den Kopf. Er wollte erst noch eine Weile dem letzten großen Sandwall folgen, denn dort war der Boden weicher. Außerdem war die Düne vermutlich seine letzte Chance, die Spur der Aborigines wiederzuentdecken. Wenn sie die eingeschlagene Richtung beibehalten hatten, waren sie irgendwo hier über diese kilometerlange Erhebung gestiegen.
Er ereichte gerade den unteren Rand des Hügels, als er auf dem Kamm links über ihm eine Bewegung wahrnahm.

Daryl blieb stehen und schaute nach oben. Halb verdeckt von der Düne sah er einen Dingo. Der Wildhund war im selben Augenblick wie er stehen geblieben. Wie lange er ihm schon gefolgt war, konnte Daryl nicht sagen, weil der Dingo offenbar immer einige Meter hinter ihm blieb.
Daryl wusste genau, wie intelligent Wildhunde waren. Dieses Exemplar hatte sofort bemerkt, dass man es entdeckt hatte. Doch es machte keine Anstalten, sich zu verdrücken. Im Gegenteil: Seelenruhig gab es das Versteckspiel auf und trat auf den Kamm der Düne.

Der Größe nach musste das Tier ein Rüde sein. Es hatte eine Schulterhöhe von ungefähr fünfzig Zentimetern, sein Fell war blass beigegelb, am Bauch heller und an der Brust weiß. Nun blickte es auf Daryl hinunter. Den gedrungenen Kopf mit den kräftigen Kiefern gestreckt, die kurzen, stets aufgestellten dreieckigen Ohren gespitzt und den gebogenen, bürstenartigen Schwanz aufgestellt, fixierte es Daryl mit seinen wachsamen Augen.

Normalerweise griffen Dingos keine Menschen an. Dieser hier sah aber ziemlich abgemagert und dementsprechend hungrig aus. Und Daryl humpelte durch die Gegend wie ein altes, verletztes Känguru. Trotzdem, von einem einzelnen Dingo hatte er nicht viel zu befürchten. Da er von seiner Zeit als National Park Ranger wusste, dass die meisten Wildhunde Einzelgänger waren, brauchte er sich im Moment noch keine Sorgen zu machen.

Das plötzliche Auftauchen des Wildhundes sagte Daryl aber auch, dass es irgendwo im Umkreis von höchstens zehn Kilometern Wasser geben musste – weiter würde sich der Dingo nämlich nicht von seiner Wasserstelle entfernen. Viel half das Daryl allerdings nicht. Der Rüde würde ihn nicht dorthin führen, dafür war er zu clever. Lieber wartete er geduldig, bis der Durst sein Opfer umgebracht hatte.

Daryl schwang seinen Holzknüppel über dem Kopf und tat so, als wolle er auf den Dingo losgehen. Während er den Sandwall heraufstapfte, biss er auf die Zähne, denn sein Fuß schmerzte höllisch.

Der Wildhund trollte sich erst, als Daryl nur noch knapp zehn Meter von ihm entfernt war. Als er den Kamm erreichte, befand sich der Dingo bereits im Dünental. Ohne

Eile trottete er durch die Ebene zum nächsten Sandwall hinüber. Dabei blickte er sich gelegentlich nach Daryl um. Als der Hund merkte, dass er nicht weiter verfolgt wurde, blieb er stehen. Er schaute seinen Verfolger an, dann gähnte er gelangweilt.
Der Dingo wollte ihn provozieren. Er wollte, dass Daryl ihm folgte und sich dabei verausgabte. Aber Daryl fiel nicht auf den Trick herein.
»Clever bist du, keine Frage. Aber so leicht kriegst du mich nicht. Besser, du suchst dir ein anderes Opfer.«
Daryl machte kehrt und stieg wieder ein Stück die Düne herunter. Dann legte er sich in den Sand und wartete ein paar Minuten. Als er sich wieder aufrichtete und über den Grat schaute, war der Dingorüde gerade im Begriff, den Sandhügel hochzuklettern. Als er Daryl sah, drehte er sich auf der Stelle um und trabte zurück ins Tal. Dreimal wiederholten sie dieses Spiel, dann schien der Wildhund das Interesse an Daryl verloren zu haben und verschwand hinter der nächsten Düne.
Nachdem der Wildhund endgültig außer Sicht war, ging Daryl weiter. Er war sich nicht sicher, ob das Tier nicht irgendwann wieder auftauchen würde. Aber im Moment hatte der Dingo wohl begriffen, dass dieser hinkende Zweibeiner keine so leichte Beute war, wie es vielleicht zunächst den Anschein gemacht hatte.

Fußspuren! Und nicht nur von drei Personen, sondern gleich von einem halben Dutzend!
Daryls ausgetrocknete, rissige Lippen verzogen sich zu

einem schwachen Lächeln. »Nicht schlecht«, lobte er sich und blieb stehen. »Offenbar hast du immer noch ein paar Tricks auf Lager.«

Er bückte sich mühsam, um die quer über die Sanddüne in die steinige Ebene verlaufenden Spuren genauer anzusehen. Da waren die kleinen, schwachen Abdrücke von Nyurupayia und die tieferen, größeren von Napangarti und Tjungurrayi. Von den drei neuen Fußspuren stammten zwei von erwachsenen Personen. Die eine ähnelte der von Nyurupayia, war aber etwas größer. »Vermutlich auch eine Frau«, murmelte Daryl. Die andere war noch größer als die von Tjungurrayi – und der Schrittlänge nach zu urteilen bestimmt von einem Mann. Die dritte Spur dagegen stammte von einem Kind.

In Daryl keimte neue Hoffnung auf. Er hatte die Spur der Aborigines wieder gefunden. Die Gruppe kannte bestimmt das Wasserloch, das auch den Dingo am Leben erhielt. Dass die Wasserstelle irgendwo hinter den Dünen lag und Daryl sie somit verpasst hatte, war unwahrscheinlich. Vermutlich befand sie sich in der steinigen Ebene vor ihm. Der Weg der Gruppe führte ihn hoffentlich direkt dorthin. Und noch etwas sorgte bei ihm für Optimismus. So viele Eingeborene mitten in der Wüste waren kein Zufall. Daryl würde sich nicht wundern, wenn er bald auf ein Camp mit noch mehr Aborigines stieß. Was sie so weit entfernt von der nächsten Community taten, konnte er sich im Moment nicht erklären. Dass er jedoch etwas höchst Ungewöhnlichem auf der Spur war, daran zweifelte er nun nicht mehr.

Als Daryl sich erhob, sah er als Erstes wieder den Dingorüden. Unbeweglich, die grün schimmernden Augen fest auf Daryl gerichtet, stand er in gebührendem Abstand vor ihm. Er hatte also nicht aufgegeben, sondern ihn stattdessen im Schutz der Sandhügel umgangen, um ihm dann von vorn entgegenzutreten. Aufgrund seiner eigenen Erfahrung und der vielen Geschichten, die er schon über diese Tiere gehört hatte, war er sicher, dass der Wildhund gewusst hatte, dass Daryl nach den Fußspuren suchte.

»Na schön. Du willst also nicht lockerlassen. Und was weiter?«

Daryl kehrte dem Hund den Rücken zu und folgte humpelnd den Spuren der Eingeborenen. Nach einer Weile blieb er stehen und bückte sich. Er hob einen faustgroßen Stein auf und ging weiter. Ungefähr fünf Minuten später hielt er erneut an und drehte sich um. Der Dingo war ihm gefolgt. Jetzt blieb er, gut zehn Meter hinter Daryl, ebenfalls stehen.

Daryl schleuderte den Stein mit aller Kraft. Der Rüde reagierte blitzschnell, machte dabei aber einen Fehler. Anstelle seitlich nach links oder rechts auszuweichen, drehte er sich um und versuchte so, dem Wurfgeschoss zu entkommen. Daryl hatte jedoch absichtlich etwas weiter gezielt, so dass der Stein den flüchtenden Wildhund mit voller Wucht am Rücken traf.

Der Rüde jaulte auf und preschte davon. Daryls Blick folgte ihm, bis er ihn nicht mehr sehen konnte. »Hoffentlich war's das jetzt«, brummte er.

Bis zum Abend blieb der Dingo verschwunden. Dann jedoch hörte Daryl ihn heulen und bekam prompt eine Gänsehaut. Es gab drei Arten von Dingogeheul. Einen lang anhaltenden Laut, einen auf- und abschwellenden Ruf oder einen kurzen, abrupten Ton. Bei jeder Art gab es noch eine Reihe von Variationen, die ihre eigenen Bedeutungen hatten. Was er jetzt hörte, war der kurze Ton, der dem Orten oder Herbeirufen von Jagdgefährten diente …

Allmählich wurde es dunkel. Bisher hatte kein anderer Wildhund auf die Rufe reagiert, und Daryl hoffte, dass es auch so blieb. Trotzdem brauchte er einen sicheren Platz, von dem aus er sich notfalls gegen den Dingo verteidigen konnte. Die Ebene bestand allerdings nur aus harter Erde, Steinen, Spinifex, kümmerlichen Büschen und ein paar verkrüppelten Zwergakazien.

Je länger die Schatten wurden, umso schwieriger war es, den Spuren der Eingeborenen zu folgen. Daryl entschied sich deshalb, neben einer abgestorbenen Dogwood-Akazie zu übernachten. Er brach einige der morschen Äste ab, die er als Brennholz verwenden wollte. Um Feuer zu machen, brauchte er aber hartes, noch nicht von Termiten zerfressenes Holz. Daryl sah sich um. Etwa dreißig Meter entfernt stand ein großer Blue-Mallee-Busch, umgeben von einigen Sträuchern. Auch die Spur der Walbiri führte in diese Richtung. Als er darauf zuging, flog plötzlich ein Schwarm Zebrafinken auf. Einen kurzen Moment blieb Daryl stehen. Dann humpelte er so schnell er konnte auf den Busch zu.

Hinter dem Busch, in einem eineinhalb Meter tiefen Felstrichter, der zu zwei Dritteln senkrecht abfiel, lag ein Wasserloch. An einer Seite wies der Stein einen gut fünfzig Zentimeter breiten Einschnitt auf, der schräg bis zum Wasser reichte. Die Wasserstelle war so unscheinbar, dass Daryl zwei Meter daneben hätte vorbeigehen können, ohne sie zu entdecken. Aber er *hatte* sie entdeckt, und das zum bestmöglichen Zeitpunkt!

Wäre sein ausgetrockneter Körper noch dazu imstande gewesen, hätte Daryl wohl Tränen der Erleichterung vergossen. Doch so schluckte er nur leer und fiel auf die Knie. Als er gerade Kopf voran in die Spalte kriechen wollte, ertönte in seinem Rücken ein böses Knurren.

Keine drei Meter hinter ihm standen zwei Wildhunde. Mit gesträubten Nackenhaaren, die Köpfe gesenkt und die Zähne gefletscht, kamen sie langsam auf ihn zu.

Daryls Augen wanderten nervös hin und her. Er suchte nach einem spitzen Stein oder einem abgebrochenen Ast, mit dem er sich verteidigen konnte, denn seinen Holzknüppel hatte er dummerweise neben der Dogwood-Akazie liegen lassen. Doch er fand nichts. Langsam und hektische Bewegungen vermeidend stand er auf.

Die Hunde kamen immer näher. Jetzt erst merkte Daryl, dass es sich bei den beiden Tieren um eine Hündin und einen etwa einjährigen Jungrüden handelte. Er hatte es also die ganze Zeit nicht mit einem einzelnen Wildhund, sondern mit einem eingespielten Familienrudel zu tun gehabt. Doch diese Erkenntnis nützte ihm jetzt nicht mehr viel.

Als Daryl sich panisch umschaute, sah er den großen Rüden, der sich bis auf einen Meter an ihn herangepirscht hatte. Ihm blieb keine Zeit mehr, um zu reagieren. Der Dingo schoss los und packte Daryls linkes Bein mit solcher Kraft, dass dieser umgerissen wurde. Daryl brüllte und schlug mit den Fäusten auf den Kopf des Rüden ein. Für einen kurzen Augenblick lockerte sich tatsächlich die eiserne Umklammerung des kräftigen Kiefers. Daryl rammte dem Rüden mit voller Wucht das rechte Knie in den Brustkorb, so dass dieser aufjaulte und ganz losließ. Daryl versuchte auf die Beine zu kommen, doch schon stürzten sich die anderen Hunde auf ihn.

Der Jungrüde war nicht so erfahren wie seine Eltern. Während er versuchte, Daryls Arm zu erwischen, stieß ihm dieser blitzschnell die Finger in die Augen. Der junge Wildhund heulte vor Schmerz auf und sprang erschrocken einen Meter zurück, gleichzeitig verbiss die Hündin sich aber in Daryls Oberschenkel. Daryl schrie vor Schmerzen und krümmte sich nach vorn, um die Attacke abzuwehren.

Genau darauf hatte der alte Rüde nur gewartet. Mit gestreckten Vorderpfoten sprang er auf Daryls Brust, so dass diesem die Luft wegblieb, er mit dem Rücken auf die harte Erde prallte und sein Kopf auf den steinernen Rand des Wasserlochs schlug. Verzweifelt rang Daryl nach Luft, und vor seinen Augen drehte sich alles.

Die messerscharfen Zähne des Dingos näherten sich seiner Kehle, aber Daryl hatte keine Kraft mehr, die Arme zu heben und sich zu schützen. Er nahm noch undeutlich wahr, wie der Schädel des Rüden zerplatzte, ihm warmes Blut ins Gesicht spritzte und das Tier scheinbar wie von Geisterhand von seiner Brust gerissen und fortgeschleudert wurde, dann verlor er die Besinnung.

15

Daryl war tot. Wenn er allerdings wirklich tot war, dann schätzte man im Jenseits den Geruch und die Wärme eines Lagerfeuers ebenso wie im Diesseits.

»Das ist gut«, flüsterte er mit schwacher Stimme, »sehr … gut.«

Er blinzelte ein paar Mal, dann öffnete er die Augen. Er lag auf der Seite und schaute direkt in ein Feuer. Er war noch immer ziemlich benommen, das Knistern und der Anblick der goldgelb züngelnden Flammen beruhigten ihn aber.

Daryl versuchte sich aufzurichten. Sofort schob sich eine Hand stützend unter seinen Nacken, eine andere griff nach seinem Oberarm und half ihm hoch.

Daryl blickte ungläubig in das gütig lächelnde Gesicht eines alten, weißbärtigen Aborigines.

»Ungjeeburra?!?« Er kniff die Augen zusammen, um sicherzugehen, dass er nicht träumte.

Die beiden umarmten sich, und Daryl liefen Freudentränen über das Gesicht.

»Du kannst dir nicht vorstellen, wie glücklich ich bin, dich zu sehen.«

Der alte Pintubi lächelte. »Durst?«, fragte er. Auch seine Augen waren feucht.

Daryl nickte.

»Schmerzen?«

»Der Fuß und mein Brustkasten. Das Bein geht so. Außerdem dröhnt es in meinem Kopf, als wäre ein wild gewordener Emu in meinem Schädel eingesperrt. Aber das wird schon wieder.«

Ungjeeburra stand auf und ging zum Wasserloch. Er hatte ihr Lager absichtlich gut zwanzig Meter von der Wasserstelle entfernt hergerichtet; die Tiere der Nacht sollten auch eine Chance haben, ihren Durst zu löschen.

Als Ungjeeburra zurückkehrte, trug er ein ovales Rindenstück, das mit Wasser gefüllt war. Er hielt es Daryl vorsichtig an die Lippen. Dieser bemühte sich, langsam und mit kleinen Schlucken zu trinken, sonst würde sein Magen rebellieren. Als er den größten Durst gelöscht hatte, nahm ihm Ungjeeburra die Trinkschale wieder ab und legte sie zwischen seine gekreuzten Beine.

Er hob eine dünne Wurzel auf, die er zwischen den Handflächen zerrieb, bis weißlicher Saft heraustropfte. Dann träufelte er die Flüssigkeit ins Wasser und vermischte sie mit den Fingern.

»Was ist das?«, wollte Daryl wissen.

»Buschmedizin«, antwortete der Aborigine. »Ich habe die Wurzel ausgegraben, als du bewusstlos warst. Die wachsen überall hier.« Er reichte Daryl das Rindengefäß. »Trink das, es schmeckt zwar bitter, aber es wird die Schmerzen lindern und dafür sorgen, dass du gut schläfst.«

Als Daryl ausgetrunken hatte, fragte er: »Wie um alles in der Welt kommst du eigentlich hierher?«

»Wie schon«, antwortete der alte Pintubi mit seiner warmen, dunklen Stimme. »Du hast mich gerufen, erinnerst du dich nicht mehr?«

Daryl schüttelte verwirrt den Kopf. »Das habe ich nicht …

Das heißt, ich habe schon an dich gedacht und dass ich froh wäre, dich hier an meiner Seite zu haben.«
Ungjeeburra lächelte. »Siehst du.«
»Trotzdem, ich kann es kaum glauben.«
»Was, dass du mich gerufen hast oder dass ich dich gehört habe?«
»Beides. Ich meine …«
»Ich weiß schon, was du sagen willst.« Ungjeeburra strich sich durch den wilden, im Schein des Feuers schneeweiß leuchtenden Bart. Dabei lächelte er verschmitzt. »Ich habe es dir schon einmal gesagt, Munkumbole: In dir stecken mehr Fähigkeiten und mehr Wissen, als du dir selber zutraust. Aber dein weißer Verstand unterdrückt sie. Er ist der Käfig deiner Seele.« Ungjeeburra machte eine kurze Pause. Als er fortfuhr, lag ein verständnisvoller Ausdruck in seinen Augen. »Deine Arbeit macht es dir oft schwer. Ich hoffe, eines Tages wirst du die richtige Balance zwischen der Welt der Weißen und der unseren finden.«
Daryl betrachtete sein verletztes Bein. Ungjeeburra war gerade dabei, eine klebrige braunschwarze Paste auf die Bisswunden und die entzündete Ferse zu schmieren. Die Paste kühlte wunderbar und linderte sofort seine Schmerzen. »Wie bist du überhaupt so schnell hierhergekommen?«, wollte er wissen.
Ungjeeburra war gerade in der Nähe ihrer Community auf der Jagd gewesen war, als er Daryls Gedanken »hörte«. Daraufhin war er unverzüglich zur Community zurückgekehrt, und einer der Stammesältesten hatte ihn in die Nähe von Nyirripi gefahren, von wo er Daryls Ruf wie einer unsichtbaren Schnur bis hierhin gefolgt war.

»Du hattest Glück«, brummte Ungjeeburra, als er Daryl fertig verarztet hatte. »Ein paar Sekunden später, und der Rüde hätte dir die Kehle zerfetzt.«
Der alte Pintubi hatte dem Dingo aus zwanzig Metern mit einem Wurf seines Kirras, eines großen und schweren Jagdbumerangs, den Schädel zertrümmert. Daryl war froh, dass sein Freund ein so zielsicherer Schütze war, denn Ungjeeburras Kirra wog mindestens vier Pfund, bestand aus im Feuer gehärteten Mulga-Holz und hätte mit Leichtigkeit auch ihn töten können. Zwar erzählte man sich, dass ein Aborigine, der seinen Bumerang warf, gleichzeitig im Geiste mit ihm reisen konnte. Doch Daryl bezweifelte, dass dies wirklich immer klappte.
»Was ist mit dem Rüden?«, wollte Daryl wissen.
»Der liegt jetzt drüben bei der abgestorbenen Akazie.«
»Und die anderen Hunde?«
»Die haben sich verdrückt. Allerdings nicht besonders weit weg.« Er machte eine Kopfbewegung Richtung Westen. »Da drüben stehen sie und beobachten uns.«
Daryl starrte angestrengt in die Dunkelheit, konnte jedoch nichts entdecken. Das war allerdings nicht neu für ihn. Ungjeeburra hatte eine andere Art, die Dinge wahrzunehmen. So konnte er, indem er seine anderen Sinne zur Hilfe nahm, auch ohne seine Augen sehen. *»Ein Aborigine hört nicht nur mit seinen Ohren, sondern auch mit seiner Nase, seinen Augen, einfach mit all seinen Sinnen«*, hatte er Daryl einmal erklärt. *»Es gibt dabei keine Trennung zwischen den einzelnen Empfindungen. Sie alle sind miteinander verwoben, wie die Fäden eines Spinnennetzes.«* Für den alten Pintubi verschmolzen alle Eindrücke vor seinem inneren Auge

zu einem Bild, das mit bloßem Auge allein nicht zu erkennen war.
Für einen Weißen war es natürlich schwer, ja vielleicht unmöglich, die Welt so wahrzunehmen. Doch das allein war es nicht. Wenn Daryl im Busch war, fühlte und handelte er so wie ein Pintubi. Es gab aber auch Dinge, die er bei aller Geduld und allem Willen nicht völlig erlernen konnte. Vielleicht lag es daran, dass gewisse Urinstinkte bei den Weißen im Lauf der Zeit verkümmert oder ganz verloren gegangen waren.
»Übrigens, ich habe hier noch etwas für dich«, sagte Ungjeeburra, langte hinter sich und zauberte Daryls Rucksack aus der Dunkelheit. »Da sind alle deine Sachen drin.«
»Woher hast du den denn her?«, fragte Daryl überrascht.
»Nyurupayia Nampitjinpa hat mir ›geträumt‹, wo ich ihn finde.«
»Moment mal, du kennst Nyurupayia?«
»Nicht persönlich. Ich sagte ja, sie hat es mir ›geträumt‹. Sie gehört noch zu den Wissenden und besitzt die Kraft, mit den Ahnen in Verbindung zu treten, oder ihre Gedanken mit dem Wind auf Reisen zu schicken. Sie ist eine besondere Person.«
»Das habe ich auch schon festgestellt«, stimmte Daryl zu. »Aber warum hat sie es dir gesagt? Sie, Napangarti und Tjungurrayi wollten mich doch aufhalten.«
Ungjeeburra lächelte schwach. »Napangarti und Tjungurrayi dachten, das ginge, nicht aber Nyurupayia. Sie hat den beiden von deinen Stammesnarben erzählt, deshalb haben sie dich auch nicht getötet. Trotz allem sahen sie in dir weiterhin einen Weißen. Sie dachten, indem sie dir alles

nahmen, würdest du aufgeben. Nyurupayia jedoch hat in dich hineingesehen. Sie wusste, dass du nicht so leicht zu stoppen bist. Darum hat sie auch mit mir Kontakt aufgenommen.«

»Um mich doch noch zu stoppen?«

Ungjeeburras sonst so gütiges Gesicht bekam einen besorgten Ausdruck. »Nein, um dich davor zu bewahren, einen Fehler zu begehen – und um dich vorzubereiten.«

»Welchen Fehler, und worauf soll ich vorbereitet werden?«

Ungjeeburra schürte erst in aller Ruhe das Feuer und legte einige Stücke Holz nach, ehe er antwortete. »Den Fehler, ungestüm zu sein. Du willst wissen, was mit den verschwundenen Forschern geschehen ist«, erklärte er. »Nun, du wirst es bald erfahren.«

»Was heißt bald? Warum sagst du es mir nicht jetzt?«

»Weil es nicht meine Sache ist, es dir zu erzählen.«

Langsam wurde Daryl wirklich ungeduldig. »Es gibt also Geheimnisse zwischen uns, Dinge, die du mir nicht anvertrauen willst.«

»Falsch. Der Billabong ist ein heiliger Ort der Walbiri. Was dort geschah, ist ihre Angelegenheit. Weder ich noch du noch irgendein anderer Uneingeweihter haben das Recht, sich da einzumischen. Von einem Weißen erwarte ich nicht, dass er das versteht. Von dir schon.«

Innerlich musste Daryl lächeln. Für Ungjeeburra war er kein Weißer, sondern ein Pintubi. Und natürlich erwartete er, dass Daryl als solcher die Sitten und Tabus der Eingeborenen befolgte. Das tat er normalerweise auch, zumindest so weit er das mit seinem Gewissen vereinbaren konnte.

»Ein Mann wurde erschlagen, vier Personen werden vermisst, davon ist eine krank. Du weißt, dass ich das nicht einfach ignorieren kann.«

Der alte Aborigine starrte ins Feuer, dabei nickte er nachdenklich. »Ich wusste, du würdest das sagen. Ich kann dir nur raten: Wenn du verstehen willst, dann sei geduldig. Ein Augenblick der Geduld kann dich vor großem Unheil bewahren, ein Augenblick der Ungeduld kostet dich vielleicht das Leben.«

»Also gut. Ich werde warten. Bleibt noch die Frage, worauf du mich vorbereiten sollst.«

»Darauf, dass du vielleicht nie wieder aus der Wüste zurückkehren wirst, wenn du morgen mit mir gehst …«

16

Im ersten Sonnenlicht gähnte Daryl und streckte seine steifen Glieder. Wie es Ungjeeburra vorhergesagt hatte, hatte er tief und fest geschlafen. Nun fühlte er sich so ausgeruht, wie das nach den Strapazen der vergangenen Tage überhaupt möglich war.
Bis auf die Schuhe hatte er seine Kleider bereits am Vorabend wieder angezogen. Nicht weil er sich schämte, nackt herumzulaufen, sondern damit er in der Nacht nicht fror. Außerdem war seine Haut durch Sonne, Wind und den Sandsturm inzwischen sehr empfindlich geworden, weshalb er zusätzlich froh um Shirt und Hose war.
In der heißen Asche garte bereits ein Sandgoanna. Ungjeeburra musste das Tier schon vor Sonnenaufgang erlegt haben, ohne dass er davon etwas mitbekommen hatte.
Daryl blickte hinüber zur Dogwood-Akazie. Der Kadaver des Dingorüden war verschwunden. Vermutlich hatten ihn sich die anderen Hunde in der Nacht geholt. Ungjeeburra hatte den Dingos den Kadaver absichtlich überlassen, auch wenn dieser eine gute und schmackhafte Mahlzeit abgegeben hätte. Die beiden ausgehungerten Tiere hätten sie aber sonst womöglich weiter verfolgt.
Ungjeeburra kam mit Daryls Flasche vom Wasserloch zurück. Bis auf einen drei Finger breiten Gürtel aus geflochtenem Menschenhaar und ein schmales Stirnband ging Ungjeeburra in alter Pintubi-Art nackt. In dem Gürtel steckte

sein Kirra, außerdem waren daran noch zwei kleinere Echsen als Marschverpflegung befestigt. Für Daryl war das kein ungewöhnlicher Anblick. Der alte Pintubi hatte stets die Kleider der Weißen gegen das traditionelle »Outfit« eingetauscht, wenn sie zusammen auf einen Walkabout gegangen waren.

»Heute und morgen werden wir an keiner Wasserstelle mehr vorbeikommen«, meinte er. »Du bist immer noch geschwächt, also trink, so viel du kannst, bevor wir aufbrechen.«

Daryl nickte und scharrte mit seinem Messer den noch halb rohen Goanna aus der heißen Glut. Er war nachdenklich. Sein alter Freund hatte ihm weder gesagt, was ihn in den nächsten Tagen erwartete, noch warum er vielleicht nie wieder zurückkehren würde. Er wusste nur so viel: Sie würden auf Nyurupayia, Napangarti, Tjungurrayi und weitere Eingeborene stoßen und vielleicht auch erfahren, was aus den Vermissten geworden war. Ungjeeburra kannte ihr Ziel und wusste, was dort auf sie zukommen würde. Aber er war so etwas wie ein neutraler Beobachter, der sich an die Gesetze der Eingeborenen hielt und deshalb schwieg. Daryl spürte, dass Ungjeeburra sich Sorgen um ihn machte und es daher lieber gesehen hätte, wenn er aufgab. Aber Ungjeeburra war auch klar, dass sein ehemaliger Schüler tun musste, was er für richtig hielt.

Daryl hatte die Wahl. Entweder er kehrte um und erzählte den Behörden alles, was er bisher herausgefunden hatte. Das führte allerdings mit Sicherheit zu einer groß angelegten Suchaktion, die landesweit einigen Wirbel verursachen würde und deren Erfolg ziemlich fragwürdig war.

Oder er setzte seinen eingeschlagenen Weg fort, in der Hoffnung, die Vermissten doch noch lebend zu finden, ohne allerdings zu wissen, welche Konsequenzen das für ihn hatte.
Eine wirkliche Alternative war weder das eine noch das andere, denn sowohl den Eingeborenen als auch den Vermissten und ihren Angehörigen gegenüber fühlte er sich verpflichtet. Ehe er nicht wusste, was hinter dem allem steckte, konnte er unmöglich aufgeben. Was sein Schicksal anging, so vertraute er einfach darauf, dass alles gut kam. Ungjeeburra war zwar sein Ziehvater und sein Freund, doch in Stammesangelegenheiten würde er sich nur im Rahmen der Eingeborenengesetze auf seine Seite stellen. Daryl musste also aufpassen, was er tat.

Mit Ungjeeburra durch die Wüste zu wandern war fast wie in alten Zeiten – nur dass der Grund dafür diesmal kein normaler Walkabout war.
Daryl hatte sich wieder mit Asche eingerieben und sah deshalb auf den ersten Blick neben seinem Freund wie ein Eingeborener aus. Er humpelte noch immer, aber dank Ungjeeburras Umschlägen und der Schuhe waren die Schmerzen einigermaßen erträglich.
Die Stunden vergingen. Mit aller Kraft brannte die Sonne auf die steinige Erde und verwandelte den Horizont in einen unruhig auf und ab tanzenden Strich.
Die Männer sprachen nicht miteinander. Ihre langsamen, trägen Schritte muteten auf den ersten Blick seltsam an, waren aber ein erlerntes Verhaltensmuster, das ihnen half,

Kräfte zu sparen und die Körperverdunstung auf ein Minimum zu beschränken.

Gegen Mittag ging die Steinwüste langsam in eine baumlose Strauchsteppe über. Der karge Boden bot auch hier nur wenigen Pflanzen Nahrung. Salz- und Blue-Büsche, unterbrochen von Lehm- und Salzpfannen, prägten bis zum Abend die Landschaft. Während die beiden Männer die steinharten Lehmflächen problemlos durchwandern konnten, mussten sie um manche der kleinen Salzseen einen Bogen machen, da sich dicht unter deren fest erscheinenden Oberflächen tückischer, zäher Salzschlamm verbarg.

Ihr Nachtlager schlugen Daryl und Ungjeeburra nur wenige hundert Meter neben einer großen Bucht des Lake Mackay auf. Der riesige Salzsee leuchtete in der Abendsonne so gleißend hell, als lägen unter ihm Millionen Lichter verborgen. Das Holz der Salzbüsche reichte lediglich für zwei kleine Feuer. Nachdem sie die Echsen in der heißen Erde gegart hatten, legten sie sich Rücken an Rücken zwischen den Feuerstellen schlafen. Während Ungjeeburra schnell einschlief, lag Daryl noch lange wach und starrte nachdenklich in die Flammen.

Der nächste Tag unterschied sich kaum vom vorangegangenen. Sie folgten weiter den Spuren der Eingeborenen, begleitet von Millionen Fliegen. Unter der glühenden Sonne zog die Salzbuschsteppe an ihnen vorbei wie eine immer gleiche Kulisse. Um Kraft zu sparen, sprachen sie auch weiterhin nicht miteinander. Ungjeeburra summte jedoch gelegentlich vor sich hin.

Daryl war die wachsende Anspannung und Sorge seines Freundes nicht entgangen. Als sie sich bei Sonnenuntergang vor dem Feuer niederließen, fragte er deshalb: »Was bedrückt dich?«

Ungjeeburra sah auf. Einen Augenblick schaute er Daryl fest in die Augen, dann wanderte sein Blick zurück in die Flammen.

»Du bist ein Pintubi mit großem Herzen und großem Gerechtigkeitssinn«, begann er. »Ich habe dich gelehrt, für das, woran du glaubst, einzustehen, weil du nicht nur für das, was du tust, verantwortlich bist, sondern auch für das, was du nicht tust. Doch nun bin ich nicht mehr sicher, ob das richtig war.«

»Weshalb?«

»Weil es dich diesmal um ein Haar das Leben gekostet hätte.«

»Dich trifft keine Schuld. Was du mir beigebracht hast, ist das, was meinem Leben einen Sinn gibt.«

»Ich weiß nicht«, erwiderte der alte Pintubi düster. »Kurz vor deiner Initiation habe ich dir gesagt, man muss jedes seiner Ziele wie eine Jagdbeute verfolgen. Irgendwann ist das Beutetier außer Atem und kann nicht mehr laufen, so lange muss man durchhalten. Vielleicht hätte ich dir das nicht beibringen sollen. Du kannst in diesem Fall nicht von deinem Ziel lassen, weil du immer noch denkst, dass du für Michelles Schicksal verantwortlich bist. Und deshalb glaubst du auch, wenn du sie nicht aufgibst, hast du sie auch nicht verloren. Aber egal, welchen Verlust du in der Vergangenheit erlitten hast: Der Gedanke an den Tod betrübt dich, lässt dich vergessen zu leben – und er lässt dich Gefahren nicht mehr erkennen.« Der alte Aborigine seufzte. »Es gibt Dinge, die geschehen einfach, ohne dass wir etwas dagegen hätten tun können. Wir müssen sie akzeptieren, so schwer es uns auch fällt. *Das* ist es, was ich dir hätte beibringen sollen.«

»Das hast du auch, ich wollte es nur nicht hören«, widersprach Daryl. »In den vergangenen Tagen habe ich viel nachgedacht, und ich habe begriffen, dass sich nichts an meiner Liebe für Michelle ändern wird, auch wenn ich akzeptiere, was geschehen ist, und mein Herz wieder öffne – egal, ob mich eine Mitschuld an ihrem Tod trifft.«

Einige Minuten schwiegen beide und schauten ins Feuer. Schließlich sah Ungjeeburra auf und sagte: »Dann gibt es auch keinen Grund, dass du dein Leben gefährdest, indem du weiter mit mir kommst.«

Daryl dachte kurz nach, schüttelte dann aber den Kopf. »Doch, den gibt es schon. Einerseits gebe ich dir recht. Manchmal wollen wir tatsächlich nicht wahrhaben, dass es Dinge gibt, die wir nicht verhindern können. Genauso, wie es in der menschlichen Natur liegt, vernünftig zu denken, oft aber unlogisch zu handeln – und wie es vielleicht Momente gibt, in denen wir unvernünftig denken, letztendlich aber richtig handeln. Was ich damit sagen will, ist Folgendes: Ich bin jetzt sicher, dass ich ohne meine Schuldgefühle auch nicht anders gehandelt hätte. Es ist meine Aufgabe als Polizist, diesen Fall zu lösen. Darum und nur darum werde ich weitermachen.«

Es verging mehr als eine Minute, doch dann nickte Ungjeeburra kaum merklich. »Ich hoffe, du weißt, was du tust …«

17

Heute war es so weit. Sie sollten auf die Eingeborenengruppe stoßen. Daryl war aufgeregt, weil er vermutlich bald einen großen Schritt in seinen Ermittlungen weiterkommen würde. Außerdem spürte er, dass ihm etwas Ungewöhnliches, ja Bedeutendes bevorstand.
Die Landschaft bestand zunächst weiter aus Salzseen, kugeligen Blue-Büschen und niedrigen mattgrün schimmernden Salzdornsträuchern. Gegen Mittag änderte sich das Bild, und sanft gewellte rostrote Dünenkämme, die mit grünem und gelblichem Pflanzenwuchs gesprenkelt waren, kamen in Sicht. Etwas später tauchten dann einzelne verwitterte Hügel auf, die sich rasch zu einer ganzen Hügelkette zusammenschlossen.
Plötzlich blieb Ungjeeburra stehen. Keine fünfzig Meter vor ihnen bemerkte Daryl einen jungen mageren Eingeborenen auf einem flachen Sandhügel. Unbeweglich wie eine Statue aus schwarzem Marmor stand er in der typischen Beobachtungshaltung – aufrecht, mit einem Bein angewinkelt, gestützt auf seinen langen Speer – und musterte sie.
»Warte hier«, wies Ungjeeburra Daryl an.
Dieser nickte und setzte sich auf die Erde. Ungjeeburra ging auf den halb nackten, bärtigen Aborigine zu. Daryl ahnte, was nun kommen würde. Der Eingeborene hatte sie bereits erwartet. Doch das änderte nichts an der Einhaltung des Begrüßungsprotokolls.

Zwanzig Meter von dem Aborigine entfernt setzte sich Ungjeeburra im Schneidersitz auf die sandige Erde. Seinen Kirra legte er hinter seinem Rücken ab. Jetzt kam der junge Eingeborene den Sandhügel herunter, legte Speer und Speerschleuder in den Sand und setzte sich Ungjeeburra gegenüber. Eine Weile sprachen die beiden Männer, dann umarmten sie sich, und der junge Aborigine stand wieder auf. Ungjeeburra blieb sitzen, bis sein Gesprächspartner hinter dem Sandhügel verschwunden war, erst dann erhob auch er sich. Er gab Daryl ein Zeichen, und dieser schloss zu ihm auf.

»Was jetzt?«, wollte Daryl wissen.

»Sein Name ist Yungut Ngala. Er wird die anderen von unserer Ankunft unterrichten.«

»Yungut ist kein Walbiri, er ist ein Pintubi«, stellte Daryl fest. Er hatte das an einem Teil der Stammesnarben, die der junge Mann auf der linken Hälfte seines Oberkörpers trug, und den verfilzten Haaren erkannt.

Ungjeeburra nickte.

»Seit wann gehen Pintubi und Walbiri gemeinsam auf Walkabout?«

Ungjeeburra schwieg und blickte Daryl lange an.

»Okay, kein Walkabout. Das dachte ich mir schon. Was passiert jetzt?«

»Sie sind sich noch nicht einig, was sie mit dir machen sollen. Sie wollen dich erst sehen und mit dir reden.«

»Was ist mit dir?«

»Nichts. Sie kennen mich. Einige von ihnen gehören zu meiner Familie, andere sind unsere Brüder und Schwestern.«

Mit Brüdern und Schwestern meinte Ungjeeburra in die-

sem Fall Angehörige des Wallaby-Dreamings, so viel war Daryl klar. Wen er mit »Familie« meinte, war hingegen weit schwieriger zu erraten. Die Vorstellung der Eingeborenen wich in diesem Punkt von der der Weißen stark ab. So konnten damit sowohl Eltern, Geschwister und deren Kinder als auch Schwiegersöhne und -töchter oder deren Eltern und Geschwister gemeint sein.
Mit Sicherheit traf Ungjeeburra diese Menschen aber nicht zum ersten Mal.

Eine halbe Stunde später erreichten Daryl und Ungjeeburra die Hügelkette, und der Geruch von Rauch stieg ihnen in die Nasen. Einige Hunde, die meisten von ihnen Dingos oder Dingomischlinge, erhoben sich aus dem Schatten der Sträucher und Büsche, unter denen sie gelegen hatten, trotteten den Neuankömmlingen entgegen und beschnupperten sie neugierig, um sie dann wie eine Eskorte ins Lager zu begleiten.
Das Camp der Aborigines lag vor einem etwa hundert Meter breiten und dreißig Meter tiefen talähnlichen Einschnitt im verwitterten Felsenmassiv. Auf den ersten Blick wirkte die rostrote Hügelkette dahinter unspektakulär. Sie war nicht besonders hoch und hatte ausgesprochene Ähnlichkeit mit einer ehemals gewaltigen, aber schon vor Jahrtausenden zerfallenen Festungsmauer, die vom Zahn der Zeit fast bis zur Unkenntlichkeit zernagt worden war. Um die Hügel herum gab es aber so viel pflanzliches und tierisches Leben wie sonst im Umkreis von hundert Kilometern nicht.

Links von ihnen, teilweise versteckt hinter Buschwerk, erblickte Daryl im Vorbeigehen eine Gruppe von drei älteren Frauen und zwei Kindern. Sie saßen im Schatten eines Mulga-Baumes und sahen ihnen stumm und mit ernsten Gesichtern nach. Daryl und Ungjeeburra näherten sich einer grobrindigen Wüsteneiche, unter deren Schatten spendendem Nadeldach sieben Männer – darunter Napangarti – saßen. Als die Männer die beiden sahen, stand der Aborigine, der ihre Ankunft gemeldet hatte, auf und kam ihnen entgegen.
Beim Vorbeigehen nickte Yungut Ungjeeburra zu und setzte sich dann drei Meter schräg hinter Daryl auf den Boden. Dieser wusste, was er nun tun musste, und blieb stehen. Er wartete, bis Ungjeeburra die Gruppe erreicht hatte, dann setzte auch er sich.
Die Begrüßung unter den Eingeborenen fiel geradezu überschwänglich aus. Umarmungen wurden ausgetauscht und sogar einige Tränen vergossen. Offenbar war Ungjeeburra ein gern gesehener Besucher. Das beruhigte Daryl ein wenig. Vielleicht übertrugen sich ja einige dieser Sympathien auf ihn.
Daryl sah sich unauffällig um. Im Lager gab es mehrere erloschene Feuerstellen. Neben einigen lagen Dingofelle, Coolamons, Grabstöcke, Speere und anderes mehr. Außer den zwei Eingeborenengruppen entdeckte er keine weiteren Aborigines. Zwar befanden sich nahe den Felsen noch zwei Wiltjas – halbrunde und auf drei Seiten geschlossene Sonnenschutze aus Ästen, Blättern und Rinde –, doch er konnte ihre Öffnungen nicht einsehen.
Auch Tjungurrayi und Nyurupayia waren nirgendwo zu

entdecken. Möglicherweise waren sie noch auf Nahrungssuche, gemeinsam mit anderen Eingeborenen.
Daryl schaute seitlich über die Schulter zu Yungut.
»Du bist ein Pintubi, das habe ich an deinen Narben gesehen«, sprach er den jungen Aborigine auf Englisch an. »Doch du hast noch andere Stammeszeichen, die ich noch nie gesehen habe. Was bedeuten sie?«
Yungut schwieg. Stattdessen starrte er Daryl mit dunklen, misstrauisch dreinblickenden Augen an.
»Du verstehst mich nicht, richtig?«
Der junge Mann reagierte noch immer nicht. Nun wiederholte Daryl alles auf Pintubi. Überrascht weiteten sich Yunguts Augen. Sein Mund öffnete sich, als wollte er etwas sagen, doch dann überlegte er es sich anders und schloss ihn wieder.
»Schon in Ordnung. Ich nehme an, dass du nicht mit mir reden darfst. Wenn ich mit dir spreche, geht das aber vermutlich in Ordnung. Übrigens, mein Name ist Munkumbole. Ich bin – auch wenn man das auf den ersten Blick vielleicht nicht glauben mag – ebenfalls ein Pintubi.«
Das Misstrauen in Yunguts Augen war nun einem ungläubigen, aber auch neugierigen Ausdruck gewichen. Daryl hatte den jungen Pintubi nun genau dort, wo er ihn haben wollte. Er bemerkte, wie dessen Blick an ihm herunter auf seine Brust wanderte.
»Verstehe«, sagte Daryl und zog das T-Shirt hoch.
Einen Augenblick starrte Yungut auf Daryls Stammesnarben. Er kämpfte sichtbar mit sich, schließlich siegte aber seine Neugier, und er sagte leise: »Du bist ein Amerjig … Du kannst keiner von uns sein.«

»Und warum kann ein ›weißer Mann‹ kein Pintubi sein?«, hakte Daryl sofort nach.
»Weil ... weil ihr anders seid.«
Daryl lächelte und schüttelte den Kopf. »Nun, so anders als du kann ich nicht sein, sonst hätte man mich wohl kaum die Initiationsriten absolvieren lassen.«
Auf der Stirn des jungen Aborigines bildeten sich Falten. Eine Weile schien er angestrengt zu überlegen, dann fragte er: »Hast du ein Totem?«
»Selbstverständlich. Jeder Aborigine hat eins, auch ein weißer. Es ist das Felsenkänguru.«
Yungut nickte ernst. »Das Felsenkänguru ist auch mein Totem.«
»Dann sind wir Brüder«, sagte Daryl feierlich.
»Ja, zumindest, was unser Totem betrifft.«
»Und sonst?«
Yungut senkte den Blick und schwieg.
Daryl wusste, dass er keine Antwort auf seine Frage erhalten würde. Wenn seine diesbezüglichen Schlussfolgerungen stimmten, war ihm auch klar, warum er diesen Ort vielleicht nie wieder verlassen würde.
Eine Viertelstunde war vergangen, als sich Ungjeeburra erhob und zu ihm zurückkehrte.
»Die Stammesältesten sagen, du sollst zu den Wiltjas gehen und dort bleiben«, sagte er ohne Umschweife. »Es sind vier Männer auf der Jagd, ein weiterer ist noch mit zwei Frauen auf dem Weg hierher. Ohne sie wird keine Entscheidung gefällt. Sie werden alle morgen hier sein. Du musst dich also noch gedulden, ehe sie mit dir sprechen.«
»Sicher«, antwortete Daryl.

Zu den Ältesten des Stammes gehörte neben zwei weißhaarigen Männern offenbar auch Napangarti. Die anderen Stammesmitglieder waren ungefähr in Daryls Alter. Die Jüngsten befanden sich vermutlich noch draußen in der Wüste auf Beutefang. Zwar verfügten bei den Aborigines die Stammesältesten über eine gewisse Autorität, diese beruhte aber in erster Linie auf Erfahrung und beschränkte sich vorwiegend auf die Überlieferung von Wissen. Darüber hinaus kannte die Sozialstruktur der Eingeborenen keine Hierarchie. Daher war es selbstverständlich, auf die Rückkehr der anderen Stammesmitglieder zu warten, bevor man eine wichtige Entscheidung traf.

»Noch etwas. Sie haben gesagt, dass du innerhalb des Talkessels bleiben musst. Du darfst auch nicht auf den Hügel klettern. Andernfalls töten sie dich.«

Daryl nickte. Er durfte sich also nur zwischen der unsichtbaren Linie, die sich von den Felsen am Ende beider Talseiten quer durch das Tal zog, bewegen. Er stand auf und zwinkerte seinem sichtlich besorgten Freund zuversichtlich zu. »Keine Sorge. Ich werde schon nichts Unüberlegtes tun.«

Er hatte die Wiltjas fast erreicht, da tauchte Nyurupayia hinter einem der Unterstände auf. Daryls Schritte wurden langsamer. Als sie auf gleicher Höhe waren, blieben beide stehen.

Nyurupayia musterte Daryl von oben bis unten. Schließlich schaute sie ihm in die Augen, mit einem Ausdruck, der sowohl Sorge als auch Freude ausstrahlte.

»Wie geht es dir, Munkumbole?«, fragte sie auf Walbiri.

»Ganz gut.«

Sie streckte ihre knochigen Finger aus und berührte die Stelle auf seiner Brust, wo ihn Napangartis Bumerang getroffen hatte. »Noch Schmerzen?«
»Bunt wie ein Regenbogenlori, aber sonst okay«, antwortete Daryl mit einem Lächeln.
»Und warum humpelst du?«
Er erzählte ihr in groben Zügen von seinen Erlebnissen mit den Wildhunden. Als er geendet hatte, nickte Nyurupayia ernst. »Ich werde erst mal Wurzeln suchen, aus denen ich dir eine Salbe mache, die die Bisswunden schnell verheilen lässt.«
»Danke, aber Ungjeeburra hat die Verletzungen schon versorgt.«
»Pah, Männer und Medizin!«, schnaubte sie. »Ich werde eine richtige Arznei machen.«
Daryl zuckte mit den Schultern. »Okay, danke.«
»Du brauchst dich nicht zu bedanken«, erwiderte sie besänftigt und legte ihm die Hand auf den Arm. »Bei unserer ersten Begegnung habe ich dir gesagt, dass noch viele Prüfungen vor dir lägen, erinnerst du dich?«
Daryl nickte.
»Die erste hast du bestanden. Du bist am Leben und hast es bis hierher geschafft. Aber sei weiter wachsam.« Sie schaute zu den Männern hinüber. »Sie werden es dir nicht leicht machen. Du musst sie überzeugen.«
»Überzeugen von was?«, fragte Daryl verständnislos.
»Davon, dass sie dir vertrauen können und du auf ihrer Seite bist.«
»Um jeden Preis und auch, wenn einige von ihnen vielleicht Mörder sind?« Daryl schüttelte energisch den Kopf. »Das

kann ich nicht. Ich bin nicht dumm, Nyurupayia. Ich weiß unterdessen wer, – oder besser: was diese Menschen sind. Und dieses Geheimnis ist bei mir sicher, das werde ich dem Stammesrat auch klarmachen. Aber die Vermissten sind eine andere Sache.«

Nyurupayia ließ seinen Arm los und blickte Daryl fest in die Augen. Plötzlich spürte er wieder das leichte Brennen, gefolgt von der seltsamen Wärme, die durch seine Augen in seinen Körper flutete.

»Das allein ist es nicht«, flüsterte Nyurupayia bedeutungsvoll. »Sicher sorgen wir uns um das Wohl dieser Menschen. Aber es gibt noch andere Geheimnisse, die gewahrt werden müssen. Letztendlich ist alles miteinander verwoben, dein Schicksal, das dieser Forscher und das unsrige.«

Daryl wollte etwas erwidern, doch die Aborigine kam ihm zuvor.

»Es gibt Menschen, die in ihrer Seele Augen haben, mit denen sie die Wahrheit erkennen, wenn sie nur lange genug danach suchen. Du hast diese Augen. Doch glaube mir, manchmal ist es besser, sie sehen nicht alles.«

Mit diesen Worten ließ sie ihn stehen und ging weiter. Die geheimnisvolle, manchmal geradezu philosophische Art, mit der Eingeborene über viele Angelegenheiten sprachen, war an sich ja nichts Ungewöhnliches. Ein Grund dafür konnten Stammesgesetze oder auch religiöse Tabus sein. So durfte beispielsweise nach der Beisetzung eines Toten dessen Name nicht mehr direkt genannt werden. Hier, das spürte Daryl, lagen die Gründe aber woanders. Es ging nicht allein um eine stammesinterne Angelegenheit, das Ganze hatte für die Eingeborenen eine weitaus größere Bedeutung.

Während er noch darüber nachdachte, worum es dabei gehen könnte, erreichte er die Wiltjas – und blieb wie angewurzelt stehen.
Stimmen. Und sie sprachen Englisch!

»… wahrscheinlich besteht dieses stinkende Gebräu aus nichts anderem als zerquetschten Schlangendärmen und vergorener Kängurukotze«, sagte ein Mann laut und deutlich.
»Und wenn schon«, antwortete ihm eine Frauenstimme ziemlich genervt, »Hauptsache, es hilft ihm.«
Daryl eilte um die Wiltjas. Als Erstes fiel sein Blick auf einen langhaarigen jungen Mann, der im Schneidersitz unter einem der Unterstände saß. Auf dem Boden lag ein weiterer Mann, der die Augen geschlossenen hatte und schwer atmete. Neben ihm kniete eine junge blonde Frau, die gerade damit beschäftigt war, ihm mit einer dampfend heißen Paste Brust und Hals einzureiben.
»Abgesehen davon ist dein verdammter Sarkasmus echt zum Kotzen!« Jetzt hatte die Frau Daryl bemerkt und hielt inne. »Wer … wer sind Sie?«, fragte sie erstaunt.
Daryl lächelte freundlich. »Detective Daryl Simmons. Ich nehme an, Sie sind Kathleen Banks?«
»Da laust mich doch …«, rief Steward Pryce, verstummte dann aber vor Überraschung.
Daryl wartete einen Augenblick, bis der junge Mann, den die Studentin behandelte, den Kopf hob und die Augen öffnete. »Und Sie sind bestimmt Martyn Dale, richtig?«
Martyn sah Daryl aus matten blauen Augen an und nickte

schwach. Der Student sah nicht gut aus. Sein schmales Gesicht wirkte eingefallen und blass.
In diesem Moment schaute Doreen Hooker aus dem zweiten Wiltja heraus. Sie hatte tiefe dunkle Augenringe und sah auch sonst sehr erschöpft aus. Einige Strähnen ihrer kastanienbraunen Haare klebten in ihrem Gesicht. Während sie diese beiseite strich, rief sie: »Gott sei Dank! Ich wusste, dass jemand kommen und uns …« Als sie allerdings Daryl Äußeres bemerkte, seine zerfetzte Hose, das schmutzige T-Shirt und das unrasierte Gesicht, brach sie augenblicklich ab.
»Was ist«, fragte Kathleen und schaute beunruhigt zwischen Doreen und Daryl hin und her. »Sie … Sie sind doch gekommen, um uns zu retten, oder?«
»Ja, sicher«, sagte Steward, der seine Fassung und mit ihr seinen Sarkasmus wiedererlangt hatte. »Schau ihn dir doch an. Er ist ja noch in schlimmerer Verfassung als wir.«
Kathleens hellblaue Augen sahen Daryl mit flehendem Blick an. Dieser verzog das Gesicht zu einem breiten Grinsen. »Ich muss zugeben, da gab's tatsächlich ein paar Probleme. Aber jetzt bin ich ja hier.«
»Dann sind sie nicht allein und wir kommen endlich von diesen grässlichen Menschen weg?«, fragte Doreen und sah sich hoffnungsvoll um.
»Ich versuche alles, um Sie von hier fortzubringen, das verspreche ich. Allerdings wird das nicht ganz so einfach sein, wie Sie sich das vielleicht vorgestellt haben.«
»Ach, und wieso nicht, ist Ihrem Landcruiser das Benzin ausgegangen, oder lahmt eins der Kamele?«, spottete Steward. »Nein, warten Sie, jetzt hab ich's: Sie sind den ganzen

Weg von Alice Springs hierher gelaufen und wollen jetzt erst mal ein bisschen ausruhen, stimmt's?« Er sah an Daryl herab. »Sie sehen jedenfalls so aus.«
»Das ist richtig, ich bin hierher gelaufen«, erwiderte Daryl trocken.
Steward klappte die Kinnlade herunter, und auch Kathleen starrte Daryl skeptisch an. »Wollen Sie ernsthaft behaupten, Sie sind uns zu Fuß bis hierher gefolgt?«
»Nicht von Alice Springs aus, aber vom Billabong, ja.«
Steward begann zu lachen. »Nur damit ich das richtig verstehe«, meinte er, als er sich wieder unter Kontrolle hatte. »Da werden vier Weiße von so 'nem durchgeknallten Haufen Abos entführt, und die Polizei setzt gerade einmal einen Beamten auf den Fall an, und den auch noch zu Fuß? Mann, die Personalkürzungen bei euch müssen ja noch gravierender sein, als ich dachte.«
»Ach, halt doch endlich mal die Klappe, Steward!«, fuhr Kathleen ihn an. »Seit wir von den Eingeborenen entführt wurden, bist du unentwegt am Lästern. Ich hab echt die Nase voll davon! Ich will nur noch hier weg. Und Mr. Simmons sagt, er kann das bewerkstelligen, also lass ihn ausreden.«
»Bitte beruhigen Sie sich, Kathleen«, mischte sich Doreen jetzt ein. Sie sah Steward verständnisvoll an, was Kathleen zu einem verärgerten Augenrollen veranlasste. »Er hat allen Grund, wütend und sarkastisch zu sein.« Doreen wandte sich wieder an Daryl. »Nichts für ungut, Detective, aber sehr viel hat die Polizei bisher ja offensichtlich nicht zustande gebracht.« Ihre dunklen, fast schwarzen Augen bekamen einen feuchten Glanz. »Und was aus meinem Mann

geworden ist, weiß ich auch nicht«, fügte sie mit zittriger Stimme hinzu.

»Bitte … Würdet ihr den Detective … vielleicht auch mal was sagen lassen«, meldete sich nun Martyn mühsam zu Wort.

Daryl räusperte sich. Er hatte noch keine klare Vorstellung, wie es weitergehen sollte und wie er die Aborigines dazu bringen konnte, sie gehen zu lassen.

Doch eine solche Antwort konnte er den anderen nicht zumuten, nach allem, was sie durchgemacht hatten. Ganz besonders nicht Martyn. Er schien wirklich sehr angeschlagen zu sein. Daryl hoffte nur, dass die Paste, die Nyurupayia offenbar extra für den kranken Studenten hergestellt hatte, auch half.

»Wie ich schon angedeutet habe, ist die Situation etwas kompliziert«, versuchte Daryl zu erklären. »Es hat keinen Sinn, dass ich dabei ins Detail gehe. Nur so viel: Morgen werde ich Verhandlungen mit den Eingeborenen führen.«

»Morgen? Warum nicht schon heute?«, fuhr Steward sichtlich genervt dazwischen. »Sie sind doch Polizist – machen Sie diesen Kidnappern Feuer unter ihren schwarzen Ärschen!«

Daryl hatte alle Mühe, sich seinen Ärger nicht anmerken zu lassen, vor allem, weil er sich auch persönlich angegriffen fühlte. Zwar war ihm bewusst, dass für die meisten weißen Australier die Aborigines immer noch ein Buch mit sieben Siegeln waren. Ihre Denkweise war ihnen fremd, weshalb sie ihnen meist mit Misstrauen und Ablehnung begegneten. Im Fall der entführten Forscher konnte er das sogar verstehen. Stewards abschätzige Bemerkung hatte damit aber

nichts zu tun. Sie drückte lediglich seine Abneigung diesen Menschen gegenüber aus. Doch Daryl beherrschte sich.
»Wir befinden uns in einer ungewöhnlichen Situation«, erwiderte Daryl schließlich sachlich. »Ich kenne die Aborigines, weiß, wie sie denken und wie man am besten mit ihnen verhandelt. Doch bevor ich das tue, muss ich von Ihnen allen wissen, was am Billabong genau vorgefallen ist.«

Abwechselnd erzählten Doreen, Kathleen und Steward, was ihnen widerfahren war. Martyn nickte gelegentlich zustimmend.
Offenbar waren die Eingeborenen aus dem Nichts aufgetaucht. Sie hatten die Gruppe erst bedroht und sie dann gezwungen, samt Gepäck mit ihnen zu den Fahrzeugen zurückzukehren und die Ausrüstung in die Wagen zu laden.
»Bis zu diesem Zeitpunkt glaubten wir noch, sie wollten uns einfach nur einen gehörigen Schrecken einjagen und uns dann wieder laufen lassen«, berichtete Steward. »Doch dann fesselten sie uns. Sie setzten sich und berieten über eine Stunde lang. Dabei ging es zwischenzeitlich recht laut zu, es wurde wild gestikuliert, und wir haben viele feindselige Blicke abbekommen. Ich glaube, es hat nicht viel gefehlt, und sie hätten uns auf der Stelle massakriert. Schließlich befahlen sie uns aber, mit ihnen zu gehen. Außer unseren Wasserflaschen durften wir nichts mitnehmen.«
Nun erzählte Kathleen weiter und schilderte, wie vier Aborigines zurückgeblieben waren, während sie mit den restlichen Eingeborenen die Hügelkette überquerten, wo sie

auf einige Eingeborenenfrauen stießen, die sich ihnen anschlossen.

»Ich fragte sie mehrmals, was mit meinem Mann geschehen ist und wohin sie uns bringen wollten, doch sie antworteten uns nicht«, übernahm nun Doreen die Erzählung. »Stattdessen zwangen sie uns zu diesem unmenschlichen Marsch durch die Wüste. Es ist ein Wunder, dass wir dabei nicht umkamen.« Sie blickte besorgt zu Martyn hinüber. »Kurz nachdem wir hier ankamen, war dann auch noch Martyns Asthmaspray leer. Er hatte einen ersten Anfall, das war schrecklich. Wir glaubten, er würde ersticken. Die trockene Luft ist wirklich Gift für ihn.«

»Ja«, schaltete Kathleen sich ein, »wir riefen die Eingeboren und versuchten ihnen klarzumachen, dass Martyn dringend Hilfe brauchte. Zuerst sahen die uns nur verständnislos an, dann holten sie aber die alte Frau, die eben hier war.« Die Studentin zögerte einen Moment. »Das klingt jetzt bestimmt verrückt … Aber sie legte Martyn eine Hand auf die Brust, die andere auf die Stirn und befahl ihm, die Augen zu schließen. Es dauerte keine zwei Minuten, dann atmete Martyn wieder ganz ruhig und gleichmäßig. Sie sagte, sie würde eine Salbe herstellen, die wir ihm dann auftragen sollten, dies würde ihm das Atmen für die nächsten Tage erleichtern.«

»Ja, und seither warten wir hier wie die Lämmer auf die Schlachtbank«, ergänzte Steward. »In der Zwischenzeit sind hier übrigens noch mehr Schwarze eingetroffen.« Er schüttelte den Kopf. »Aber warum die sich hier versammeln und weshalb sie uns hierher verschleppt haben, das begreife ich absolut nicht.«

18

Die Sonne war gerade hinter der Hügelkette verschwunden, als auch schon die ersten Grillen zu zirpen begannen. Daryl suchte in dem ihm erlaubten Gebiet nach Feuerholz. Wie er erfahren hatte, galt die unsichtbare Grenze zwischen den beiden Talenden auch für Kathleen, Doreen, Steward und Martyn.

Letzterer war bald nachdem ihn Kathleen mit Nyurupayias Salbe behandelt hatte eingeschlafen. Steward hatte sich daraufhin neben Doreen gesetzt und ihr tröstend den Arm um die Schultern gelegt, worauf Kathleen wütend aufstand und ebenfalls Holz zu sammeln begann.

Daryl war weder Stewards Interesse für Doreen noch Kathleens eifersüchtige Reaktion darauf entgangen. Er beobachtete Kathleen ein paar Minuten, dann verlegte er seine Suche unauffällig in ihre Nähe.

»Machen Sie sich nichts aus Stewards Benehmen«, sprach sie ihn an. Ihr freundliches Lächeln schien irgendwie aufgesetzt. »Manchmal ist er ein richtiges Macho-Arschloch.«

»Mit so etwas kann ich umgehen«, entgegnete Daryl wegen Kathleens unverblümter Ausdrucksweise amüsiert.

Kathleen mochte wegen ihrer Größe von vielen unterschätzt und nicht richtig ernst genommen werden. Aber sie war nicht nur intelligent, sondern auch scharfsinnig, direkt – und impulsiv. Das gefiel ihm. Andererseits, wer konnte schon wirklich in die Seele eines anderen Menschen sehen – außer vielleicht Nyurupayia? Vielleicht war Kathleen gar nicht die natürliche, energiegeladene und selbstbewusste Person, die sie nach außen zu sein schien. Dazu würden die schweren Anschuldigungen von Janice Clayton passen. Daryl hatte gelernt, sich nicht zu schnell ein Urteil zu bilden, weshalb er sich gewöhnlich auch viel Zeit bei seinen Ermittlungen nahm. Diesmal war Zeit aber genau das, was er nicht hatte.

Kathleen legte den Kopf schräg und sah Daryl neugierig in die Augen. »Und über was plaudern wir jetzt?«

»Reden wir über Dr. Hooker …«

Daryl erzählte Kathleen, dass er die Leiche des Doktors gefunden hatte und dieser vermutlich erschlagen worden war.

Details wie die Art der Tatwaffe oder die Schleifspuren am Billabong erwähnte er ebenso wenig wie den Tunnel. Als er geendet hatte, nickte Kathleen nachdenklich.

»So was in der Art hab ich mir schon gedacht. Wird nicht leicht werden, das Mrs. Hooker zu sagen.«

»Das fürchte ich auch«, meinte Daryl besorgt. »Deshalb habe ich es vorhin noch nicht erwähnt. Ich wollte erst feststellen, in welcher Verfassung sie ist.«

»Wenn Sie wollen, bring ich es ihr bei. Ich meine, es fällt ihr vielleicht leichter, wenn sie es von jemandem erfährt, den sie etwas besser kennt.«

»Das ist nett, aber sie wird möglicherweise Fragen haben. Ich sage es ihr lieber selber. Allerdings wäre ich froh, wenn Sie alle dabei wären.«

Sie stapelten das gesammelte Holz neben der Feuerstelle, dann wandte sich Daryl an Doreen, Steward und den inzwischen wieder aufgewachten Martyn.
Er war nicht besonders gut im Überbringen schlechter Nachrichten, deshalb kam er ohne Umschweife zur Sache.
»Es gibt da noch etwas, was Sie wissen sollten ...«
Doreen nahm die Mitteilung über den Tod ihres Gatten stumm und ohne sichtbare Emotionen zur Kenntnis. Steward, der immer noch neben ihr saß, nahm ihre Hand und drückte sie tröstend. Martyn hingegen schüttelte immer wieder ungläubig den Kopf. Es schien ihm bereits viel besser zu gehen, in sein Gesicht war sogar etwas Farbe zurückgekehrt.
»Es tut mir wirklich leid, Mrs. Hooker. Aber ich dachte, Sie sollten es wissen«, beendete Daryl seinen Bericht.
Doreen nickte. »Ich bin froh, dass Sie es mir gesagt haben, Detective.« Sie schluckte leer. »Das klingt jetzt vielleicht merkwürdig, aber ich ahnte schon, als wir Brisbane verließen, dass etwas passieren würde.« Nun war sie den Tränen nahe.
»Wie meinen Sie das?«, hakte Daryl nach.
»Nun ja, erst das mit Janice. Und dann ... Ach, ich weiß auch nicht. Ich hatte einfach nur so ...« – sie warf Steward einen kurzen Blick zu – »... so eine Vorahnung.«
»Ich denke, es reicht jetzt«, unterbrach Steward. »Das war heftig genug für Mrs. Hooker. Lassen wir sie die schlechten Nachrichten erst einmal verarbeiten.«
Da war es wieder, diese Kribbeln in Daryls Nacken. Diese Unterbrechung kam ihm etwas zu plötzlich. Irgendwas stimmte hier nicht, er ließ sich aber nichts anmerken.

In diesem Moment tauchten Nyurupayia und zwei der anderen Frauen an der unsichtbaren Grenze zu ihrem Lager auf. Sie legten frisch aufgefüllte Wasserflaschen, zwei Coolamons mit Essen und der Salbe für Daryls Beinverletzungen unter einer Wüsteneiche ab. Nyurupayia warf einen langen Blick in ihre Richtung, dann wandte sie sich um und kehrte mit den anderen Frauen zum Eingeborenenlager zurück.
Wie es schien, hatten die Eingeborenen nun auch Nyurupayia den direkten Kontakt mit den Gefangenen verboten – das war kein gutes Zeichen.
»Wir sollten das Essen holen, bevor die Hunde es tun«, wechselte Kathleen das Thema und stand auf. »Helfen Sie mir, Doreen?«
Diese nickte und stand auf.
»Ich komme auch mit«, sagte Martyn und erhob sich ebenfalls. »Ich habe die letzten Tage so viel gelegen, ein bisschen Bewegung wird mir guttun.«
Daryl sah ihnen einen Augenblick nach, dann entnahm er seinem Rucksack den Feuerbohrer. Er setzte sich neben der Feuerstelle hin und machte sich an die Arbeit. Steward beobachtete ihn dabei skeptisch. Er saß auf dem Boden und lehnte sich lässig an eins der Wiltjas. Die Arme vor der Brust verschränkt, im Mundwinkel einen Spinifex-Halm, auf dem er herumkaute, machte er den Eindruck eines Mannes, der sich auf einem vergnüglichen Campingtrip befand. Daryl beachtete ihn nicht. Er konzentrierte sich lieber aufs Feuermachen.
Als eine winzige Rauchsäule emporstieg, hielt Daryl den bereitliegenden Spinifex-Zunder an das glühend heiße

Holzstück und blies sachte, bis es Feuer fing. Anschließend legte er es in die Feuerstelle und bedeckte es mit dürrem Gras und kleinen gut brennbaren Zweigen. Sofort züngelten die ersten Flammen empor. Stewart stieß einen anerkennenden Pfiff aus. »Alle Achtung, das hätte ich Ihnen nicht zugetraut. Sie sind ja ein echter kleiner Tausendsassa.«
Daryl ließ sich nicht provozieren. Er setzte sich im Schneidersitz neben das Feuer, warf Holz nach und sah Steward direkt in die dunklen Augen.
»Wenn Sie glauben, Ihr Macho-Getue beeindruckt mich, liegen Sie falsch. Ich glaube, Ihnen ist der Ernst unserer oder – wenn Sie tatsächlich so narzisstisch veranlagt sein sollten – Ihrer Lage entgangen.« Er machte eine Kopfbewegung in Richtung des Eingeborenencamps. »Die Aborigines da drüben warten noch auf die Rückkehr einiger ihrer Leute. Dann werden sie darüber beraten, ob sie uns töten oder nicht. Ich würde sagen, im Moment stehen unsere Chancen siebzig zu dreißig – für ein schlichtes Wüstenbegräbnis. Spaßig, nicht?«
Steward versuchte, weiter gelassen zu wirken, was ihm allerdings gründlich misslang. »Das … das sagen Sie ja bloß. Sie sind doch Bulle – ich mein, Polizist. Die Schwarzen werden es sich bestimmt zweimal überlegen, uns was anzutun.«
»Gegenfrage: Haben Sie eigentlich mal überlegt, warum man Sie entführt hat?«
Steward runzelte die Stirn und dachte kurz nach. »Weiß nicht. Vielleicht gab's Ärger, als die Schwarzen zum Billabong kamen und dort auf den Doc stießen. Sie brachten ihn

um und haben jetzt das Gleiche mit uns vor.« Er verzog angewidert das Gesicht. »Vielleicht wollen sie uns sogar auffressen. Ich hab gelesen, dass einige der Stämme früher Kannibalen waren – und bei einigen dieser Eingeborenen stecken Knochen in den Nasen. Bei einem bin ich mir sogar ziemlich sicher, dass es sich um einen Rippenknochen handelt.«

Daryl schüttelte ungeduldig den Kopf. »Also, damit liegen Sie falsch.«

»Verdammt, Sie haben mich gefragt, was ich denke, und ich hab's Ihnen gesagt. Was wollen Sie eigentlich von mir?«

»Dass Sie Ihren Grips benutzen.«

Steward seufzte. »Also gut ...« Er runzelte die Stirn und überlegte eine Weile. »Vielleicht haben wir ja irgend so ein Eingeborenen-Tabu gebrochen, indem wir uns am Billabong aufhielten. Oder der Doc hat das getan. Der ist – war – nämlich ein ganz harter Knochen, wenn er wollte. Und wenn die Schwarzen ihn wegzujagen versuchten, dann hätte er ihnen bestimmt den Marsch geblasen. Möglicherweise kam's dann zu einer handfesten Auseinandersetzung, in deren Verlauf sie ihn umbrachten. Und weil sie nicht wollten, dass das rauskommt, haben sie uns verschleppt – oder so ähnlich.«

»Na, das ist doch schon besser«, bemerkte Daryl trocken. »Sie sollten wirklich öfter Ihren Verstand zu Rate ziehen.«

Steward war mal wieder sprachlos. »Soll das heißen, dass das der Grund war?«, fragte er, als er sich wieder gefangen hatte.

»Habe ich nicht gesagt, doch möglich wäre es. Stellt sich allerdings die Frage, warum man Sie alle nicht auch gleich umbrachte. Haben Sie eine Erklärung dafür?«

»Ich sagte ja schon: Vielleicht haben die uns hierher verschleppt, um uns bei einem ihrer Rituale als Festschmaus zu verspeisen, aber die Idee finden Sie ja bescheuert.«

»Sie kennen sich nicht gut aus in der Geschichte der Aborigines, oder, Steward? Es gab Kannibalismus, ja. Aber im Gegensatz zu den Küstenstämmen im Norden kam das in Zentralaustralien äußerst selten vor. Es war zudem ausschließlich ein ritueller Akt und wurde nur von wenigen Stämmen und auch nur unter ganz ungewöhnlichen Umständen praktiziert.«

»Und wer sagt, dass dieser ›rituelle Akt‹, wie Sie es so nett umschreiben, ausgerottet ist? Vielleicht gehören gerade die hier zu einem der Stämme, die Spaß daran hatten – oder noch immer haben? So verwildert, wie die aussehen, würde mich das nicht mal wundern.«

Diesen Gedanken hatte Daryl selber schon gehabt. Die Walbiri waren früher ein kriegerisches Volk gewesen und hatten wie die Pintubi auch schon mal das »Kucka minma wadi«, wie es die Pintubi nannten, vollzogen. Doch das war lange her, hatte ihm Ungjeeburra versichert. Die Eingeborenen verhielten sich aus einem ganz anderen Grund so seltsam.

»Vergessen Sie diesen Menschenfresser-Quatsch. Haben Sie sonst noch eine Erklärung für die Entführung?«

»Scheiße, nein! Wer weiß schon, was im Hirn eines Abos vorgeht? Die meisten von denen scheinen uns ja nicht mal zu verstehen. Da bezahlen wir für die Typen Millionen von Dollar an Steuern, und die wollen nicht mal unsere Sprache lernen oder in einem anständigen Haus leben. Lieber kidnappen sie fremde Leute, rennen halb nackt durch die Wüste, um sich mitten im Nirgendwo mit ein paar anderen

Schwarzen zu treffen. Dabei essen sie Dinge, die ich nicht mal an meinen Hund verfüttern würde. Ich meine, mit den Typen stimmt doch was nicht.«

»Zunächst einmal würde ich es vorziehen, wenn Sie künftig etwas respektvoller von Eingeborenen oder Aborigines sprechen und nicht von Abos oder Typen, klar?«, sagte Daryl scharf.

Steward zuckte verunsichert mit den Schultern. »Okay, wie Sie wollen. War nicht so gemeint …«

»Zum andern rate ich Ihnen dringend, für sich zu behalten, was Sie eben sagten.«

»Sie meinen, dass die Eingeborenen nicht richtig ticken?«

»Nein – Ihre Beobachtung, dass die meisten nicht der englischen Sprache mächtig sind und sich seltsam verhalten.«

Steward kratzte sich verständnislos das Kinn. »Das kapier ich jetzt nicht …«

»Das brauchen Sie auch nicht. Ich habe da so eine Vermutung. Und wenn die sich als korrekt herausstellt, dann könnte dies, sollten die Eingeborenen eine einzige Bemerkung in diese Richtung aufschnappen, unsere letzte Chance zunichte machen, lebend aus diesem Schlamassel herauszukommen. Also, halten Sie einfach den Mund, okay?«

»Na gut. Meine Meinung scheint hier ja eh keinen zu interessieren. Nur eins hätte ich doch noch gern gewusst. Glauben Sie wirklich, die wollen uns umlegen?«

»Um es mit Ihren Worten zu sagen: Da können Sie Gift drauf nehmen.«

Der Student nickte finster. »Das ist echt Scheiße, Mann …«

Daryl war der Einzige, der wirklich mit Appetit aß. Während sich die anderen eine Hand voll zu kleinen Bällchen zusammengepresste Buschtomaten, zwei gegarte, mehlige Tar-Vine-Wurzeln und einen steinharten, bitter schmeckenden Brotfladen aus zerriebenen Gras- und Baumsamen teilten, hielt er sich lieber an die kleine, halb gebratene Drachenagame, auch wenn diese nur wenig hergab und kaum den ärgsten Hunger stillte.

Außerdem hatten ihnen die Eingeborenen noch je zwei lebende Honigameisen dazugelegt. Offenbar versuchten sie, ihnen ein möglichst vielseitiges Nahrungsangebot zu bieten, was mitten in der Wüste wahrlich nicht einfach war.

»Okay«, meinte Daryl schließlich. »Bleibt noch unser Nachtisch.«

»Die Dinger leben noch«, sagte Steward angewidert. »Ich esse nichts, was noch lebt – keine Insekten und schon gar keine Maden, wie die, die sie uns die ersten Tage ständig andrehen wollten.«

»Große Klappe und nichts dahinter«, spottete Kathleen. »Ich würde gerne eine davon probieren, ich habe gelesen, die sind gesund und schmecken hervorragend.«

»Stimmt. Sie sind sehr süß und nahrhaft«, sagte Daryl. »Für die Wüsten-Aborigines gehörten sie früher zu den wichtigsten Nahrungsmitteln.« Daryl klemmte den Vorderleib einer Ameise zwischen die Finger, dann schob er der Studentin den Coolamon herüber.

Normalerweise hingen diese Tiere ihr Leben lang mit prall gefülltem Unterleib reglos von den Decken ihrer schwer zu entdeckenden unterirdischen Bauten. Ihre Körper schwollen dabei durch den Honig zu einem Vorratsgefäß von der

Größe einer Traube an, von der sie bei Bedarf etwas an ihre Artgenossen abgaben. Die Aborigine-Frauen hatten einen guten Blick für die unscheinbaren Höhleneingänge und gruben die Nester aus, wann immer sie darauf stießen.
Daryl führte das Insekt an den Mund und biss ihm den bernsteinfarben schimmernden Hinterleib ab. Kathleen und Martyn taten es ihm gleich, wobei Kathleen augenblicklich genüsslich das Gesicht verzog. Doreen zögerte einen Moment, dann probierte auch sie eins der Tiere.
»Bevor einer sagt, ich sei ein Weichei …«, seufzte Stewart und nahm ebenfalls eine Ameise.
Nach dem Essen zogen sich Doreen, Kathleen und Martyn in die Wiltja zurück und legten sich schlafen. Für Aborigine-Verhältnisse waren die »Hütten« geradezu luxuriös eingerichtet. Neben einer »Matratze« aus Blättern hatte man sie auch noch mit Dingofellen als Decken ausgestattet. Außerdem gab die zwischen den Wiltjas gelegene Feuerstelle einen Großteil der Wärme in die Hütten ab, so dass es dort die ganze Nacht angenehm warm blieb.
Daryl und Steward saßen noch eine Weile am Feuer und unterhielten sich. Dabei lenkte Daryl das Gespräch absichtlich immer wieder auf das Leben an der Uni und auf die Studienreise. Zum ersten Mal, seit er Steward kennengelernt hatte, konnte er sich einigermaßen normal mit ihm unterhalten. Während sie redeten, wurde Daryl dabei immer klarer, dass Steward zwei Gesichter hatte. Er mimte den coolen Macho nur. Wie ein Sonnenstrahl zwischen dunklen Wolken blitzte hinter der Maske zwischendurch immer wieder ein anderer Steward hervor. Wer dieser wirklich war, konnte Daryl jedoch noch nicht sagen.

»Erzählen Sie von Janice Clayton«, kam Daryl auf Stewards Kommilitonin zu sprechen.

»Janice? Was wollen Sie denn über sie wissen?«

»Nun, sie hätte doch eigentlich mit Ihnen reisen sollen.«

»Ja, stimmt. Dann hat sie aber den Weltrekord im Dauerreihern aufgestellt. Wie sich jetzt herausstellt, war das ihr Glück.«

»Miss Clayton wurde vergiftet. Ich weiß nicht, ob man das als Glück bezeichnen kann«, erwiderte Daryl trocken.

»Vergiftet, sagen Sie?«, fragte Steward verblüfft. »Dann war das der Grund für ihre plötzliche Übelkeit. Aber wer … ich meine, warum sollte jemand sie vergiften wollen? Und überhaupt, wie geht es ihr?«

»Miss Clayton ist in Ordnung. Sie konnte das Krankenhaus bereits wieder verlassen.«

»Na, Gott sei Dank! Haben Sie schon einen Verdächtigen?«

Daryl antwortete nicht sofort, sondern stocherte erst eine Weile im Feuer herum. Er war nicht sicher, ob die anderen sie hören konnten, nahm es aber an. Das kam ihm ganz gelegen. Ihm blieb nicht mehr viel Zeit, bis er vor die Eingeborenen treten musste. Bis dahin wollte er sich ein so umfassendes Bild wie möglich machen. Es gab Ungereimtheiten und offene Fragen sowohl in Bezug auf Dr. Hookers Tod als auch auf die Verhältnisse innerhalb der Forschergruppe. Je mehr er über alle Beteiligten Bescheid wusste, umso besser.

»Janice äußerte eine Vermutung. Sie glaubt, dass einer von Ihnen dreien – Sie, Kathleen oder Martyn – ihr das Gift verabreicht hat, als Sie am Abend vor Ihrer Abreise feierten.«

Steward schien aus allen Wolken zu fallen. »Sie verarschen mich!«
»Nicht im Geringsten.«
»Also wirklich, wie kommt sie denn auf diese Schnapsidee?«
»Sagen Sie es mir. Immerhin hört man über Sie ja die wildesten Sachen.«
Steward hob abwehrend die Hände. »Okay, jetzt reicht's. Wenn Sie glauben, ich hätte Janice vergiftet, dann sind Sie ganz schön schief gewickelt! Warum sollte ich das überhaupt tun? Ich hab ja nichts gegen sie, wieso auch!«
»Und was ist mit den anderen?«, bohrte Daryl weiter.
Der Student zuckte mit den Schultern. »Keine Ahnung. Warum fragen Sie sie nicht selber?« Steward fühlte sich offensichtlich in die Enge getrieben.
»Weil Ihnen vielleicht etwas aufgefallen ist.«
»Also wissen Sie, ich finde, das ist nun wirklich nicht von Bedeutung. Die Eingeborenen haben den Doc umgebracht und uns entführt. Und offensichtlich wollen sie auch uns erledigen. Sie sollten sich besser darum Gedanken machen.«
»Was macht Sie eigentlich so sicher, dass die Eingeborenen Dr. Hooker getötet haben?«, konterte Daryl.
»Wer sollte es denn sonst gewesen sein – etwa einer von uns? Das ergibt doch gar keinen Sinn!«
»Sind Sie sicher?«
»Das muss ich mir nun wirklich nicht anhören. Sie tauchen hier wie aus dem Nichts auf und beschuldigen uns, Giftmischer und Mörder zu sein. Dabei sind wir Opfer und nicht Täter!«

Daryl setzte ein beschwichtigendes Lächeln auf. »Ich beschuldige Sie nicht. Ich bin nur neugierig. Das ist eine Berufskrankheit, müssen Sie wissen.«
»Na, dann ist's ja gut«, brummte Steward merklich ruhiger. Er gähnte. »Ich glaube, ich lege mich langsam auch aufs Ohr.«
Nachdem Steward gegangen war, holte Daryl ein Dingofell aus einem Wiltja und legte sich draußen neben das Feuer, den Blick auf die Sterne gerichtet. Er konnte nicht einschlafen. Ihre Situation bereitete ihm Sorgen. Es sah nicht gerade gut für sie aus. Das war vor allem seine Schuld, und er machte sich deshalb große Vorwürfe. Wäre er den Eingeborenen nicht gefolgt, hätten Doreen, Kathleen, Martyn und Stewart wohl bessere Chancen gehabt, lebend davonzukommen.
Er hatte sich Napangarti und Tjungurrayi als Polizist zu erkennen gegeben und gedroht, den Billabong und die Umgebung genau unter die Lupe zu nehmen. Damit hatte er die beiden Aborigines unter Druck gesetzt, weshalb sie ihn schließlich zur Leiche des Docs führten. Dabei war Napangarti bestimmt nicht entgangen, dass Daryl die Unfall-Geschichte für eine Lüge hielt. Dadurch war er zur Bedrohung geworden. Wenn man beschloss, ihn deswegen zu töten, konnte man die anderen unmöglich am Leben lassen. Morgen ging es nicht nur um sein Leben, sondern auch um das der Wissenschaftler. Da er aber bis dahin nichts an der Situation ändern konnte, versuchte er, sich wieder auf den Mord zu konzentrieren – und auf das, was er an diesem Tag alles erfahren hatte.
Er wusste nicht, ob es ihn weiterbringen würde. Vielleicht

war alles, was Doreen, Kathleen, Steward, Martyn und Nyurupayia zu ihm gesagt hatten, ohne Belang. Aber ein Mordfall war immer wie ein Puzzle, und laufend kamen neue Informationen dazu. Nur wer möglichst viele Teile beisammen hatte, konnte überhaupt damit beginnen, diese passgerecht zusammenzufügen. Indem Daryl sich die älteren, scheinbar unwichtigen Hinweise immer wieder ins Gedächtnis rief, ergaben sich manchmal plötzlich Verbindungen, die er zunächst übersehen oder als unwichtig erachtet hatte.

Ungjeeburra hatte ihm einmal gesagt: *»Bevor man beobachtet, muss man sich Regeln für seine Beobachtungen machen.«*

Bei jedem Fall, den er übernahm, tat er das auf ganz individuelle Art. Am liebsten hielt er sich dabei im Hintergrund, ohne seine wirkliche Identität preiszugeben, und sammelte Informationen, die er dann auf einem Blatt Papier als, wie er es nannte, »Stammbaum eines Verbrechens« notierte. Dieser Fall war aber so anders, und er selber hatte ihn so kopflos angepackt, dass er nun Mühe hatte, Ordnung in die Sache zu bringen. Er ging daher noch einmal in Gedanken alles durch.

Als Mrs. Hooker und die Studenten entführt wurden, waren vier Eingeborene zurückgeblieben. Bei zweien handelte es sich der Beschreibung nach um Napangarti und Tjungurrayi. Daryl vermutete, dass sie gemeinsam mit ihren Stammesbrüdern Dr. Hookers Leiche aus dem Billabong geholt hatten, im Seitental begruben und dann alle Spuren verwischten. Danach brachten die anderen beiden die Fahrzeuge in die Tanami-Wüste, während Napangarti und

Tjungurrayi für alle Fälle zurückblieben. Warum Dr. Hooker erst im Billabong lag, dann wieder von den Walbiri herausgeholt wurde, dafür hatte er noch immer nur eine plausible Erklärung: Der Doktor musste dabei ertappt worden sein, wie er die Höhle untersuchte, wobei er im Streit erschlagen wurde und in den Billabong stürzte. Dann war plötzlich der Rest der Gruppe erschienen. Überfordert von der Situation, berieten die Eingeborenen, was sie nun tun sollten. Und da sie sich nicht entscheiden konnten, ob die Fremden leben oder sterben sollten, nahmen sie sie kurzerhand mit in die Wüste und verwischten alle Spuren.

Wenn er es aus der Sicht der Aborigines betrachtete, machte das sogar Sinn. Beschlossen sie, dass alle Gefangenen sterben sollten, so würde man ihre Leichen wohl nirgends besser verschwinden lassen können als mitten in der Wüste. Wenn man sie leben ließ, dann konnte man sie irgendwo in die Nähe einer Farm oder eines Roadhouse führen und dann ungesehen wieder gehen. Letzteres hätte allerdings zur Folge, dass die ganze Geschichte aufflog.

Wenn es sich tatsächlich so abgespielt hatte, dann war die heilige Höhle der Grund für die Vertuschungsversuche der Eingeborenen. In ihr lagen die Tjurungas, das heiligste Gut des Stammes. Eine genaue Untersuchung der Todesumstände des Doktors hätte vermutlich zur Entdeckung der Höhle geführt, und das war für die Walbiri unerträglich. Daryl verstand das nur zu gut. Plünderungen solcher Kultplätze durch Weiße hatte es schon haufenweise gegeben. Dabei wurden nicht nur unersetzbare, für die Diebe wegen ihrer abstrakten Symbolik allerdings völlig undeutbare Kultgegenstände gestohlen. Die Plünderung vernichtete gleichzeitig auch die Verbindung zu den Ahnen und zur Traumzeitgeschichte des betroffenen Stammes. Am schlimmsten war jedoch, dass damit sogar die Seele der lebenden Menschen ihre Lebensberechtigung verlor. Der Verlust ihrer Tjurungas war für die Aborigines gleichbedeutend mit dem Tod, er machte sie blind, taub und stumm.

Und doch … Daryl spürte, da war noch mehr. Unterdessen glaubte er zu wissen, dass der Schutz der heiligen Höhle nur ein Grund für die Vertuschungsversuche der Walbiri war, und morgen würde er erfahren, ob er damit richtig lag. Allerdings erklärte das noch nicht das Schweigen der anderen Stämme. Zum Teil mochte dies ein Resultat der Solidarität unter den Eingeborenen sein, aber da war noch etwas Größeres, etwas, das wie ein schwarzer Fluch über den Köpfen der Eingeborenen zu schweben schien.

Plötzlich nahm eine Idee in seinem Kopf Gestalt an. Aber die war so verrückt, dass er sie lieber vorerst beiseite schob …

19

Im Osten kündigte ein heller, blassblauer Streifen den neuen Tag an. Daryl war früh aufgestanden und hatte es sich an der unsichtbaren Grenze unter einer Wüsteneiche bequem gemacht. Dicht an seine Beine geschmiegt lag ein alter Dingomischling. Der Hund hatte beobachtet, wie Daryl lange vor Morgengrauen zum Wüstenbaum geschlendert war, um sich dort niederzulassen. Daraufhin humpelte er zu Daryl, hatte ihn fragend angeschaut, und als er sicher war, dass er willkommen war, sich neben ihm hingelegt.

Alle Hunde, die Daryl bisher im Camp zu Gesicht bekommen hatte, waren Dingomischlinge oder sogar reinrassige Dingos. Sie alle hatten eins gemeinsam: sie hinkten. Als die Eingeborenen noch ihr freies Nomadenleben führten, gruben sie die Jungtiere aus den Erdhöhlen aus, in denen sie auf die Rückkehr ihrer jagenden Familie warteten. Waren die Welpen noch sehr klein, wurden sie von den Eingeborenenfrauen gesäugt und von den Kindern verhätschelt. Irgendwann brach man ihnen aber die Hinterläufe, damit sie später nicht umherstreunten und die raren Beutetiere verscheuchten.

Der Jagdinstinkt der Tiere glich dem eines Wolfes, und ihn zu unterdrücken war nahezu unmöglich. Daher wurden die Tiere von den Aborigines auch nie zum Jagen abgerichtet. Trotzdem hatten die Wildhunde eine sehr hohe Bedeutung für die Eingeborenen. Sie waren aufmerksame Wäch-

ter und in kalten Nächten so etwas wie lebende Wärmedecken.
Daryl tätschelte dem alten Rüden die Flanke, was dieser mit einem zufriedenen Knurren quittierte.
»Schade, dass du nicht reden kannst«, meinte er. Der Dingomischling spitzte die Ohren und öffnete kurz die Augen. »Bestimmt wüsstest du auf eine Menge meiner Fragen die richtigen Antworten.«
Nun, einige Antworten würde er wohl noch an diesem Tag bekommen. Bis es so weit war, wollte er die Menschen im Camp beobachten. Vielleicht sah er etwas, das ihm half, wenn er vor dem Aborigine-Rat Rede und Antwort stehen musste.
Die ersten Fliegen begannen herumzuschwirren, und bei den Schlafstellen der Eingeborenen regten sich die ersten Körper. Die Aborigines hatten in der Nacht keine Wache an ihrem Lager aufgestellt, was Daryl auch nicht weiter wunderte. Wenn er versuchte, mit seinen Mitgefangenen durch das Lager zu schleichen und sich aus dem Staub zu machen, schlugen die Hunde sofort Alarm. Selbst beim Weg über die Felsen wäre ihr Vorsprung niemals groß genug gewesen, um den Verfolgern zu entkommen. Allein konnte Daryl es vielleicht schaffen. Doch die Eingeborenen wussten, dass er die vier anderen nicht zurücklassen würde.
Außerdem: Wohin hätten sie gehen sollen? Daryl glaubte zwar, dass er den Weg zurück finden könnte, völlig sicher war er sich aber nicht.
Als Erster stand Ungjeeburra auf. Der alte Pintubi schien von einer Sekunde auf die andere hellwach zu sein, denn er

erhob sich so rasch und geschmeidig, als habe er überhaupt nicht geschlafen.

Als er Daryl sah, zögerte er einen Moment, dann ging er auf ihn zu und setzte sich einen Meter vor ihm auf die Erde. Der Dingomischling öffnete kurz die Augen, döste dann aber gleich wieder weiter.

»Du bist früh auf, Munkumbole«, begann Ungjeeburra.

»Es könnte ja auch mein letzter Tag sein«, entgegnete Daryl nachdenklich. »Nicht, dass ich mich beklagen will. Es war meine Entscheidung, mit dir zu gehen. Außerdem hast du mich gewarnt. Es ist nur so …«

»…dass du dich für die anderen verantwortlich fühlst, ich weiß«, unterbrach ihn Ungjeeburra mit einem verständnisvollen Lächeln.

»Das – und ich habe noch so viele Fragen. Es klingt vielleicht merkwürdig, aber ich habe plötzlich Angst vor dem Tod. Ich weiß, niemand kann seinem Schicksal entgehen. Und offen gestanden, wenn es denn sein muss, dann kann ich mir kaum einen besseren Ort zum Sterben vorstellen als hier draußen in der Wüste.«

»Weil auch Michelle in der Wüste umkam und du diese weite, einsame Landschaft liebst.«

»Ja, vermutlich. Doch das, was mir seit Michelles Tod die Angst vor dem Sterben nahm, ist nun verschwunden.«

»Natürlich. Michelles Schicksal ließ dich glauben, dass die zerstörerische Seite des Lebens stärker ist, weshalb du den Tod auch nicht mehr gefürchtet hast. Doch das Leben ist wie die Wüste: Sie tötet und absorbiert Leben, sie lässt es aber auch entstehen und wachsen. Deine Erlebnisse in den letzten Tagen haben dir wieder bewusst gemacht, dass sich

Leben und Tod die Waage halten und es an dir liegt, welcher Seite du mehr Vertrauen schenkst.«
Daryl musste lächeln. Manchmal hatte er das Gefühl, Ungjeeburra kannte ihn besser als er sich selbst.
»Übrigens, Yungut Ngala ist gestern zu mir gekommen. Du hast ihn tief beeindruckt. Er wollte alles über dich wissen«, fuhr Ungjeeburra fort.
»So? Ich habe lediglich gesagt, dass ich wie er ein Pintubi bin«, erwiderte Daryl mit einem verschmitzten Gesichtsausdruck. »Obwohl, wenn ich es recht bedenke, ist Yungut mehr als ein Pintubi.« Er sah Ungjeeburra fest in die Augen. »Dir ist klar, dass ich es weiß, nicht wahr?«
»Sicher. Vergiss nicht, wer dir deinen Pintubi-Namen gab.«

Ungjeeburra hatte sich inzwischen wieder zu den Eingeborenen gesellt. Ohne ihn zählte Daryl insgesamt sieben Männer, acht Frauen, ein etwa zwölfjähriges Mädchen und zwei kleine Kinder. Dazu kamen noch die fünf Männer und zwei Frauen, die an diesem Tag im Lager erwartet wurden. Außer Yungut hatte er nur noch zwei Personen als Pintubi identifiziert, einen alten Mann und eine etwa genauso alte Frau. Alle anderen waren Walbiri. Das würde es ihm nicht gerade einfacher machen, die Eingeborenen davon zu überzeugen, sie freizulassen.
Zwei Frauen blieben im Lager, um auf die kleinen Kinder aufzupassen. Die restlichen brachen bald, ausgerüstet mit Grabstöcken und Coolamons, zur Nahrungssuche auf. Die Männer blieben hingegen alle im Camp. Anscheinend

wussten sie genau, dass ihre Gefährten mit ausreichend Beute von dem mehrtägigen Jagdausflug zurückkehren würden, weshalb sie sich in aller Ruhe der Pflege und Herstellung ihrer traditionellen Waffen widmeten.

Daryl beobachtete sie dabei genau. Die Aborigines benutzten, was die Natur ihnen bot. Dabei faszinierten ihn vor allem ihr Geschick und die Einfachheit ihrer Methoden. Da sie keinen Ekel kannten, bereitete es ihnen auch kein Problem, stundenlang übel riechende Kängurusehnen zu kauen, bis diese so weich, geschmeidig und dehnbar waren, um damit beispielsweise Widerhaken an den Speerspitzen zu befestigen. In der Sonne getrocknet, zogen sich die Sehnen dann wieder zusammen und wurden hart und widerstandsfähig wie Stahlseile.

Die Aborigines scheuten auch nicht mühselige und zeitaufwändige Arbeiten wie das Gewinnen von Spinifex-Harz, das im Feuer erhitzt als ausgezeichneter Kleber, zum Beispiel für die Haken am Ende der Speerschleuder, Verwendung fand und nach dem Austrocknen hart wie Eisen wurde.

Die Szenerie erinnerte Daryl an die Walkabouts mit Ungjeeburra, bei denen sie oft auch so zusammengesessen hatten, um Speerschleudern, Bumerangs und Speere herzustellen. Gerne hätte er sich zu den Eingeborenen gesellt, um ihre Handfertigkeit und ihre Techniken zu studieren und mit den seinen zu vergleichen. Es hätte ihm zudem die Wartezeit verkürzt.

Daryl wunderte sich über sich selber. Geduld gehörte normalerweise zu seinen größten Tugenden. Jetzt hatte er aber Mühe, still zu sitzen. Er kam sich vor wie ein zum Tode

Verurteilter, der an seinem letzten Tag in der Zelle saß und auf den Henker wartete.
»Hoffen wir, dass es nicht so weit kommt«, sagte er und tätschelte dem Dingomischling neben sich die Flanke.
»Was wird hoffentlich nicht so weit kommen?«, riss Kathleen ihn aus seinen Gedanken.
»Ach, nicht so wichtig«, meinte Daryl und sah auf. Er war so in Gedanken versunken gewesen, dass er die Studentin nicht hatte kommen hören. »Ich führe nur mal wieder Selbstgespräche. Das wird langsam zu einem ernsten Problem bei mir«, scherzte er.
Kathleen lachte.
Der alte Hund hob den Kopf und musterte die junge Frau einen Augenblick mürrisch. Schließlich stand er gähnend auf, streckte sich und humpelte gemächlich zum Eingeborenenlager hinüber.
Kathleen machte ein enttäuschtes Gesicht. »Scheint, Ihr vierbeiniger Freund hat was gegen mich.«
»Ach, Dingos und die Störung ihres Schönheitsschläfchens …« Mit einer Handbewegung bat er die junge Frau, sich zu setzen. »Was ist mit Ihnen? Sie sehen besorgt aus.«
»Besorgt ist reichlich untertrieben. Ich habe das Gefühl, wir müssen mit dem Schlimmsten rechnen. Dabei haben wir überhaupt nichts getan.«
»Aus der Sicht der Eingeborenen ist das vielleicht ganz anders.«
»Und wenn schon!«, ereiferte sich Kathleen. »Das gibt denen noch lange nicht das Recht, uns zu entführen oder am Ende gar umzubringen. Wer sagt denn, dass ihre Sicht der Dinge richtig ist?«

»Wer sagt, dass es die Ihre ist?«, konterte Daryl prompt. »Kathleen, es liegt in der Natur des Menschen, hinter dem Unbekannten und Fremden eine Gefahr zu sehen. Das gilt für Sie, Mrs. Hooker, Martyn und Steward ebenso wie für diese Eingeborenen. Aber ich bin davon überzeugt, dass es irgendwo im Herzen jedes Konflikts einen gemeinsamen Nenner zwischen den Kontrahenten gibt. Diese Ebene werde ich zu finden versuchen, wenn ich vor den Aborigine-Rat trete.«

Die Studentin sah Daryl mit großen Augen an. »Und Sie glauben, dass dies reichen wird?«

»Ein Freund von mir hat mal gesagt: *›Nur wenn wir erkennen, dass das, was uns mit unseren Feinden verbindet, größer ist als das, was uns trennt, haben Versöhnung und Frieden eine Chance.‹*«

Kathleen runzelte die Stirn. »Ihr Freund ist wohl Philosoph – hoffen wir, dass er recht hat.«

»Das hat er meistens«, entgegnete Daryl mit einem zuversichtlichen Lächeln.

Eine Weile schwiegen beide, dann warf Kathleen einen Blick über die Schulter zu den Wiltjas. Doreen und Steward saßen dicht nebeneinander vor der erloschenen Feuerstelle und redeten.

»Sie mögen Steward«, brach Daryl das Schweigen.

»Diesen Macho? Wie kommen Sie denn darauf?«, antwortete sie empört.

»Das sagt mir Ihre Reaktion. Wann immer Steward sich um Mrs. Hooker bemüht, scheint Sie das zu ärgern.«

»Da liegen Sie falsch. Das Einzige, was mich ärgert, ist, dass er die Lage ausnützt, um sich an Doreen ranzumachen –

was er, wenn man's genau nimmt, schon seit unserer Abreise versucht.«

Daryl ließ sich seine Neugier nicht anmerken. »Und Sie glauben, Mrs. Hooker erwidert diese Annäherungsversuche?«

»Anfänglich flirtete sie vielleicht ein wenig mit ihm, das ist aber auch schon alles. Sie würde sich nicht mit einem Studenten wie Steward einlassen.«

»Und wieso nicht?«, hakte Daryl nach. »So was kommt in den besten Familien vor. Außerdem hat mir Steward gestern erzählt, dass die Hookers, um es salopp auszudrücken, eine ziemlich offene Beziehung lebten.«

»Das mag schon sein«, sagte die Studentin vorsichtig. »Aber ...« Sie brach ab.

»Aber was?«, drängte Daryl sanft.

»Also, ich habe gestern Teile Ihres Gesprächs mit Steward mitbekommen.« Kathleen hob entschuldigend die Hände. »Nicht, dass Sie jetzt glauben, ich hätte absichtlich gelauscht. Das ist wirklich nicht meine Art.«

Daryl nickte verständnisvoll.

»Also, ich hörte, wie Sie das von Janice erzählten. Und dass Sie einen von uns verdächtigen, ihr Gift verabreicht zu haben. Mr. Simmons, ich kann eins und eins zusammenzählen: Ich nehme an, dass Janice mich für eine kleine Lucrezia Borgia hält.«

Daryl musste lachen. »Ich denke, von der berühmtesten Giftmischerin der Renaissance sind Sie noch Lichtjahre entfernt – sofern man den zahlreichen Legenden, die sich um die gute Dame ranken, überhaupt bedingungslos Glauben schenken darf.«

»Moment mal, damit wollte ich nicht sagen, dass Janice

recht hatte«, verteidigte sich Kathleen sofort. »Ich war das nicht. Okay, was ich zu ihr gesagt habe, war nicht gerade nett. Aber ich hatte zu dem Zeitpunkt schon ziemlich viel getrunken, und da werde ich eben manchmal etwas zickig. Aber jemanden deshalb vergiften, das ist wirklich nicht mein Ding.«

»Dann geben Sie zu, dass Sie es auf Dr. Hooker abgesehen hatten?«

Sie überlegte kurz. »Nein, so würde ich das nicht nennen. Ich meine, der Doc war ein interessanter Mann. Außerdem hatte er mehr Charme, als die Polizei erlaubt – Verzeihung. Da lotet man eben aus, wie die eigenen Chancen stehen. Vor allem, wenn man weiß, dass der Mann ziemlich aufgeschlossen ist – Sie wissen, was ich meine. Letztendlich war Dr. Hooker aber einer unserer Lehrer. Mit so jemandem flirtet man vielleicht, geht aber keine Beziehung ein. Das endet zu hundert Prozent in einem Fiasko.«

Daryl sah die Studentin mit einem amüsierten Lächeln auf den Lippen an. »Ich hoffe doch, Sie sprechen nicht aus Erfahrung?«

»Ich? Nein. Aber vielleicht hätte das mal jemand Janice sagen sollen. Ich denke, sie hat wirklich geglaubt, dass das mit ihr und dem Doc was Ernstes ist.«

»Und das war es nicht?«

Kathleen verscheuchte eine Fliege, die sich auf ihre Nasenspitze gesetzt hatte. »Für den Doc? Nö. Für Janice? Todsicher.«

Daryl überlegte einen Augenblick, dann fragte er: »Was ist mit Mrs. Hooker? Glauben Sie, sie wusste von der Affäre ihres Mannes mit Janice?«

Kathleen zuckte mit den Schultern. »Keine Ahnung.« Sie blickte hinüber zu Doreen und Steward. Dabei biss sie sich nachdenklich auf die Unterlippe. Als sie sich wieder Daryl zuwandte, hatten ihre hellblauen Augen einen seltsamen Glanz.

»Täusche ich mich, oder gibt es da noch etwas, das Sie mir sagen möchten?«, fragte Daryl.

Kathleen senkte den Blick. »Nun ja«, erwiderte sie zögernd, »da ist schon noch was. Es geht um Steward. An dem Morgen, als wir zum Billabong aufbrachen und feststellten, dass Dr. Hooker verschwunden war, konnten wir Steward fast nicht zum Aufstehen bewegen. Das war die vorangegangenen Tage nicht so. Er schien nicht nur müde, sondern richtiggehend erschöpft zu sein, weshalb er auch den ganzen Weg zum Billabong immer hinter uns zurückblieb.« Sie rümpfte die Nase. »Aber vermutlich hat das nichts weiter zu bedeuten.«

Das war noch nicht alles, das spürte Daryl, deshalb hakte er sofort nach. »Trotzdem haben Sie es mir erzählt. Warum?«

»Weil … Nun ja, weil er letztes Jahr beinahe von der Uni geflogen ist. Er hatte einem älteren Studenten die Freundin ausgespannt und diesen, als er Steward zur Rede stellte, kurzerhand krankenhausreif geschlagen. Dann sind da noch Gerüchte, dass Steward mit seinen ständig wechselnden Freundinnen nicht immer gerade sanft umgeht. Ja, und hinter Doreen ist er auch her, wie Sie selber sehen können. Na ja, da kommt man halt ins Grübeln.«

20

Daryl war verunsichert. Als Kathleen ihn verließ und zu den Wiltjas zurückkehrte, weil die Fliegen einmal mehr zur biblischen Plage geworden waren und die Hitze immer drückender wurde, dachte er über das Gespräch mit der Studentin nach.

Entweder Kathleen machte sich wirklich tiefschürfende Gedanken über Dr. Hookers Tod und den Grund ihrer Entführung, oder es steckte der Versuch dahinter, sich selber aus der Schusslinie zu halten. Doch aus welcher? Wollte sie sich wegen des Giftanschlags auf Janice Clayton entlasten? Oder noch Schlimmeres? Kathleen machte nicht den Eindruck einer Frau, die einen um fast zwei Köpfe größeren Mann mit einem Knüppel erschlug. Andererseits war sie als Judosportlerin vermutlich durchaus dazu in der Lage.

Die Beziehungen innerhalb der Forschergruppe waren wirklich sehr ungewöhnlich. Wenn er lange genug weitersuchte, fand er vermutlich bei jedem der drei Studenten und auch bei Mrs. Hooker ein Mordmotiv – und war vielleicht dennoch meilenweit von der Wahrheit entfernt. Was ihm fehlte, war Zeit. Deshalb musste er systematisch vorgehen, und das hieß, zunächst einmal die Eingeborenen dazu zu bringen, sie alle gehen zu lassen. Wenn er das nicht schaffte, spielte es nämlich keine Rolle mehr, ob er den Mörder von Dr. Hooker entlarvte – sie würden selber alle sterben.

Am frühen Nachmittag wurden die Hunde unruhig. Die inzwischen ins Lager zurückgekehrten Frauen beruhigten sie, waren selber aber kaum weniger aufgeregt. Sie saßen im Schatten unter drei dicht beisammen stehenden Mulga-Bäumen, wo sie sich mit dem Säubern, Schälen oder Zerreiben der gesammelten Buschnahrung beschäftigten. Richtig bei der Sache schienen sie aber nicht zu sein, denn immer wieder blickten sie von der Arbeit auf und schauten erwartungsvoll nach Norden.

Daryl saß weiterhin ruhig an seinem Platz unter der Wüsteneiche und beobachtete sie. Dabei versuchte er, sich eine Taktik für die Stammesverhandlung zurechtzulegen. Keinesfalls durfte er zu forsch auftreten. Gleichzeitig war es aber wichtig, selbstsicher und würdevoll zu wirken und nur zu sprechen, wenn er gefragt wurde. Das war das Schwierigste, weil er doch so viele Fragen hatte. Er musste deshalb einen Weg finden, in seine Antworten Fragen einzubauen.

Wenig später erreichte eine kleine Gruppe von Eingeborenen das Lager. Angeführt wurde sie von einem stolzen, großen Pintubi. Der spindeldürre Mann mochte zwischen dreißig und fünfunddreißig Jahre alt sein. Er war nackt und trug nicht einmal einen geflochtenen Menschenhaargürtel um die Taille. Sein Gesicht zierte ein zottiger Bart, und seine verfilzten Haare reichten ihm bis auf die Schultern, über denen ein rotes Riesenkänguru baumelte. Ihm folgten zwei ebenfalls nackte Frauen. Die eine war ungefähr so alt wie der Mann, die andere war jung und vermutlich die Tochter der beiden. Die Frauen trugen je einen Coolamon, in denen sich Buschnahrung befand. Begleitet wurde die Gruppe

von drei Dingomischlingen, die ängstlich und mit eingeklemmten Schwänzen dicht neben ihnen herhumpelten.
Als die Frauen im Camp die Neuankömmlinge sahen, fiel jede Anspannung von ihnen ab, und sie sprangen auf. Einige eilten den drei entgegen, schlossen sie freudig in die Arme und geleiteten die beiden Frauen dann zu dem Schattenplatz unter den Mulgas.
Der Pintubi indessen ging zu den Männern hinüber, wo er ebenso herzlich willkommen geheißen wurde und man seine stattliche Jagdbeute bestaunte.
Während Daryls Blick zwischen den beiden Gruppen hin und her wanderte, fiel ihm auf, dass Yungut Ngala immer wieder den Hals in Richtung der Frauen reckte. Nach einer Weile glaubte Daryl zu wissen, warum das so war. Yungut beobachtete das junge Pintubi-Mädchen, das neu ins Lager gekommen war. Daryl musste lächeln.
Bis zum Abend geschah nicht mehr viel. Die Eingeboren verhielten sich ruhig, saßen im Schatten und gingen ihren Beschäftigungen nach. Auch Doreen Hooker und die Studenten bekam er nicht mehr zu Gesicht. Offenbar litten sie unter der an diesem Tag ganz besonders drückenden Hitze, jedenfalls lagen sie apathisch in den Wiltjas und rührten sich nicht.
Daryl war das ganz recht. Auch er empfand die Hitze als sehr ermüdend, außerdem spürte er noch immer die Anstrengungen der vergangenen Tage. Er war sicher, dass ihm dieser »Ruhetag« guttun und seine Batterien wieder auffüllen würde. Irgendwann nickte er schließlich ein.

Als Daryl der beißende Geruch von versengten Haaren und verbrannter Haut in die Nase stieg, wachte er auf. Verschlafen schaute er hinüber zum Eingeborenencamp.
Die Sonne war gerade hinter dem Hügel verschwunden und mit ihr die unerträgliche Hitze dieses Tages. Wie er feststellte, waren die vier Jäger inzwischen ins Lager zurückgekehrt. Auch sie hatten reichlich Beute gemacht, so dass den einen ein wahres Festmahl bevorstand, den andern vielleicht ihre Henkersmahlzeit.
Daryl sah zu, wie die Männer das Känguru mit einer Astgabel aus dem Feuer zogen, umdrehten und erneut für kurze Zeit in die Flammen warfen, um die Haare auch auf der anderen Seite abzubrennen. Anschließend schoben sie das restliche brennende Holz beiseite, legten das Tier in die heiße Erde und bedeckten es mit der Holzkohle, um es durchzugaren.
Aus einer zweiten Feuerstelle scharrten die Frauen einige kleine Echsen, Wurzeln und Knollen sowie die zusammengerollten Kängurueingeweide, eine für sie ganz besondere Delikatesse. Als Daryl sah, wie Nyurupayia und die junge Pintubi, die vor wenigen Stunden mit ihren Eltern neu zur Gruppe hinzugestoßen war, einen Teil der Nahrungsmittel auf die Coolamons häuften, um sie zu ihnen herüberzubringen, erhob er sich und ging ihnen entgegen.
»Wie geht es deinen Verletzungen?«, begrüßte ihn Nyurupayia.
»Man könnte sagen, fast stündlich besser«, antwortete er freundlich lächelnd.
»Und dem Jungen mit dem müden Atem?«
»Ebenfalls viel besser. Es gäbe Weiße, die würden sich dar-

um reißen, hinter die Zusammensetzung deiner Medizin zu kommen.«

»... und dabei rücksichtslos die seltenen Pflanzen und Wurzeln ausreißen.« Nyurupayia schüttelte den Kopf. »Die Weißen nehmen keine Rücksicht auf das ›Haus der kleinen Welten‹ und fügen der Erde nur immer neuen Schmerz und Schaden zu.«

Daryl nickte. »Da gebe ich dir recht.« Sein Blick wanderte zu der jungen Pintubi, die einen knappen Meter hinter Nyurupayia stand.

Sie war nicht älter als sechzehn oder siebzehn Jahre, hatte einen schlanken, sehnigen Körper und schöne, feste Brüste. Ihr halblanges gewelltes Haar lag in wilden filzigen Strähnen um ihr, wie er fand, ausgesprochen hübsches Gesicht. Stolz, ohne Scham oder Scheu erwiderte sie Daryls neugierigen Blick.

»Ich bin Munkumbole«, sagte er auf Pintubi.

»Ich weiß, wer du bist«, antwortete sie ruhig. »Du bist Ungjeeburras Bruder, der weiße Pintubi.«

Daryl konnte nicht sagen, ob die junge Aborigine ihm nun freundlich oder feindlich gesinnt war. Das erhobene Kinn und die leicht zurückgezogenen Schultern signalisierten zwar Abwehr, doch das konnte auch nur angeborene Vorsicht sein.

»Und, verrätst du mir deinen Namen?«

Die Augen der jungen Pintubi glänzten im Sonnenlicht wie zwei schwarze Öltropfen. Einen Moment zögerte sie, dann antwortete sie: »Mitjili.«

Daryl lächelte. »Freut mich, dich kennenzulernen. Du und deine Eltern, woher kommt ihr?«

Mitjili schaute ihn mit festem Blick an. Sie war jung, dennoch strahlte sie bereits große Reife, Erfahrung und Entschlossenheit aus.
»Sie wird dir nicht antworten, und du weißt auch, warum«, sagte Nyurupayia an ihrer Stelle auf Englisch.
Sie drehte sich zu dem Aborigine-Mädchen um, streckte ihr ihre Tragschale entgegen und meinte dann auf Walbiri: »Geh jetzt hinüber zu den Wiltjas und bringe ihnen ihr Essen.«
Mitjili nickte und klemmte sich Nyurupayias Schale unter den Arm. Als sie an Daryl vorbeigegangen war, sah dieser Nyurupayia direkt in die Augen. Es war Zeit, seine Vermutung offen auszusprechen. »Die Geschichten, die manchmal nachts an den Eingeborenen-Lagerfeuern geflüstert werden, sind also wahr.«
Nyurupayia hob augenblicklich beide Hände. »Darüber, Munkumbole, redest du besser mit dem Stammesrat. Als klar wurde, dass du uns folgst, war ich sicher, dass du es herausfinden wirst. Doch das ist jetzt nicht von Belang. Das Einzige, was zählt, ist, dass du den Rat überzeugst, dieses Wissen behüten zu können. Uns bleibt nicht viel Zeit, sie beobachten uns bestimmt schon.«
Unauffällig blickte Daryl an Nyurupayia vorbei zu den Eingeborenencamps, dann nickte er schwach.
»Ich habe mit Ungjeeburra gesprochen. Er sagte, die meisten werden gegen dich stimmen. Er meint, es könnte womöglich von nur einer oder zwei Stimmen abhängen, ob sie dich und die anderen am Leben lassen. Daher haben Ungjeeburra und ich beschlossen, gemeinsam für ein paar Tage fortzugehen.«

Daryl begriff nicht recht, wie ihm damit geholfen sein sollte. »Und wofür soll das gut sein?«
Nyurupayias Augen funkelten verschwörerisch. »Es könnte dir die Gunst derer einbringen, die noch unschlüssig sind. Und nun hör mir genau zu …«

Mitjili sollte verheiratet werden. Das überraschte Daryl nicht sonderlich. Sie hatte die Initiation der Frauen vermutlich schon vor zwei, drei Jahren abgeschlossen und war somit in der Welt der Eingeborenen alt genug dafür. Ihre Heirat bildete auch den eigentlichen Grund, warum sich die Eingeborenen an diesem Ort versammelt hatten.
»Vor einem Jahr«, berichtete Nyurupayia weiter, »wurde beschlossen, dass sich alle heute hier versammeln, weil die Zeit für Mitjilis Hochzeit gekommen ist. Damals waren alle überzeugt, Yungut Ngala würde sie bekommen …«
Yungut hatte sich schon vor zwei Jahren in das hübsche Pintubi-Mädchen verliebt, musste aber warten, bis der Stamm die Zeit gekommen sah, sie zu verheiraten. Doch damit war der Weg für Yungut noch lange nicht frei. Das Werben um eine Frau bei den Pintubi und Walbiri war keine leichte Aufgabe. Es mussten magische Formeln benutzt werden, die von den alten Gesetzen vorgeschrieben wurden. Schon ein kleiner Fehler konnte dabei den Tod bedeuten. Ein junger Mann musste sich daher sehr sicher sein, ehe er sich für ein Mädchen entschied. Da der Werbende meist noch zu jung war, um sich mit dem geheimen und gefährlichen Wissen des Kunga-Tsugurpa-Rituals auszukennen, benötigte er die Hilfe eines Alten des gleichen Totems.

»Der einzige Pintubi, der diese Anforderungen erfüllte, war ein alter Mann, der vor ein paar Monaten starb. Nun gibt es nur noch einen Pintubi in der Gruppe, Jakamarra, er gehört aber nicht wie Yungut dem Wallaby-Dreaming an. Deshalb hat im Moment Tjungurrayi die besten Chancen, sie zu bekommen.«
Jetzt verstand Daryl. Bevor Ungjeeburra und er zu der Gruppe gestoßen waren, hatte der junge Pintubi alle Chancen verloren, um die Gunst des Mädchens zu werben – nun war er, zumindest theoretisch, wieder im Spiel.
»Yungut wird Ungjeeburra fragen, ob er ihm beim Kunga Tsugurpa, dem ›Mädchen-Träumen‹, hilft, aber Ungjeeburra wird nicht da sein, um ihn zu unterstützen«, brachte Daryl es auf den Punkt.
»Yungut ist deswegen bereits bei Ungjeeburra gewesen. Aber Ungjeeburra hat ihm gesagt, dass ich ihm gefalle und er mich gefragt habe, ob ich mit ihm noch heute für ein paar Tage fortgehe.«
Sie kicherte. Daryl wusste natürlich, was mit »fortgehen« gemeint war. Ungjeeburra und Nyurupayia waren beide nicht mehr verheiratet, es war also selbstverständlich und nicht unüblich, dass sie sich für eine Weile zurückzogen.
»Du aber wirst hier sein«, fuhr Nyurupayia fort. »Ungjeeburra hat ihm gesagt, er soll sich an dich wenden. Hilf ihm, sei sein Kunga-Tsugurpa-Lehrer, und du hast nicht nur Yunguts Achtung und seine Stimme gewonnen, sondern auch die einiger anderer.«
Auf den ersten Blick klang der Plan nicht schlecht. Aber er barg auch eine große Gefahr. Wenn es hart auf hart kam, würde sich Yungut vor dem Rat erheben und anbieten, sich

selbst an Daryls Stelle zu opfern. Dies verlangten Ehre und Tradition. Natürlich konnte Daryl dieses Angebot ablehnen. Allerdings bedeutete das eine tiefe Beleidigung und Kränkung für Yungut. Darüber hinaus würden die anderen Eingeborenen Yungut fortan meiden und ihm misstrauen. Denn wenn Daryl lieber selber starb, als Yunguts selbstloses Opfer anzunehmen, dann musste aus der Sichtweise der Aborigines etwas mit dem sich Opfernden nicht stimmen. Nyurupayia schaute kurz an Daryl vorbei, denn Mitjili war auf dem Weg zurück zu ihnen.

»Du bist klug, Munkumbole, und dein Herz ist rein. Nütze diese Fähigkeiten. Überzeuge den Stammesrat, dass es noch einen anderen Weg gibt. Einen, der allen dient. Ungjeeburra glaubt fest an dich – und ich auch.«

21

Daryl wünschte sich, er könnte Ungjeeburras und Nyurupayias Zuversicht teilen. Doch es fiel ihm schwer, und das gleich aus mehreren Gründen.
So schwer es als Farbiger war, in der Welt der Weißen akzeptiert zu werden, so schwer würde es für ihn sein, die Eingeborenen von sich zu überzeugen. Außerdem hatte er erst einmal vor einem Aborigine-Rat gestanden. Das war bei seiner Initiation gewesen und überhaupt nicht mit dieser Situation vergleichbar. Er hatte somit nur eine sehr vage Ahnung, welche Fragen man ihm stellen würde und ob die Taktik, die er sich zurechtgelegt hatte, überhaupt funktionierte. Zudem quälte ihn die Vorstellung, dass Yungut für ihn in den Tod gehen könnte.
Daryl saß mit Mrs. Hooker und den Studenten am Feuer. Gedankenversunken nagte er an den Knöchelchen einer Bartagame herum. Dabei blickte er stumm ins Feuer, während die anderen ihn beobachteten. Sie waren beunruhigt und ängstlich. Daryl hatte sie, als er sich zum Essen zu ihnen setzte, weder angesehen noch ihre Fragen beantwortet. Er wusste, dass er sie irgendwie beruhigen sollte, aber er konnte es nicht. In ihm hatte sich eine unsichtbare Wand aufgebaut, ein künstlicher Schutz vor Gedanken, die ihn ablenkten.
Als es schließlich langsam dunkel wurde, trat Tjungurrayi an ihr Lagerfeuer. Daryl war erleichtert, weil das Warten

und die Ungewissheit nun endlich ein Ende hatten. Wortlos stand er auf und zog sich aus. Er wollte dem Rat wie ein Eingeborener gegenübertreten, wollte, dass die Aborigines seine Stammesnarben sahen.
Unter den verstörten Blicken der anderen folgte er Tjungurrayi zum Eingeborenenlager.
Die Aborigines saßen im Halbkreis um zwei Feuerstellen. Frauen befanden sich zwar keine unter ihnen, das bedeutete jedoch keinesfalls, dass ihre Stimmen nicht zählten, wenn am Ende über sein Schicksal und das der Forscher entschieden wurde. Allerdings hatte das ganze Geschehen am Billabong seinen Anfang genommen, und dieser Ort war ein heiliger Platz der Männer. Es konnte daher gut sein, dass, während sich der Rat mit ihm unterhielt, Dinge zur Sprache kamen, die nicht für Frauenohren bestimmt waren.
Daryl wurde angewiesen, sich in die Mitte zwischen den Feuern hinzusetzen. Vor ihm saßen im Schneidersitz die Ältesten des Stammes, weiter außen die Jüngeren. Ihre Gesichter wirkten im Flackern der Flammen allesamt finster und bedrohlich.
»Ich bin Napananka«, stellte sich einer von ihnen mit rauher Stimme vor. Napanankas Gesicht zierte ein wilder weißer Bart, der ihm bis auf die Brust reichte. Er trug die Stammesnarben eines Walbiri, hatte aber, wie alle anderen Eingeborenen im Lager, noch drei fächerförmige Male auf dem Bauch, die Daryl noch nie zuvor bei einem Stamm gesehen hatte. Außerdem fehlte ihm der rechte Unterarm.
Links von Napananka saß Napangarti, rechts Jakamarra, der alte Pintubi, der nicht dem Wallaby-Dreaming angehörte.

»Munkumbole, der weiße Pintubi«, eröffnete Napananka die Versammlung. Er sah Daryl fest in die Augen. »Wir haben schon viel von dir gehört. Trotzdem finde ich es höchst ungewöhnlich, einem weißen Aborigine zu begegnen.«
Daryl wartete einige Sekunden. Als Napananka nicht weiterredete, warf er einen flüchtigen Blick zu Napangarti und Jakamarra. In ihren Augen las er die Aufforderung, jetzt zu sprechen.
»Ich denke, es ist nicht ungewöhnlicher, als euch zu treffen.«
»Was meinst du damit?«, fragte Jakamarra.
»Ihr seid die letzten wahren Eingeborenen, und niemand weiß davon. Das ist unglaublich und gleichzeitig wundervoll.«
Napananka und die anderen sahen sich vielsagend an. »Ja, wir existieren tatsächlich«, gab dieser dann ohne Umschweife zu. »Wir sind die letzten, die im ›Alten Land‹, weit hinter den Salzseen, noch ihr althergebrachtes Leben führen.«
Obwohl Daryls Vermutung sich damit bestätigte, war er überrascht. Ungjeeburra musste es gewusst haben. Warum hatte er es ihm all die Jahre verschwiegen?
Jakamarra schien Daryls Gedanken zu lesen, denn er sagte: »Du fragst dich sicher, warum Ungjeeburra es dir bis heute nicht gesagt hat. Nun, wir haben ihn darum gebeten. Es betraf dich und dein Leben nicht – bis jetzt.«
»Sicher, es gab seit langem Gerüchte«, fuhr Napangarti fort. »Aber nur sehr wenige Eingeborene wissen wirklich, dass sie auch wahr sind. Für die meisten sind die Geschichten einfach nur ein Stück Hoffnung, etwas, das sie

glauben lässt, die Weißen hätten sie doch nicht alle versklavt und ihnen ihr Leben aufzwingen können.«
Eine Welle von Fragen staute sich in Daryls Kopf. Er musste sich sehr beherrschen, um sie nicht wie eine Sturzflut aus sich herausbrechen zu lassen. Damit würde er aber nur seine Ungeduld und Neugier beweisen, was ihn in den Augen der Eingeborenen als nicht zuverlässig erscheinen ließ.
Wie viele von ihnen mochte es geben? Gab es da draußen in der Weite der Wüste noch mehr? Welchen Stämmen und welchen Dreamings gehören sie an? Und wie war es ihnen überhaupt gelungen, bis in die heutige Zeit unentdeckt zu bleiben? Vor nicht einmal fünfzig Jahren hatte man an der Grenze zu Westaustralien eine kleine Gruppe von Pintubis entdeckt, der es bis dahin gelungen war, unentdeckt und in völliger Abgeschiedenheit ihr nomadisches Leben zu führen. Damals war das eine riesige Sensation gewesen. Zu ihrem Unglück hatte man die Eingeborenen mit Lastwagen eingesammelt und in die Nähe von weißen Ansiedlungen gebracht, was das Ende ihrer Welt und ihrer Freiheit war. Daryl konnte daher sehr gut verstehen, weshalb diese »wilden« Eingeborenen ihre Existenz geheim halten wollten. In der heutigen Zeit war eine Entdeckung dieser Größenordnung so unglaublich, dass das öffentliche Interesse am Leben dieser Menschen letztendlich ihr Untergang sein würde.
Das Schweigen der Eingeborenen schien ewig zu dauern. Als Napananka endlich die Stille brach, atmete Daryl erleichtert auf.
»Hier im Lager sind alle von uns versammelt«, fuhr er fort. »Indem wir uns zusammenschlossen zu einem Stamm, der

sowohl die Zeichen unserer ursprünglichen Herkunft als auch ein neues Stammeszeichen trägt, sind wir vereint. Und weil wir nur in ganz kleinen Gruppen, zu zweit oder zu dritt, durch die Wüste wandern, sind wir so gut wie unsichtbar. Die Größe unseres Stammes kontrollieren wir, wie es bei unserem Volk in früheren Zeiten Tradition war, damit uns die Natur immer ernähren kann und wir sie nicht schädigen. Außerdem halten wir Kontakt mit Eingeweihten wie Nyurupayia und Ungjeeburra. So erfahren wir, wie und wo wir den Weißen aus dem Weg gehen müssen. Ja, und dann gibt es noch Tjungurrayi, dessen Herz ihn so fest an unsere Existenz glauben ließ, dass er seine Community verließ, um nach uns zu suchen und mit uns zu leben.«

Oft trafen sich die »wilden« Eingeborenen sicher nicht. Daryl vermutete, dass dies nur zu besonderen Anlässen geschah, wenn es die Stammestraditionen erforderten. Das Treffen der Eingeborenen-Männer am Billabong war einer dieser Augenblicke gewesen. Sie hatten ihre heilige Höhle aufgesucht, die Felsmalereien aufgefrischt und die Stammes-Tjurungas hervorgeholt, um den Kontakt zu den Ahnen zu suchen und zu erneuern, wie sie das schon seit jeher taten – nur dass ihnen diesmal Dr. Hooker und seine Begleiter in die Quere gekommen waren.

»Weißen und uneingeweihten Aborigines aus dem Weg zu gehen klappt aber nicht immer«, sagte Daryl und biss sich sogleich auf die Unterlippe, weil er sich nicht an die Regeln gehalten hatte.

Jakamarra warf Daryl einen vorwurfsvollen Blick zu. »Du spielst auf das an, was am Billabong geschah.«

Daryl schwieg.

»Du willst wissen, warum wir die vier Weißen verschleppt haben.«

… und wie Dr. Hooker umkam, dachte Daryl bei sich.

»Du gehörst nicht unserem Stamm an, deshalb sind unsere Stammesgeheimnisse für dich tabu. Doch da unserer Sippe sowohl Walbiri als auch Pintubi angehören, bist du mit uns verwandt. Es gibt also gewisse Dinge, die wir dir sagen könnten, ohne ein Gesetz zu brechen. Wir haben lange darüber beraten und haben entschieden, dass wir das tun werden – damit du verstehst, warum wir so handeln mussten.«

Der Billabong war der Ort, wo die Geschichte dieses Volkes begann, das sich selber Warrigal, »wilder Stamm« nannte. Dort lebte seine Gegenwart und schlummerte seine Zukunft. Es war ein heiliger Platz, *ihr* Platz. Die Weißen hatten schon so viele der heiligen Orte entweiht und zerstört. Diesen wollten die Warrigal aber mit allen Mitteln schützen.

»Am Morgen des ersten Tages hatte die Sonne das Verlangen, geboren zu werden«, begann Napananka seine Erzählung weit in der mythischen Vergangenheit. »Ihre Strahlen brachen durch die Dunkelheit, überfluteten das Land mit goldenem Licht und erwärmten die Höhlen, unter denen alle Ahnen schliefen. Dann, dem Schrei eines neugeborenen Kindes gleich, öffnete ein jeder der Ahnen den Mund und rief: »Ich bin. Ich bin Emu, Honigameise, Kakadu, Schlange, Känguru … Und als sie alle ›geworden‹ und aus ihren Höhlen gekrochen waren, wanderten sie über das Land, um es zu formen und Leben zu erschaffen. Das große Urwallaby Warrew trug in seinem Beutel die ersten Menschen mit sich. Wann immer es Rast machte, scharrte es im

Boden nach Wasser. Dann türmte es ringsum Felsen zu Hügeln auf, so dass die Sonne die Wasserlöcher nicht austrocknen konnte, entließ einige Menschen aus seinem Beutel und schenkte ihnen den Ort, für den sie fortan verantwortlich waren und über den sie für alle Zeiten wachen sollten. Je weiter das große Urwallaby ins Landesinnere wanderte, umso heißer wurde es, und umso seltener fand es Wasser. Schließlich hatte Warrew nur noch eine Hand voll Menschen in seinem Beutel, für die er einen Platz finden musste, dann war seine Aufgabe vollendet. Doch sosehr er sich auch bemühte, er fand kein Wasser. Die letzten Menschen in seinem Beutel stöhnten und waren bereits am Verdursten, da traf Warrew auf Goonnear, die Pythonschlange. Diese war ebenso verzweifelt wie Warrew, doch nicht, weil sie Durst hatte – sie war ein Kind der großen Regenbogenschlange und konnte sich wie sie in Wasser verwandeln, um Flüsse und Seen zu erschaffen –, sondern weil sie unter der sengenden Sonne litt und es leid war, immer auf dem Boden durch das Land zu kriechen.
Warrew und Goonnear beschlossen, einander zu helfen. Warrew schuf einmal mehr Hügel und Schluchten, in denen die Schlange sowohl Schatten als auch einen Ort fand, um weit über das Land blicken zu können, während Goonnear sich in Wasser verwandelte und die Wasserlöcher füllte, damit Warrew und die letzten Menschen, die er aus seinem Beutel entließ, ihren Durst löschen konnten. Und weil Goonnear dieser Platz so sehr gefiel, und weil Warrew seine Aufgabe erfüllt hatte, beschlossen beide, an diesem Ort zu bleiben. Seit diesem Tag schläft Goonnear im großen Billabong. In klaren Vollmondnächten kommt sie aus

ihm heraus und kriecht auf den Talrand, wo sie gemeinsam mit Warrew, der die meiste Zeit in einer Höhle tief im Berg schläft, über das Land blickt ...«

Die steinernen Wächter vor dem Billabong, das unheimliche Gefühl, als würde ein Schlangenleib seine Beine berühren, während er den Teich durchschwamm, die seltsame Begegnung mit dem Felsenkänguru, durch die er schließlich die heilige Höhle entdeckte, und sein Traum von der Schlange im Billabong, die ihn verschlang – waren das alles nur Zufälle gewesen? Daryl rang um Fassung.

»... Dieser Ort ist der Geburtsplatz unseres Volkes, darum ist der Billabong für uns heilig. Und wer Warrew und Goonnear in ihrer Ruhe stört, muss bestraft werden.«

Daryl schluckte leer. Eiskalte Schweißtropfen liefen ihm über den Rücken. Da er wusste, dass eigentlich in allen Billabongs irgendein Geist oder Ahnenwesen lebte, hatte er zwar einen Stein ins Wasser geworfen, um seine Anwesenheit anzukündigen. Doch je nachdem, wie heilig dieser Ort war, konnte das trotz allem nicht genug gewesen sein. Natürlich hatte er das nicht wissen können. Aber als »Eingeborener« hätte er im Zweifelsfall eben gar nicht erst in den Billabong steigen dürfen.

Napananka und die anderen sahen ihn mit strafenden Blicken an. »Du trägst die Narben eines Pintubis, du wusstest also, dass du womöglich ein Tabu brichst, wenn du in dem Billabong schwimmst. Warum hast du es trotzdem getan?«, fragte Napananka grimmig.

Daryl konnte jetzt lügen und irgendeine Geschichte erfinden oder die Wahrheit sagen. Instinktiv spürte er, dass seine Antwort darüber entschied, wie die Eingeborenen weiter verfahren würden. Noch hatte Napananka erst dargelegt, warum der Billabong heilig war. Zum Tod von Dr. Hooker und der Entführung seiner Begleiter war bis jetzt noch nichts gesagt worden.

Vielleicht wollten die Aborigine herausfinden, was er wusste, um für alle Fälle gewappnet zu sein? Nach Daryls Verschwinden war der Canyon sicher von Superintendent Coledales Männern abgesucht worden. Dabei hatte man bestimmt auch die Leiche des Doktors gefunden – und auch die vielen Spuren beim Billabong, die ja nicht nur von der Forschergruppe stammten. Daryl beschloss, die Karten auf den Tisch zu legen.

»Dr. Hooker wurde erschlagen«, sagte er und schaute dabei Napangarti an, »und ist nicht beim Versuch, die Felswand im Seitencanyon hochzuklettern, abgestürzt.«

Er erklärte weiter, wie er festgestellt hatte, dass der Tote zunächst im Billabong lag, wie er sich danach dort umgesehen hatte und schließlich den Knüppel im Wasser treiben sah, den er dann barg und der offenbar tatsächlich die Tatwaffe war. Als Daryl geendet hatte, sahen sich die Eingeborenen untereinander an. Einige tuschelten, und auch Napananka, Jakamarra und Napangarti steckten die Köpfe zusammen.

Daryls Herz raste. Die Aborigines waren plötzlich sehr nervös und unschlüssig. Hatte er eben einen Fehler gemacht und damit sein Todesurteil besiegelt? Eine Ewigkeit schien zu vergehen, bis wieder etwas Ruhe einkehrte.

Diesmal war es Jakamarra, der das Wort ergriff. Er räusperte sich, und die letzten Stimmen verstummten.

»Offenbar hast du viel von Ungjeeburra gelernt, sonst hättest du nicht alle diese Spuren entdecken und verfolgen können«, meinte er anerkennend. »Aber hast du sie auch richtig gedeutet?«

Die Frage bedeutete in etwa so viel wie: Weißt du auch, wer der oder die Mörder sind? Daryl wusste es nicht.

»Du fragst, ob ich euch für schuldig halte – das kann ich nicht beantworten«, entgegnete er ehrlich. »Viel spricht gegen euch. Wenn ihr unschuldig seid, warum solltet ihr Dr. Hookers Leiche verstecken und alle Spuren verwischen? Warum solltet ihr seine Begleiter entführen und eine falsche Fährte legen, indem ihr dafür sorgt, dass ihre Fahrzeuge in die Tanami-Wüste gebracht wurden – was, nebenbei bemerkt, unmöglich von euch bewerkstelligt werden konnte, denn ich nehme nicht an, dass auch nur einer von euch Auto fahren kann. Wahrscheinlich haben das Leute aus Nyirripi für euch übernommen, was vermutlich Nyurupayia in die Wege geleitet hatte. Und das soll alles geschehen sein, weil der Billabong heilig ist und ihr nicht wolltet, dass die Polizei – dass Weiße sich am Billabong aufhalten?«

Daryl machte absichtlich eine Pause. Er sah sich um. Er wollte die Reaktionen in so vielen Gesichtern wie möglich aufnehmen – und war überrascht. Die Eingeborenen schienen nicht besorgt, nicht einmal erstaunt zu sein.

»Eigentlich«, fuhr er schließlich fort, »würde jeder Weiße euch für schuldig halten. Ich bin mir da jedoch nicht so sicher. Ich glaube nämlich, die wahren Gründe für euer Handeln liegen viel tiefer. Sie sind viel bedeutender, als ihr mich glauben lassen wollt.«

Nun lief ein erstauntes Raunen durch die Reihen der Aborigines, gleichzeitig fiel eine unglaubliche Last von Daryls Schultern. Er hatte ins Schwarze getroffen.

»Es scheint zu stimmen, was Ungjeeburra über ihn erzählt«, ergriff Napananka das Wort. Sein Blick wanderte durch die Reihen der Eingeborenen. »Munkumbole ist klug, er ist ein Mann, der sich nicht so schnell täuschen lässt und der keine voreiligen Schlüsse zieht. Aber ist er auch verschwiegen? Können wir sicher sein, dass er bei seinem Leben auch das größte aller Geheimnisse bewahren würde?«

Daryl hatte sich zu früh gefreut. Die Stimmung kippte bereits wieder. Die meisten Aborigines schüttelten unter verneinendem Gemurmel den Kopf, nur einige wenige, wie Jakamarra oder Yungut Ngala, wiegten ihn unschlüssig hin und her.

»Er mag ein Pintubi sein, aber er ist auch ein Weißer«, rief einer der Jüngeren und erntete dafür zustimmende *»Jowa-Jowa«*-Rufe, *»so ist es.«*

Für Daryl war es nicht das erste Mal, dass ihm Eingeborene wegen seiner Hautfarbe mit negativer, ja fast rassistischer Haltung begegneten. Das störte ihn nicht sonderlich, er verstand es sogar. Nach all dem Leid, das den Aborigines angetan wurde, hatten sie mehr Recht und Grund dazu als jeder Weiße. Ehe ihm nicht wieder erlaubt wurde zu sprechen, konnte er sie jedoch auch nicht vom Gegenteil überzeugen.

»Vergessen wir nicht, dass Munkumbole ganz allein Napangarti und Tjungurrayi gefolgt ist«, gab Jakamarra zu bedenken. »Er hätte Hilfe rufen oder sie einfach mit seinem fliegenden Ding bis hierher verfolgen können.«

»Wir hätten seine Maschine gehört und ihn ganz bestimmt nicht an diesen Ort geführt«, beteiligte sich nun zum ersten Mal auch Tjungurrayi am Gespräch. Auch er schien nicht wirklich zu wissen, wie ein Hubschrauber funktionierte und dass er nicht ewig in der Luft bleiben konnte. »Allerdings stimmt es, dass er hätte Unterstützung anfordern können«, fuhr er fort. »Ich würde gern wissen, warum er es nicht getan hat.«

Plötzlich waren alle Augen wieder auf Daryl gerichtet. Um seinen Worten mehr Gewicht zu verleihen, wartete er absichtlich einen Moment, bis er antwortete.

»Ich hätte gedacht, diese Frage würde sich erübrigen. In euren Augen mag ich vielleicht nicht einmal ein halber Aborigine sein, *mein* Herz sagt mir aber etwas anderes. Daher werde ich keinem Weißen etwas erzählen, was ihn nichts angeht.«

Einige Eingeborene nickten zufrieden, nicht so Napananka. »Bedeutet das, du würdest uns schützen, egal was du von uns weißt?«, fragte er skeptisch.

Dies war eine schwierige Frage – und gleichzeitig auch eine Fangfrage. Daryl blieb bei seiner Strategie und versuchte es wiederum mit Aufrichtigkeit.

»Im Rahmen meiner Möglichkeiten als Polizist – und vermutlich sogar ein großes Stück darüber hinaus, ja. Allerdings gibt es Grenzen. Mord ist eine davon.«

»Was ist mit dem Geheimnis, dass es uns gibt?«

»Eher beiße ich mir die Zunge ab, als es zu verraten.«

Napananka grunzte skeptisch. »Also gut. Nehmen wir einmal an, wir glauben dir und lassen dich gehen. Was sollen wir deiner Meinung nach mit den anderen machen? Sie werden bestimmt nicht schweigen.«

»Das ist richtig. Nur, was können sie schon erzählen? Für sie seid ihr normale Eingeborene. Vielleicht etwas seltsamer und unheimlicher als andere, weil ihr sie entführt habt, aber eben nur Eingeborene. Vermutlich könnten sie die meisten von euch bei einer Gegenüberstellung nicht mal mehr identifizieren. Aber das würde ohnehin kaum geschehen, schließlich lebt ihr nicht in einer Community. Im Zweifelsfall würde man zudem meinem Wort glauben, da ich unter Aborigines aufgewachsen bin. Und was ich zu sagen habe, wird nicht genug sein, um euch jemals auf die Spur zu kommen.«

»Das sind alles schöne Worte«, sagte Napananka, »aber überzeugt haben sie mich nicht. Außerdem können wir kein Risiko eingehen. Daher bin ich dafür, dass Munkumbole und die anderen sterben.«

Bei diesen Worten fühlte Daryl sich, als hätte ihm jemand ein Stahlrohr in den Magen gerammt. Er hatte sich bemüht, ruhig und überzeugend zu wirken, doch das Misstrauen der Eingeborenen war größer. Obwohl er wusste, dass es seine Lage nicht verbessern würde, wollte er sich verteidigen, doch glücklicherweise kam ihm Jakamarra zuvor.

»Vielleicht sollten wir noch einmal über alles nachdenken, bevor wir abstimmen«, meinte er bestimmt. »Beraten wir morgen weiter, wenn auch die Frauen ihre Entscheidung fällen.«

22

Daryl kehrte zu den Wiltjas zurück, wo die anderen schon ungeduldig auf ihn warteten, und zog sich ohne Eile wieder an.

Die Angst stand der Gruppe ins Gesicht geschrieben, was er nur zu gut verstand. Gerne wäre er mit besseren Nachrichten zurückgekehrt. Aber er konnte sie nur auf den nächsten Tag vertrösten.

»Verfluchtes Pack!«, schimpfte Steward los, als Daryl in knappen Worten von der ergebnislosen Unterhaltung berichtete. »Was glauben die eigentlich? Wir haben doch nichts getan, die sollen uns gefälligst gehen lassen!«

»Er hat recht«, stimmte Martyn zu. »Haben sie wenigstens gesagt, warum sie uns entführt haben und ob sie uns am Leben lassen werden?«

Daryl schüttelte den Kopf. Er hatte keine Lust, näher darauf einzugehen. Ihm schwirrten selber so viele Gedanken durch den Kopf, die geordnet werden wollten, dass er dieses Gespräch so schnell wie möglich beenden wollte.

»Ich bin dafür, dass wir von hier verschwinden«, sagte Steward. »Seien wir doch ehrlich: Die lassen uns nicht laufen. Besser, wir versuchen abzuhauen, so haben wir wenigstens eine kleine Chance.«

»Das ist ja wieder mal typisch!«, schnaubte Kathleen verärgert. »Und was ist mit Martyn? Er könnte wieder einen Anfall haben, und was dann?«

»Ich denke, das schaffe ich schon«, widersprach dieser. »Diese Paste, was immer das auch war, hat mir sehr geholfen. Ich wäre bereit, es zu versuchen.«
»Was meinen Sie, Mr. Simmons, sollen wir es wagen?«, meldete sich nun auch Doreen zu Wort.
»Selbst wenn es uns gelänge, unbemerkt das Lager zu verlassen, was höchstens über den Hügel möglich ist, würden uns die Eingeborenen schon nach weniger als einem halben Tag einholen. Was dann geschieht, muss ich Ihnen ja kaum erklären.«
»Verdammt, irgendetwas müssen wir doch tun können!«, rief Steward.
»Das können Sie«, antwortete Daryl und stand auf. »Bewahren Sie Ruhe, und unternehmen Sie nichts Unüberlegtes, wie beispielsweise einen Fluchtversuch. Wie gesagt, Sie kämen nicht weit, und unsere Chancen würden gegen null sinken.«
»Und das soll alles sein?«, ereiferte sich Steward.
»Nun, wenn Ihnen das nicht reicht, versuchen Sie es mit Beten. Ich persönlich halte nicht viel davon, aber wenn Sie es tun ...«

Daryl hatte sich ziemlich abrupt von den niedergeschlagenen Forschern verabschiedet, denn er wollte allein sein und nachdenken. Er schlug den Weg zum Ende des Taleinschnitts ein, ohne zu bemerken, dass ihm aus der Dunkelheit ein Augenpaar folgte.
Ungjeeburra kauerte ungesehen zwischen dem knorrigen Stamm einer Wüsteneiche und einem Emu-Busch. Zu gerne

wäre er seinem Ziehsohn Munkumbole gefolgt, hätte ihn für die Art gelobt, wie er vor dem Eingeborenenrat aufgetreten war, und ihm für den kommenden Tag Mut zugesprochen. Doch das konnte er nicht, weil Yungut Daryl in dieser Nacht aufsuchen und um Hilfe beim Kunga Tsugurpa bitten würde. Und Daryl brauchte Yunguts Stimme, denn es würde ohne Zweifel ein knapper Entscheid werden.

Aus gutem Grund durfte niemand wissen, dass sich Ungjeeburra in der Nähe des Lagers aufhielt und den Rat aus einem Versteck in sicherer Entfernung belauscht hatte. In seinem und Nyurupayias Plan gab es nämlich zwei große Unsicherheitsfaktoren. Der eine war der Rat. Oder besser: *eins* der Stammesmitglieder, die an ihm teilnahmen. Der andere waren die Weißen. Deshalb war er nach dem Ende der Verhandlung auch zu ihrem Lager geschlichen. Er wollte sichergehen, dass keiner von ihnen Daryls Bemühungen gefährdete, indem er etwas Unüberlegtes tat.

Ungjeeburra wartete in seinem Versteck, bis er Yunguts Nähe spürte. Er sah ihn nicht, erkannte aber durch die Geräusche der Insekten, dass sich ein größeres Lebewesen irgendwo nahe der Felsen in Richtung Talende bewegte. Dann pirschte Ungjeeburra sich lautlos an das Lager der Weißen an. Seine Füße tasteten dabei im Zeitlupentempo über den Boden und vermieden so, dass er auf morsches Holz und dürre Blätter trat, die ein verräterisches Geräusch hätten verursachen können.

Als er nahe genug war, um die Forscher sehen und belauschen zu können, ohne von ihnen in der Dunkelheit entdeckt zu werden, ging er in die Hocke.

»...Ich weiß nicht. Ich traue diesem Simmons einfach nicht«, drang Stewards kräftige Stimme durch die Dunkelheit. »Ich meine, wer weiß, ob der Typ wirklich Polizist ist?«

»Warum sollte er uns anlügen?« Das war Doreen Hooker.

»Keine Ahnung. Vielleicht steckt er mit den Schwarzen unter einer Decke und versucht uns nur auszuhorchen …«

»Nun mach mal einen Punkt!«, unterbrach Kathleen ihren Kommilitonen. »Er ist ebenso ein Gefangener wie wir, schon vergessen?«

»Ist er das? Er scheint mindestens zwei der Schwarzen zu kennen. Das allein ist doch schon merkwürdig.«

»Da gebe ich Steward recht«, meldete sich nun auch Martyn zu Wort.

»Da siehst du's. Selbst unser Mr. Pommy ist meiner Meinung. Ich jedenfalls verschwinde von hier.«

»Ach ja? Und was ist mit uns? Du hast Mr. Simmons gehört: Die Eingeborenen werden uns alle umbringen, wenn wir zu fliehen versuchen«, rief Kathleen aufgeregt.

»Das werden sie ohnehin«, antwortete Steward trotzig und stand auf, um seine Wasserflasche und ein Dingofell aus dem Wiltja zu holen.

»Wir alle haben Angst«, versuchte Martyn Steward zu beschwichtigen. »Deshalb müssen wir auch zusammenhalten. Einfach davonzurennen ist keine Lösung.«

»Und hier warten, bis man uns den Schädel einschlägt, ist eine? Macht, was ihr wollt – ich jedenfalls mach einen Abgang!« Entschlossen warf sich Steward das Dingofell über die Schultern, drehte sich um und stapfte davon.

Ungjeeburra erhob sich schon, um dem Studenten zu folgen und ihn aufzuhalten, als Kathleen aufsprang. Die junge Frau rannte hinter Steward her und stellte sich vor ihn.

Dieser blieb stehen. »Aus dem Weg, Zwerg«, sagte er scharf.
Ungjeeburra hielt inne. Gespannt blickte er auf die beiden im Halbdunkel stehenden Gestalten. Wenn es nicht unbedingt nötig war, wollte er nicht eingreifen.
»Hast du nicht gehört? Du sollst gehen!«, wiederholte Steward ungehalten, als Kathleen sich nicht bewegte.
Weder sagte Kathleen etwas, noch wich sie auch nur einen Millimeter zur Seite. Stattdessen blickte sie dem mehr als einen Kopf größeren Studenten unerschrocken in die Augen. Ungjeeburra war unwillkürlich beeindruckt vom Mut der jungen Frau.
»Ich zähle bis drei. Wenn du dann nicht aus dem Weg gehst, tret ich auf dich drauf, Winzling. Eins … zwei …«
»Seien Sie doch vernünftig, Steward«, flehte Mrs. Hooker. Sie war inzwischen ebenfalls aufgestanden und eilte nun auf die beiden zu. »Sie machen alles nur noch schlimmer.«
Steward wandte sich um. Ungjeeburra konnte sein Gesicht nur undeutlich sehen, glaubte aber, dass Steward unsicher mit den Augen zwinkerte.
»*Bitte!*«, sagte Doreen Hooker noch einmal eindringlich und streckte ihre Hand aus.
Als Steward sie schließlich zögernd ergriff, atmete Ungjeeburra erleichtert aus. Er war froh, Steward nicht mit Gewalt am Verlassen des Camps hindern zu müssen. Einen Moment wartete er noch, bis alle wieder zu Martyn ans Lagerfeuer zurückgekehrt waren, dann zog er sich vorsichtig in die Dunkelheit zurück.

Daryl hatte sein Dingofell unter einem Geistereukalyptusbaum ausgebreitet, Brennholz gesammelt und Feuer gemacht. Als die Flammen in die mondlose Nacht zu züngeln begannen, legte er den Feuerbohrer beiseite, setzte sich mit gekreuzten Beinen hin und lehnte den Rücken an den breiten Baumstamm.

Endlich konnte er sich in Ruhe Gedanken über seinen Auftritt vor dem Aborigine-Rat machen und darüber, was er morgen besser machen musste.

Ohne Napananka wäre es gar nicht so schlecht gelaufen, dachte er. Leider wollte dieser, dass sein Kopf und die der anderen rollten. Jedenfalls wollte Daryl versuchen, den Grund dafür herauszufinden. Vielleicht half ihm das, Napananka am nächsten Abend besser gegenüberzutreten.

Ansonsten hatte er von den Aborigines nicht viele neue Informationen erhalten. Sie hatten sich kaum zum Mord am Doc geäußert, und die heilige Höhle war ebenfalls mit keinem Wort erwähnt worden. Doch gerade das, was die Aborigines *nicht* sagten, war sehr aussagekräftig.

Sie hatten sich nicht verteidigt und nicht einmal besorgt ausgesehen, als Daryl bemerkte, die Indizien im Mordfall sprächen gegen sie. Und gerade das war in seinen Augen der Beweis, dass sie nichts mit der Ermordung des Doktors zu tun hatten. Aborigines dachten in vielen Situationen anders als Weiße. Sie sandten andere Signale aus, die Nicht-Aborigines schnell falsch interpretierten. Eine Eigenart der Eingeborenen war, dass sie sich um Dinge, die sie nichts angingen, nicht kümmerten. Hätte der »wilde Stamm« den Mord begangen, wäre ihm irgendeine Geschichte aufgetischt worden, die ihre Unschuld belegen sollte. Sicher, sie hatten die Leiche aus dem Billabong gefischt und sie im Seitencanyon begraben – das leugneten sie aber auch nicht. Wie er richtig vermutet hatte, geschah dies aus einem für die Eingeborenen wichtigen, ja bedeutenden Grund, den kein Uneingeweihter wissen durfte. Für die Aborigines reichte das als Begründung für ihr Handeln.

Daher war Daryl nun überzeugt, dass einer der vier Forscher Dr. Hookers Mörder sein musste, auch wenn es für diesen Verdacht bis jetzt noch keine handfesten Beweise gab. Er konnte Superintendent Coledale unmöglich sagen: »Mit dem Mord haben die Aborigines absolut nichts zu tun. Okay, sie haben zwar die Leiche versteckt und die restlichen Forscher entführt, aber nur, weil der Billabong ein Geheimnis birgt und daher ein heiliger Ort ist, an dem niemand sonst was zu suchen hat« – erst recht nicht, wenn er keine Eingeborenen präsentieren konnte, die das mit ihren Aussagen bezeugten, und er auch keine Vermutung hatte, wer tatsächlich der Schuldige war.

Es fiel Daryl schwer, konzentriert über alles nachzudenken. Längst ging es nicht mehr nur darum, einen Mordfall zu lösen. Es ging um sein Leben, das der vier Leute in den Wiltjas und auch um das Schicksal und die Zukunft eines ganzen Stammes. Und dann gab es da auch noch dieses viel größere Geheimnis, das die Eingeborenen ihm um keinen Preis verraten wollten und das auch Ungjeeburra ihm bisher verschwiegen hatte. Um alles zu verstehen, was am Billabong geschehen war, und warum sich die Warrigal so verhielten, wie sie es taten, brauchte Daryl Antworten auf alle Fragen. Ihm blieb aber viel zu wenig Zeit, um diese zu finden.

Das Knacken eines Zweiges links neben ihm riss ihn aus den Gedanken. Über sein Gesicht huschte ein Lächeln.
»Ich habe dich schon erwartet. Komm, setz dich zu mir, Yungut.«
Der junge Pintubi trat aus dem Dunkel in den Schein des Feuers. In seinen Händen trug er einen Bumerang und ein Schwirrholz.
»Woher ...?«
»... ich wusste, dass du es bist?«, unterbrach ihn Daryl. »Unwichtig.«
Da der Kontakt zu den Gefangenen den Eingeborenen immer noch untersagt war, ging Yungut ein erhebliches Risiko ein, indem er das Lager verließ und sich hier mit Daryl traf. Doch in Anbetracht der Umstände und wenn man ihn nicht gleich auf frischer Tat ertappte, würde man ihm diesen Regelverstoß vermutlich durchgehen lassen.
Yungut warf einen prüfenden Blick aus dem Tal in Richtung der Lager. Bis auf das gelegentliche Aufflackern der weit entfernten Lagerfeuer war nichts zu erkennen. Das schien ihn zu beruhigen, so dass er sich schließlich setzte.
»Du bist wegen dem Kunga Tsugurpa gekommen«, stellte Daryl fest.
Yungut nickte. »Dann hat dir Ungjeeburra also schon von meinem Problem erzählt.«
»Könnte man so sagen. So, wie du Mitjili anschaust, ist es allerdings auch nicht schwer zu erraten, was dich bedrückt.«
Der Aborigine senkte die Augen. »Würde mein Herz nicht selber vor Verlangen bluten, könnte ich wohl nicht verstehen, warum sich ein alter Mann wie Ungjeeburra lieber mit

Nyurupayia vergnügt, anstatt seinem Bruder zu helfen, die Frau zu bekommen, die er liebt.«

Daryl lächelte verständnisvoll. »Eines Tages, wenn du und Mitjili alt seid und ihr euch aus dem Lager schleichen wollt, weil ihr wieder einmal allein sein möchtet, wirst du dich bestimmt an diesen Tag erinnern.«

Yungut zuckte mit den Schultern. »Vielleicht … Doch so weit ist es noch nicht.«

»Richtig. Also, lass uns anfangen. Wie ich sehe, hast du alles mitgebracht, was wir brauchen …«

Das Kunga Tsugurpa begann damit, dass Daryl die immer gleichen sechs heiligen Strophen sang. Dazu schlug er die beiden Hölzer seines Feuerbohrers im Rhythmus, die anstelle der traditionellen Musikhölzer den Gesang unterstützen mussten.

Daryl hatte das Ritual des »Frauenträumens« von Ungjeeburra gelernt. Er hatte es nur für Michelle angewandt, zusammen mit seinem Lehrmeister. Sie war zur Hälfte eine Pintubi gewesen. Deshalb und weil es für Daryl eine Frage des Respekts und der Wahrung althergebrachter Sitten gewesen war, hatte er in traditioneller Weise um sie geworben. Er und Michelle kannten sich zwar schon eine Weile, und er war eigentlich davon überzeugt gewesen, dass sie auch so zusammengefunden hätten. Monate später, als sie schon ein Paar waren, erzählte ihm Michelle jedoch, dass sie, unmittelbar bevor sie zum ersten Mal miteinander schliefen, drei Nächte hintereinander von ihm geträumt hatte. Damals verstand Daryl endgültig, dass die alten

Rituale und Zauberformeln noch immer wirkten, wenn man an sie glaubte.
Als er nach einer Weile sicher war, dass sein Schüler sich alle Strophen eingeprägt hatte, gab er Yungut ein Zeichen. Nun begann dieser, mit ihm zu singen und dazu mit der Arindelba, dem Schwirrholz, auf dem Bumerang den Takt zu schlagen.
Bis in die frühen Morgenstunden sangen und spielten sie sich in eine Art Trance, die manche Stämme noch durch das Kauen von Mingulpa vertieften. In ihrem Fall mussten Daryl und Yungut aber auf die Blätter der stark halluzinogenen Wüstenpflanze verzichten und die Gunst der Geister, ohne die sie das Ritual unmöglich durchführen konnten, auf andere Weise gewinnen.
Beim ersten Morgengrauen unterbrach Daryl jäh den Gesang und wandte sich Yungut zu. Unter seiner Anleitung musste der junge Mann geheime Symbole in den Sand malen.
»Diese Zeichen dienen dazu, die Verbindung zwischen der Welt der Geister, deiner Auserwählten und dir selbst herzustellen«, erklärte Daryl. »Und nun steh auf, schwing deine Arindelba dreimal um den Kopf und schicke den Geistern deine Gedanken, damit sie wissen, warum du Mitjili verdient hast.«
Wenn das Kunga Tsugurpa geklappt hatte, dann wachte Mitjili in diesem Augenblick auf und fühlte, dass sie jemand »geträumt« hatte.
»Morgen wiederholst du dieses Ritual. Doch du darfst es diesmal nur mit zwei Schwirrholzschwüngen beenden«, wies Daryl Yungut an. »Mitjili wird in dieser Nacht träu-

men, dass ein Mann zu ihr kommt und sie berührt. Dieses Mal wird sie dich erkennen und wissen, dass du sie umwirbst. Aber sie wird es niemandem erzählen.«

Yungut wollte etwas sagen, aber Daryl hob die Hand. »Moment, hör mir erst genau zu. Denn wenn du einen Fehler machst, wirst du Mitjili nicht bekommen, und die Geister werden zornig sein und dich bestrafen, weil du um ihre Hilfe ersucht hast, dann aber nicht die Gesetze befolgst. Hast du das verstanden?«

Yungut nickte unsicher.

»Gut. Also: Die dritte und letzte Nacht verläuft wie die beiden zuvor. Das Arindelba wirst du zum Abschluss aber nur noch einmal schwingen. Damit ist das Kunga Tsugurpa beendet. Wenn dann die Sonne aufgeht, gehst du an Mitjilis Lager vorbei. Hast du alles richtig gemacht, wird sie sich wie in Trance erheben und dir folgen, und ihr könnt für einige Tage allein sein, ohne dass euch jemand sucht oder stört.«

Yungut Ngala, der selbstbewusste, mutige junge Pintubi, machte auf einmal einen verängstigten Eindruck. Das war gut, fand Daryl. Es zeigte, dass er seine Sache richtig gemacht und der Aborigine den gebührenden Respekt vor dem Ritual hatte.

»Ich habe gehofft, dass du mich während der ganzen Zeremonie unterstützt«, sagte Yungut mit besorgter Miene.

»Normalerweise wäre das auch so. Aber du weißt, heute Abend tritt wieder der Eingeborenenrat zusammen. Und ich fürchte, Napananka wird alles daransetzen, dass ich und die anderen getötet werden.«

Daryl war erstaunt, wie ruhig ihm das über die Lippen gegangen war. In ihm sah es nämlich ganz anders aus. Er hatte Angst, *große* Angst. Ungjeeburra hatte recht: Die Tage in der Wüste hatten ihn verändert. Er konnte Michelle zwar nicht vergessen, aber er wollte auch nicht weiter diesen toten, schwarzen Fleck in seinem Herzen spüren, der oft so schwer und erdrückend war, dass er ihn zu ersticken drohte. Er wollte diesen dunklen Ort wieder mit Licht und Leben füllen – und irgendwann vielleicht auch wieder mit Liebe. Zum Glück gelang es Daryl, seine Gefühle vor Yungut zu verbergen. Daryls Zweifel mitzuerleben, hätte den jungen Mann nur noch mehr aufgewühlt und verunsichert.

»Napananka will nur das Beste für den Stamm«, versuchte der Pintubi zu erklären. »Doch manchmal trübt die Vergangenheit seine Urteilskraft.«

»Weil ihm in der Vergangenheit schweres Leid zugefügt wurde«, mutmaßte Daryl.

Yungut nickte. »Es ist lange her. Napananka war damals noch ein kleines Kind …«

Der verhängnisvolle Tag lag über sechzig Jahre zurück. Napanankas Clan war damals in seinem angestammten Land unterwegs gewesen, das inzwischen zu einer Farm gehörte. Das hatte die Walbiri zunächst wenig gekümmert. Als aber die Kängurus immer weniger wurden, weil die Farmer sie abschossen, damit ihre Rinder genug zu fressen hatten, begann der Walbiri-Clan damit, die Tiere der Weißen zu töten, um ihren Hunger zu stillen. Nach einer dieser Jagden saßen Männer, Frauen und Kinder beisammen und verspeisten gerade eines der Tiere, als vier Stockmen angeritten kamen. Die Männer beschimpften und bedrohten die Gruppe, worauf drei Eingeborene zu ihren Speeren griffen

und sich erhoben. Die Stockmen eröffneten sofort das Feuer. Sie schossen wild in die Menge, dabei töteten sie die drei Walbiri-Männer und eine junge Frau.
»Doch die Gewehre der Weißen töteten nicht nur, sie verstümmelten auch. Napananka, noch ein Baby, verlor seinen Arm, Wochen später starb unter unsäglichen Qualen auch seine Mutter.«
Daryl sah tief betroffen zu Yungut auf. Er wusste, Massaker wie dieses hatte es früher oft gegeben, und meist waren sie ohne große Konsequenzen geblieben. Sie waren einer der Gründe, weshalb die Eingeborenen den Weißen noch immer misstrauten.
»Danke, dass du es mir gesagt hast. Ich weiß nun, dass es Napanankas Schmerz ist, der ihn so fühlen lässt. Doch nun wird es höchste Zeit. Es wird schon hell, du musst zurück in euer Lager.«
Yungut nickte. Er drehte sich um, zögerte dann aber und wandte sich noch einmal Daryl zu. »Wie ist es, ein weißer Pintubi zu sein?«
Daryl lächelte bitter. »Als wenn man versuchen würde, auf zwei Pfaden gleichzeitig zu gehen …«

23

Das Kunga Tsugurpa hatte Daryl so erschöpft, dass er sich auf dem Dingofell zusammenrollte und trotz des anbrechenden Tages sofort einschlief.

Es war kein erholsamer Schlaf, denn er wurde von Alpträumen geplagt. Dabei spielte der Billabong eine zentrale Rolle. Einmal befand er sich am Ende des Canyons vor den Tierfelsen. Dahinter fielen Schüsse, es ertönten Schreie, und Daryl sah Pulverdampf aufsteigen. Er versuchte, zum Ort des Geschehens vorzudringen, doch als er sich dem Felsen näherte, verwandelte sich der Schlangenfelsen in Goonnear, die Pythonschlange. Mit rot glühenden Augen und wütendem Zischen versperrte sie ihm den Weg.

In einem anderen Traum befand Daryl sich in der Höhle über dem Billabong und betrachtete die Kampfszene an der Höhlenwand, als die Wandmalereien plötzlich plastische Formen annahmen. Erneut hörte er vom Billabong Schüsse und Schreie, gleichzeitig lösten sich die Figuren der Krieger von den Wänden und schwebten um ihn herum zum Höhlenausgang. Daryl wollte ihnen folgen, doch diesmal versperrte ihm Warrew, das Urwallaby, den Weg.

Auf einmal berührte eine Hand seine Schulter und schüttelte ihn vorsichtig wach. Daryl blinzelte ein paar Mal erschrocken, dann richtete er sich verschlafen auf. Er war schweißnass, sein Herz klopfte wild. Neben ihm kniete Martyn. Er sah ihn mit besorgtem Blick an.

»Es ist schon eine Weile hell, und Sie lagen immer noch da wie … nun ja, wie ein Toter«, meinte er. »Da dachte ich, ich schau mal nach. Geht es Ihnen gut?«

»Ich fühle mich blendend«, erwiderte Daryl. Tatsächlich kam er sich vor, als hätte er eben einen Abstecher in die Hölle hinter sich.

»Ehrlich gesagt sehen Sie nicht gerade gut aus«, meinte der Student skeptisch.

»Ob Sie's glauben oder nicht, ich habe eine ziemlich anstrengende Nacht hinter mir. – Wie geht es Ihnen?«

»Gesundheitlich ganz gut.«

»Und den anderen?«

Martyn verzog das Gesicht. »Geht so. Sie haben eine Heidenangst, und ich ehrlich gesagt auch.«

»Verständlich.« Daryl lächelte aufmunternd. »Wird schon schiefgehen.«

Martyn kratzte sich hinter dem Ohr.

»Gibt es sonst noch was, das Sie bedrückt?«, fragte Daryl. Er hatte das Gefühl, dass der Student noch etwas loswerden wollte.

»Nun ja, ich habe die letzten Tage intensiv über alles nachgedacht. Ich meine, auch über Ihr Gespräch mit Steward am Lagerfeuer, von dem ich, ohne es zu wollen, eine ganze Menge mitbekam.«

Daryl war auf einen Schlag hellwach. »Okay …«, meinte er ruhig.

»Also, der Giftanschlag auf Janice Clayton – womöglich war das wirklich kein Zufall. Das Gleiche denke ich auch über den Mord an Dr. Hooker. Beides könnte miteinander in Verbindung stehen, was bedeuten würde, dass die Eingeborenen nichts mit der Sache zu tun haben. Wenn sie es täten, hätten sie uns bestimmt nicht erst entführt, sondern wohl bereits am Billabong umgebracht. Allerdings würde mich wirklich interessieren, warum die uns überhaupt mitgenommen haben und uns nun möglicherweise doch töten.«

Daryl wusste auf diese Frage mehrere mögliche Antworten. Einen Grund für die Verschleppung kannte er inzwischen, einen weiteren ahnte er. Er dachte aber nicht im Entferntesten daran, das Geheimnis des »Wilden Stammes« einem der Gruppe oder – falls sie überhaupt heil hier herauskamen – der Polizei zu verraten.

»Erzählen Sie bitte weiter, Martyn«, forderte er den Studenten daher auf.

»Ich denke, Sie sollten Steward etwas genauer unter die Lupe nehmen. Er hat ziemliches Interesse an Mrs. Hooker.«

»Das macht ihn nicht zwangsläufig verdächtig«, warf Daryl ein.

»Das allein vielleicht noch nicht. Aber letzte Nacht, da wollte er abhauen, allein. Es kümmerte ihn einen Dreck, was dann mit uns geschehen wäre.«

»Zugegeben, kein sehr edles Verhalten.«

»Nicht nur das. Er hat was zu verbergen. Und er ist aufbrausend. Letztes Jahr zum Beispiel flog er fast von der Uni, weil ...«

»Die Geschichte kenne ich schon«, unterbrach Daryl ihn.

»Wissen Sie auch, dass Steward Mrs. Hooker zunächst in anonymen Briefen und dann, kurz vor der Reise, persönlich seine Liebe gestand?«

»So was in der Art habe ich gehört. Allerdings frage ich mich, woher *Sie* das wissen.«

Martyn räusperte sich verlegen. »Mrs. Hooker hat es mir gesagt«, antwortete er leise.
»Interessant. Und wie kam's dazu?«

Martyn berichtete, wie Doreen ihn nach einer Vorlesung unter einem Vorwand gebeten hatte, noch einen Moment zu bleiben. Dann sagte sie ihm, dass sie ihn für einen äußerst reifen und besonnenen Studenten hielt, auf dessen Verschwiegenheit sie sicher zählen könne.
»Ich fühlte mich geschmeichelt, was ich auch zugab. Eigentlich brauchte sie einfach nur einen Freund zum Reden. Jedenfalls erzählte sie mir von Stewards Avancen und wollte meinen Rat.«
»Sie bat also einen Studenten um Hilfe?«, fragte Daryl ungläubig. »Warum ging sie nicht zu ihrem Mann?«
»Weil der nicht viel Verständnis für die Sache gehabt hätte. Er hatte ja selber ein Verhältnis mit einer Studentin und …«
»Moment«, unterbrach Daryl. »Hat Mrs. Hooker Ihnen das erzählt?«
Martyn blinzelte nervös. »Nun ja, nicht so direkt. Aber aus dem, was sie sagte, kam ich zu diesem Schluss.«
»Okay, weiter.«
»Mrs. Hooker sagte, ihr Mann würde wohl dafür sorgen, dass Steward endgültig von der Universität flog, wenn er davon erführe. Und das wollte sie nicht.«
»Weshalb?«
»Das habe ich sie auch gefragt. Sie meinte, Steward sei zwar aufbrausend und benähme sich mitunter ziemlich unreif,

was aber nur daran läge, dass er aus schwierigen Verhältnissen käme. Doch er sei nicht dumm und könne es zu etwas bringen. Wenn Steward allerdings von der Uni flöge, würde er wahrscheinlich eher auf die schiefe Bahn geraten.«
»Und was genau erwartete Mrs. Hooker von Ihnen?«
»Wie ich schon sagte, einen Rat. Sie wollte wissen, wie sie Steward, ohne ihn zu verletzen, beibringen konnte, dass er das Ganze besser vergessen sollte.«
»Und Sie sind sich wirklich sicher, dass Doreen Hooker kein Verhältnis mit Steward hatte?«, fragte Daryl.
Martyn schüttelte energisch den Kopf. »Nicht Mrs. Hooker. Beim Doc war das was anderes. Mrs. Hooker duldete zwar die Eskapaden ihres Mannes, begeistert war sie davon allerdings nicht.«
»Janice Clayton hat kurz vor Ihrer Abreise aber beobachtet, wie Mrs. Hooker nach der letzten Vorlesung vor den Semesterferien eine Kusshand auf Stewards Lippen gelegt hat und ihm dann zärtlich über die Wange strich«, erwähnte Daryl beiläufig.
»Ach, das«, winkte Martyn sofort ab. »Das hat Janice sicher missverstanden. Mrs. Hooker hatte Steward an diesem Tag erklärt, dass sie seine Avancen zwar schmeichelhaft findet, mehr aber auch nicht. Und sollte er das nicht akzeptieren können, wäre es besser, wenn er nicht mit auf die Forschungsreise käme. Mrs. Hooker erzählte mir später, Steward hätte Tränen in den Augen gehabt, weshalb sie ihn auf diese Weise beruhigen wollte.«
Diese Erklärung fand Daryl wenig überzeugend, doch er wollte Martyns plötzliche Redseligkeit keinesfalls unterbrechen.

»Gestern erinnerte ich mich an etwas, das Steward zu mir sagte, als wir einen Teil der Ausrüstung zum Billabong gebracht hatten. Er fand, dass der Doc eine Frau wie Mrs. Hooker gar nicht verdient hätte. Am nächsten Morgen stand er dann als Letzter auf. Er war irgendwie erschöpft, was übrigens nicht nur mir auffiel.«

Daryl nickte. »Sie glauben also, Steward war in der Nacht beim Billabong und hat den Doc ermordet.«

»Nun, es wäre immerhin möglich.«

»Und warum sollte er Miss Clayton vergiftet haben?«

Martyn runzelte die Stirn. »Ich vermute, dass Janice die Studentin war, mit der Dr. Hooker ein Verhältnis hatte. Wenn nun Steward plante, den Doc umzubringen, wäre es gut möglich, dass er Janice für alle Fälle erst einmal aus dem Weg haben wollte.«

»Okay«, meinte Daryl. Er rutschte mit dem Rücken an den Baumstamm und lehnte sich daran. »Ist das alles?«

»J… ja«, antwortete Martyn etwas konsterniert. »Eigentlich finde ich, das ist schon eine ganze Menge.«

Es *war* eine Menge, und einige Informationen waren neu. Letztendlich aber waren sie, wie alles, was Daryl bisher gehört hatte, nur Indizien und keine Beweise. Daryl hob einen kleinen Zweig auf, an dem noch ein paar Eukalyptusblätter hingen. Mit ihm verscheuchte er die schon wieder zahlreichen Fliegen aus seinem Gesicht.

»Ich werde darüber nachdenken, das versichere ich Ihnen«, sagte er und schloss die Augen. »Doch nun würde ich gerne noch etwas dösen. Und danach mache ich mir Gedanken, wie ich heute Abend unsere Köpfe aus der Schlinge ziehe.«

24

Eine Weile sprangen Daryls Gedanken ziellos zwischen den Erlebnissen in der Wüste, dem Mord an Dr. Hooker, seinem bisherigen Leben und dem Geheimnis des Warrigal-Stammes hin und her. Manchmal versuchte er, eines der Bilder festzuhalten, doch es war, als wollte sein Verstand nicht, dass seine Gedanken lange an ein und demselben Ort verweilten. Stattdessen wurde er immer müder, bis er schließlich wieder einschlief.

Erneut träumte er vom Billabong, hörte Kampfgeschrei und Schüsse. Doch auch in diesem Traum gelang es ihm nicht, bis zur Wasserstelle vorzudringen und zu sehen, was dort vor sich ging. Diesmal versperrten ihm jedoch keine Traumzeitwesen den Weg, sondern Eingeborene. Sie schwangen traditionelle Waffen, die vor Blut trieften und die sandige Erde und ihre Körper rot färbten. Dabei stießen die Männer heisere Laute aus, die immer ohrenbetäubender und bedrohlicher wurden, bis Daryl schließlich auf einen Schlag aufwachte.

Dieser Traum hatte ihm die Augen geöffnet. Er glaubte nun zu wissen, wie er sich am Abend zu verhalten hatte. Und er war nun auch sicher, das wahre Geheimnis des Billabongs musste mit dem Kampf zusammenhängen, der dort vor langer Zeit stattfand. Daryl hatte die Gesichter der Weißen zwar nicht sehen können. Dafür hatte er gehört, wie zwei der Männer den Namen eines ihrer Gefährten geschrien hatten, als der Kampf begann. Er wusste nun, wer dort sein Leben gelassen hatte. Und endlich verstand er auch die große Angst der Eingeborenen, dieses Geheimnis könnte gelüftet werden. Ob sein Wissen um die Ereignisse allerdings ausreichte, dass man sie freiließ, würde sich erst noch zeigen.

Den Rest des Tages saß Daryl wie ein meditierender Mönch im Schneidersitz unter dem Geistereukalyptus. Doreen und die Studenten warfen ihm gelegentlich neugierige Blicke zu, doch bis zum Abend traute sich keiner in seine Nähe.

Nachdem Mitjili ihnen das Essen gebracht hatte und Daryl noch immer keine Anstalten machte, zu ihnen herüberzukommen, erhob sich Doreen und ging zu ihm.

»Wollen Sie nichts essen?«, fragte sie vorsichtig und fügte dann mit einem schiefen Lächeln hinzu: »Heute gibt es Ihre Leibspeise: geröstete Maden.«

»Danke, aber ich habe keinen Hunger.«

»Es geht mich ja nichts an, aber ich finde, Sie sollten etwas essen. Steward und Martyn rühren die Dinger ohnehin nicht an. Und Kathleen und ich reißen uns offen gestanden auch nicht darum.«

»Martyn hat mir von Ihnen und Steward erzählt«, sagte Daryl, ohne auf Doreen einzugehen.

Sie sah den Detective durchdringend an. »Dann wissen Sie ja Bescheid«, erwiderte sie knapp.

»Nicht ganz. Warum haben Sie mir nichts davon erzählt?«

Doreen zuckte mit den Schultern. »Was hätte das geändert?«

»Wir wissen noch immer nicht, wer Ihren Mann ermordet hat. Also ist jeder Hinweis wichtig.«

Sie betrachtete Daryl mit einer Mischung aus Neugier und Verwunderung. »Ich dachte, Sie hielten die Eingeborenen für die Schuldigen.«
»Das habe ich nie gesagt«, widersprach Daryl bestimmt. »Inzwischen bin ich mir sogar sicher, dass einer von Ihnen den Mord begangen hat.«
Doreens Augen weiteten sich. »Mein Gott ... Und ich dachte die ganze Zeit, dass die Eingeborenen ... Warum, um Himmels willen, sollte das einer von uns tun? Das ist doch verrückt! Ich kann mir das einfach nicht vorstellen.«
Daryl war nicht davon überzeugt, dass dieser Gefühlsausbruch zu hundert Prozent echt war, deshalb hakte er sofort nach. »Wirklich nicht? Ihr Mann hatte ein Verhältnis mit einer Studentin, die zu allem Überfluss auch noch mit auf die Studienreise kommen sollte und der dann jemand Gift verabreichte. Und als wäre das nicht genug, ist da auch noch Steward, der Ihnen den Hof macht und der, wenn man Martyn und Kathleen Glauben schenkt, durchaus in der Lage wäre, aus Eifersucht einen Mord zu begehen. Also, ich hätte mir da schon so meine Gedanken gemacht.«
Doreen stand mit zusammengekniffenen Lippen vor Daryl und schien durch ihn hindurchzusehen. Dabei kämpfte sie gegen die Tränen an, indem sie immer wieder leer schluckte. Als sie sich wieder einigermaßen im Griff hatte, sagte sie mit erstaunlich fester Stimme: »Sie haben recht. Vermutlich habe ich es einfach verdrängt.«
Möglich, dachte Daryl. Jeder ging mit Stress anders um. Doreen Hooker schien bisher ihre Fassung bewahrt und alles nicht zu nahe an sich herangelassen zu haben, während Martyn der ungewöhnlichen Situation mit Stärke und

Besonnenheit entgegengetreten war. Auch Kathleen hatte sich gut gehalten. Steward dagegen reagierte mit Zynismus, Egoismus und Wut. Doch machte das alle anderen deshalb automatisch unverdächtig?

»Ich weiß, diese Frage ist jetzt etwas indiskret. Aber haben Sie und Ihr Mann über seine Affären geredet?«, fragte Daryl.

»Früher haben wir das, doch mit den Jahren dann nicht mehr. Sehen Sie, John war vielleicht nicht treu, aber er war trotzdem ein guter Ehemann. Uns verbanden andere Dinge, und die waren stärker. Er brauchte das eben, und ich gewährte ihm diesen Freiraum, auch wenn es mir mitunter wehtat.«

»Zum Beispiel, wenn er sich mit einer Studentin einließ«, mutmaßte Daryl.

»Das ist richtig.«

»Sagen Sie, was denken Sie eigentlich über Kathleen?«, wechselte er das Thema.

»Kathleen? Nun, soweit ich das beurteilen kann, ist sie eine ehrliche, unkomplizierte Person. Weshalb fragen Sie?«

»Weil es Anzeichen gibt, dass sie eifersüchtig auf Janice Clayton war und auch ein Auge auf Ihren Mann geworfen hatte.«

»Du meine Güte, Sie glauben doch nicht, dass Kathleen meinen Mann umgebracht hat?«

»Sagen wir es mal so: Gelegenheit, um in der Nacht zum Billabong zu schleichen und Ihren Mann zu ermorden, hatte jeder von Ihnen. Beim Motiv wird es da schon schwieriger. Menschen morden aus den unterschiedlichsten Gründen. Einige für ein paar Dollar, andere nicht mal für ein paar Millionen.« Er stand auf. »Was ich damit sagen will, ist Folgendes: Ein Mordmotiv ist noch lange kein Schuldbeweis. Man muss die Menschen, die für ein Verbrechen in Frage kommen, erst besser kennen. Dann erkennt man die wahren Motive. Dies braucht allerdings Zeit.« Er lächelte die Biologin freundlich an. »So. Und nun habe ich doch noch Appetit bekommen. Kommen Sie, gehen wir rüber zu den anderen.«

Doreen schaute ihm einen Moment ratlos nach, dann folgte sie ihm. Sie hatten die Wiltjas gerade erreicht, als Yungut Ngala an ihr Lager trat. Kathleen, Steward und Martyn erhoben sich und schauten mit ernstem Blick zwischen Daryl und dem Aborigine hin und her.

»Das Essen fällt nun wohl doch aus«, versuchte Daryl die angespannte Atmosphäre aufzulockern.

»Keine Angst, diese ekligen Dinger sind bestimmt noch da, wenn Sie zurückkommen, sofern sie nicht von selber davonkriechen«, meinte Steward ironisch. »Sie kommen doch zurück, oder?«

Wie schon am Vortag begann Daryl seine Kleider abzulegen. »Sicher. Es könnte jedoch länger dauern als gestern. Also machen Sie sich keine Sorgen. Versuchen Sie stattdessen, etwas zu schlafen. Denn wenn alles gutgeht, könnte es sein, dass wir uns schon morgen auf den Rückweg machen.«

»... oder unsere Köpfe rollen«, ergänzte Steward.

»Verdammt, Steward, halt endlich deine Klappe!«, fauchte Kathleen ihn an.

»So unrecht hat er nicht«, meldete sich nun auch Martyn zu Wort. »Aber wünschen wir dem Detective stattdessen lieber viel Glück.«

Daryl nickte. Dann folgte er dem Eingeborenen. Der junge Aborigine machte auf ihn einen bedrückten Eindruck. »Ich hoffe, dein finsterer Gesichtsausdruck bedeutet nicht, dass der Rat schon eine Entscheidung getroffen hat?«
»Nein, das hat er nicht.«
»Was ist dann los?«
Yungut zögerte. »Ich weiß einfach nicht, wie ich das Kunga Tsugurpa ohne dich erfolgreich zu Ende führen soll.«
»Da mach dir mal keine Sorgen«, versuchte Daryl den jungen Mann zu beruhigen. »Das wird schon klappen.«
»Da bin ich mir nicht so sicher. Ich habe gehört, dass Tjungurrayi gestern mit Napananka zusammen das ›Frauenträumen-Ritual‹ der Walbiri durchführte. Wenn sie nun mehr Erfolg haben als wir?«
»Das werden sie nicht, vertraue mir.« Daryl sagte das nicht, weil er von seinen Künsten als Kunga-Tsugurpa-Lehrer überzeugt war. Vielmehr war für ihn unübersehbar, von wem Mitjili »geträumt« werden wollte. Und das war mindestens ebenso hilfreich wie das Kunga Tsugurpa selbst.

Alles war wie am Vorabend. Daryl setzte sich wieder zwischen die beiden Feuerstellen, die dezent in der Dunkelheit leuchteten und den Versammlungsplatz einmal mehr in ein feierliches Licht hüllten. Geduldig ließ er die prüfenden Blicke der Männer über sich ergehen und wartete, bis endlich einer von ihnen die Versammlung eröffnete.
Napangarti beugte sich schließlich leicht vor und sah Daryl fest in die Augen. »Wir alle hatten Zeit, uns nochmals Gedanken über euer Schicksal zu machen. Die Frauen haben

sich bereits entschieden. Sie sagen, die Weißen müssen sterben. Du jedoch darfst leben, aber nur, wenn du schwörst, unser Geheimnis für alle Zeit zu wahren. Wenn wir aber Zweifel haben, ob du dies tust, sollst auch du mit den anderen sterben. Da der Billabong ein heiliger Ort der Männer ist, über den die Frauen nur wenig wissen, können sie nicht mit der gleichen Objektivität urteilen wie wir. Deshalb hatten sie nur eine gemeinsame Stimme. Bevor nun also auch jeder von uns seine Stimme abgibt, wollen wir dich anhören. Sag uns, was du denkst, und wir werden es in unsere Entscheidung mit einbeziehen.«

»Zunächst einmal: Ich wäre kein Pintubi, wenn ich mein Leben auf Kosten der anderen retten würde«, begann Daryl. »Entweder ihr lasst uns alle frei, oder ihr tötet auch mich.«

Einige Eingeborene nickte kaum merklich. Das war ein Anfang, dachte Daryl. Er hatte ihnen damit bewiesen, dass er den Stolz und Mut eines richtigen Aborigines hatte.

»Ich bin mir zudem sicher, dass ihr kein Risiko eingeht, wenn ihr uns gehen lasst«, fuhr er fort. »Wie ich schon gestern sagte: Die Forscher kennen das Geheimnis der Warrigal nicht. Außerdem habe ich mir überlegt, was ich sagen werde, um euer Verhalten zu erklären. Vielleicht wird man einige von euch zur Sache befragen wollen, doch das wird sich als unmöglich erweisen, weil man euch in den Communitys, aus denen ihr angeblich kommt, nicht finden wird – und ich mich plötzlich nicht mehr so recht an eure Gesichter erinnern kann.«

»Die Polizei wird uns trotzdem jagen, schließlich haben wir diese Leute entführt«, warf Tjungurrayi ein.

»Wenn ihr uns freilasst, garantiere ich euch, dass keiner der vier euch anzeigen wird. Und ohne Anzeige keine Verfolgung. Ihr seid nicht die Mörder des Doktors, das weiß ich inzwischen. Deshalb wird auch niemand großes Interesse an euch haben.«

»Als ob das die Wundas, die weißen Teufel, davon abhalten würde, uns für all das hier zu bestrafen«, rief der einarmige Napananka aufgebracht dazwischen.

Daryl antwortete bewusst nicht darauf. Stattdessen setzte er ein ironisches Lächeln auf. Die Eingeborenen sahen darin nicht wie Weiße eine Provokation oder Respektlosigkeit. Vielmehr vermuteten sie hinter seinem Verhalten eine höhere Sicht der Dinge, und das machte sie neugierig.

Napanankas Augen blitzten vor Erregung, doch es war Jakamarra, der Daryl mit einem Nicken bat weiterzusprechen.

»Mir scheint, Napanankas Wut über die Ungerechtigkeit, die ihm und seiner Sippe einst angetan wurde, ist in Verbitterung umgeschlagen. Ich weiß, früher wurden schreckliche Verbrechen an den Eingeborenen begangen, doch diese Zeiten sind vorbei. Will Napananka wirklich die richtigen Entscheidungen für den Stamm treffen, dann sollte er das berücksichtigen.«

Wären sie allein gewesen, hätte Napananka Daryl wohl auf der Stelle mit seinem Jagdbumerang den Schädel gespalten. Wollte er aber den Respekt der Jüngeren und sein Gesicht als einer der Stammesältesten nicht verlieren, musste er ruhig bleiben. Napananka machte das Einzige, was ein Eingeborener in dieser Situation tun konnte: Er schnaubte verächtlich.

»Die alten Gesetze verlangen, dass ein Vergehen angemessen bestraft wird«, fuhr Daryl fort. »Bei den Aborigines ist es allein Sache der direkt Betroffenen, die Strafe zu vollstrecken. Bei den Weißen ist das aber ein wenig anders. Es gibt dafür Leute wie mich. Wenn ihr uns alle tötet, begeht ihr eine Ungerechtigkeit, denn unser Tod ist nicht notwendig, um euer Geheimnis zu wahren. Außerdem verhindert ihr, dass ich meine Aufgabe zu Ende führen kann.«

»Pah«, spuckte der Einarmige die Worte wütend heraus, »auch heute höre ich nichts als leeres Geschwätz von dir. Wenn das alles ist, womit du uns überzeugen willst, wird keiner von uns für dich stimmen.«

Wieder setzte Daryl sein ironisches Lächeln auf. Diesmal wartete er aber nicht, bis man ihn aufforderte weiterzureden, sondern sagte ganz ruhig: »Letzte Nacht hatte ich einen Traum ...«

Er erzählte von dem Kriegsgeschrei und den Schüssen, von Warrew, Goonnear und den Walbiri-Männern, die ihm den Zutritt zum Billabong verwehrten, und von den fliegenden Kriegern in der Höhle. Dass er den Höhlengang tatsächlich entdeckt und als uneingeweihter »Eingeborener« sogar betreten hatte, verschwieg er wohlweislich, da dies seinen sicheren Tod bedeutete.

Als er schließlich geendet hatte, sah er die Aborigines der Reihe nach an. Ihre Gesichter drückten die unterschiedlichsten Empfindungen aus. Staunen, Ehrfurcht, Überraschung, aber auch Angst und Sorge.

»Ihr, die Warrigal, hütet ein schreckliches Geheimnis, das weiß ich nun. Und ich glaube, die Namen der Weißen zu kennen, die damals starben ...«

»Schweig!«, fielen ihm Napananka und Jakamarra gleichzeitig ins Wort.

»Es bringt großes Unglück, ihre Namen zu nennen«, sprach Jakamarra weiter. Er blickte fragend in die Runde. »Aber die Lage hat sich verändert. Die Geister der Ahnen haben mit Munkumbole Kontakt aufgenommen«, sagte er in bedeutsamem Ton und erntete dafür zustimmende *»Jowa«*-Rufe. »Vielleicht wollen sie, dass wir ihm alles erzählen.«

»Wenn die Geisterwesen das gewollt hätten, warum haben sie es ihm dann nicht in seinen Träumen offenbart?«, wandte Napananka ein. »Noch nie hat ein Weißer dieses Geheimnis erfahren. Ich glaube, die Geister wollen uns warnen. Munkumbole weiß zu viel.«

Auch Napananka erhielt Zuspruch, und das nicht zu knapp. Daryl fürchtete, die Stimmung würde endgültig kippen, wenn der Einarmige die anderen Eingeborenen weiter aufstachelte. Er musste etwas sagen, auch wenn man ihm noch nicht wieder erlaubt hatte zu sprechen.

In diesem Augenblick erhob sich Yungut Ngala. Das Gemurmel der eifrig diskutierenden Eingeborenen verstummte schlagartig. Yungut ging um eine Feuerstelle herum und trat hinter Daryl.

»Munkumbole lehrt mich das Kunga Tsugurpa, und ich vertraue ihm. Er wusste nicht, ob er heute sterben würde, aber er half mir trotzdem.« Der junge Aborigine machte eine kurze Pause. Dabei schaute er eindringlich in die Augen seiner Gefährten. »Munkumboles Herz ist das eines Pintubi. Wenn ihr beschließt, ihn zu töten, dann mache ich von meinem Recht Gebrauch und gebe mein Leben für das seine.« Entschlossen setzte er sich hinter Daryl auf die Erde.

Daryls Magen verkrampfte sich augenblicklich zu einem festen Knoten. Er wollte widersprechen, doch sein Verstand befahl ihm zu schweigen. Yungut, der so jung war, der kurz davor stand, das Mädchen seines Herzens zu heiraten, wollte sich für ihn opfern – und er konnte nichts dagegen tun.

Wenn er ablehnte, würde Yungut ein Geächteter sein, sein Leben die reinste Hölle. Früher hatte ein solcher Mann lieber seinen Clan verlassen, um fortan allein durch die Wüste zu ziehen, auch wenn seine Überlebenschancen dadurch drastisch schrumpften. Doch würde das Volk der Warrigal Yungut überhaupt ziehen lassen, wenn man glaubte, ihm nicht mehr trauen zu können?

Sekundenlang hörte man nur das Knistern des Feuers. Als Erster fand schließlich Napangati seine Fassung wieder. Mit ernstem Gesicht warf er ein Holzstück in die Flammen, so dass Funken hochstoben.

»Ich denke, Munkumbole hat das Recht, alles zu wissen, bevor wir unser Urteil sprechen. Wer ist dafür?«

Bis auf Napananka, Tjungurrayi und zwei andere Eingeborene, die somit überstimmt waren, hoben alle die Hand.

Napangarti nickte. »Dann lasst uns beginnen.«

Er, Jakamarra, Napananka und einige der anderen Aborigines griffen sich hinter die Ohren und holten grüne Klumpen hervor, von denen sie ein Stück abbissen. Den Rest verteilten sie an diejenigen, die nichts hatten.

Jakamarra reichte Daryl ein Stück des klebrigen Pflanzenbreis.

»Ist das Mingulpa?«, fragte dieser, obwohl er die Antwort eigentlich schon kannte.

»Hm«, erwiderte der Aborigine. »Die Vögel verlassen die Erde mit ihren Flügeln. Auch die Menschen können die

Erde verlassen, zwar nicht mit Flügeln, aber mit ihrem Geist.«

Daryl zögerte. Er hatte noch nie Mingulpa gekaut. Für die Pintubi und andere inneraustralische Stämme waren die Blätter dieser Wüstenpflanze unverzichtbarer Bestandteil bestimmter Riten. Das Kauen der Blätter setzte einen stark halluzinogenen Giftstoff frei, der es den Eingeborenen unter anderem ermöglichte, in ihrem Inneren die Bilder der Traumzeit zu reaktivieren oder mit ihren Ahnen in Kontakt zu treten. Wenn möglich führten sie immer einen kleinen, zu einem breiigen Klumpen gepressten Vorrat mit sich. Auch Ungjeeburra kaute gelegentlich auf den Blättern, wenn sie gemeinsam an einem heiligen Ort waren. Doch er hatte Daryl nie gedrängt, es auch zu versuchen, und dieser hatte nie das Bedürfnis dazu verspürt.

Jetzt streckte Daryl die Hand aus und riss ein Stück von dem unappetitlich aussehenden Brocken ab. Bevor er es in den Mund steckte, mischte er es noch mit Holzasche. So wurde ein Großteil des sonst tödlichen Giftes neutralisiert.

Wie auf ein unsichtbares Zeichen hin begannen einige Männer zu summen, andere griffen nach Schlagstöcken oder Bumerang und Speerschleuder, die sie im Takt gegeneinander schlugen. Dann stimmte Napananka einen rauhen, nasalen Singsang an, an dem sich nach einer gewissen Zeit auch Jakamarra und Napangarti mit kurzen Zwischengesängen beteiligten.

Nach einer Weile spürte Daryl, wie das Mingulpa langsam zu wirken begann. In seinem Kopf bildete sich ein ungewohnter Freiraum. Seine Gedanken hatten nun plötzlich unendlich viel Platz, wie ein Tier, das man in einem zu en-

gen Käfig gehalten hatte und nun plötzlich in die Freiheit entließ. Trotzdem gelang es Daryl weiterhin problemlos, sein Denken selber zu kontrollieren.
Als die Eingeborenen die Augen schlossen, tat er es ihnen gleich und sah, wie sich in der Weite seiner Gedanken Bilder zu formen begannen. Nun machte die Vorsicht der Neugier Platz, und er tastete sich langsam immer weiter vorwärts, in eine neue und unbekannte Welt der Empfindungen.

Erbarmungslos brannte die glühende Sonne auf die hohlwangigen, zerlumpten Gestalten herab. Die geringste Anstrengung verursachte ihnen höllische Qualen, jeder Fußtritt bedeutete neue Überwindung. Blieb einer von ihnen zurück, hielten die anderen an und warteten, dankbar für die kurze Verschnaufpause, bis der Nachzügler wieder zur Gruppe aufgeschlossen hatte.
Zwischen dem zerfledderten Schuhwerk der vier weißen Männer tropfte Blut auf den steinigen Boden. Doch das kümmerte sie nicht; ihre geschundenen und aufgequollenen Füße waren längst taub vor Schmerz …
Die Bilder, die Daryl in diesem Augenblick vor seinem inneren Auge sah, konnten nicht real sein, das wusste er. Und doch waren sie so plastisch und greifbar existent, als wäre Daryl selber Zuschauer vor Ort.
Die Erfahrung war faszinierend und gleichzeitig sehr unheimlich. Daryl konnte Geräusche, Gerüche, ja selbst die Empfindungen der Männer wahrnehmen. Außerdem war es ihm möglich, die Perspektive auszusuchen, aus der er die

Szene beobachtete. Mal schwebte er über dem Canyon, mal sah er alles aus den Augen der Männer. Dabei spürte er ihre Erschöpfung und ihren schrecklichen Durst, als wären diese Gefühle die seinen. Trotzdem hatte er keine Angst. Er wusste, sobald er die Augen öffnete, würde er wieder in der Gegenwart sein, zwischen den Lagerfeuern sitzen und in die Gesichter der Eingeborenen blicken. Im Moment wollte er das aber auf keinen Fall. Die Welt, die er nun sah, oder besser: in die seine Gedanken einflossen, fesselte ihn zu sehr.

… Nicht nur die Hitze war für die vier Männer unerträglich, auch die unzähligen Fliegen, die ihnen auf der Suche nach Feuchtigkeit unentwegt in Nase, Ohren, Mund und Augen krabbelten. Längst hatten sie es aufgegeben, sich gegen die aufdringlichen Plagegeister zu wehren. Ihre Kräfte reichten kaum aus, einen Fuß vor den anderen zu setzen, wie hätten sie sich da gegen zehntausende Insekten verteidigen sollen? Am schlimmsten aber war der quälende Durst. Er war wie ein glühendes Eisen, das tief in der Kehle steckte, die Männer von innen her verbrannte und am Atmen hinderte.

Seit Stunden plagten sie sich nun schon durch den ausgetrockneten, von eindrücklichen rot glühenden Felsformationen flankierten Canyon. Doch die Männer hatten längst keinen Blick mehr für die wilde Schönheit der Landschaft. Sie waren kurz davor aufzugeben. Keine hundert Meter vor ihnen markierte eine gut zehn Meter hohe, überhängende Felswand den Abschluss des Canyons. Die abgemagerten Gestalten sahen sich mit dumpfem Blick an. Zwei gewaltige herabgestürzte Gesteinsbrocken versperrten ihnen die Sicht

auf das Ende der Schlucht: die steinernen Wächter am Eingang zum Billabong.
Der Schlangenkopf- und der Wallaby-Felsen verstörten die sowieso nicht mehr klar denkenden Männer, doch nach allem, was sie in den vergangenen Wochen erduldet hatten, hätte sie nicht einmal der Teufel davon abhalten können, das Tor zur Hölle zu betreten, wenn sich dahinter Wasser befand. Das Einzige, was sie jetzt zögern ließ, war die Gewissheit, dass dieser unheimliche Ort zu ihrem Grab werden würde, wenn sie kein Wasser fanden.
Einer der Männer, ihr Anführer, fasste sich schließlich ein Herz und zwängte sich, gefolgt von seinen Gefährten, zwischen den unheimlichen Felsen hindurch.
Als er den von Flusseukalypten flankierten Billabong sah, blieb er stehen. Eng an den steilen Felswänden emporwachsend streckten die Bäume ihre dicken knorrigen Äste über das sandige Ufer des Teichs, wo sie sich berührten und so eine Art Tor zum Billabong bildeten.
Die blassen, aufgesprungenen Lippen des Mannes verzogen sich zu einem schwachen Lächeln. Er versuchte etwas zu sagen, doch seine Kehle war zu trocken, um auch nur einen Ton herauszubringen. Seine Kameraden wussten auch so, was er sagen wollte: Wasser, *endlich!*
Die Männer torkelten vorwärts zum Ufer. Dort warfen sie ihre Taschen, Gewehre und leeren Wassersäcke achtlos auf den Boden. Einen Augenblick sahen sich die vier an, dann fielen sie sich überglücklich in die Arme und sanken auf die sandige Erde. Sie zitterten und schluchzten, ohne dass ihre ausgetrockneten Körper eine einzige Träne hervorbrachten. Dankbar, dem Tod noch einmal entkommen zu sein,

krochen sie schließlich mit letzter Kraft in den grün schimmernden Billabong.
Als sie das kühle Wasser auf ihren von der Sonne verbrannten Körpern spürten und das Feuer in ihren brennenden Kehlen endlich löschen konnten, fühlten sie sich wie neugeboren.
Doch ihre Freude währte nur kurz. Ein unheimliches, summendes Geräusch, das rasch zu einem furchterregenden Heulen anschwoll, ließ die Männer erschrocken umherschauen. Am Ufer sahen sie ein Dutzend nackter Eingeborener stehen. Einer von ihnen schwang ein Schwirrholz über dem Kopf, das die bedrohlichen Klänge erzeugte.
Zu Tode erschrocken und außerstande, sich zu bewegen, starrten die Männer in die düsteren, feindseligen Gesichter der Eingeborenen. Langsam hoben diese ihre Speere, Keulen und Bumerangs.
Wie schon in seinem Traum hörte Daryl die Eingeborenen heisere, immer lauter werdende Rufe ausstoßen. In dem Moment, als er glaubte, ihm würde das Trommelfell platzen, brachen die Rufe von einer Sekunde auf die andere ab. Was dann geschah, würde Daryl für den Rest seines Lebens in Erinnerung bleiben.
... »Was jetzt?«, wandte sich einer der weißen Männer mit krächzender Stimme an seinen Anführer.
»Wir müssen ... zu unseren Waffen«, antwortete dieser mühevoll. »Zeigt keine Angst, bewegt euch ruhig.«
Als die Männer aus dem Wasser stiegen, wichen die Aborigines langsam zurück. Sie waren offensichtlich unschlüssig, was sie tun sollten, denn noch nie hatten sie so seltsame, hellhäutige Wesen gesehen, die über ihrer normalen Haut noch eine weitere trugen.

Argwöhnisch beobachteten sie, wie die vier Männer langsam nach ihren geladenen Gewehren griffen. Als einer nach dem anderen mit einem Klicken den Hahn seiner Waffe spannte, ängstigte das einen der jüngeren Eingeborenen so sehr, dass er vorsprang und seinen Speer schleuderte. Mühelos durchbohrte das Geschoss die Brust des Mannes links vom Anführer.

Dieser zögerte nicht lange. Ein ohrenbetäubender Knall hallte durch den Canyon, gleichzeitig wurde der junge Aborigine durch die Wucht der Kugel rückwärts auf seine Gefährten geschleudert, wo er tödlich verwundet zu Boden fiel. Jetzt feuerten auch die anderen Weißen in die Gruppe, während sich ihr Anführer bereits nach dem Gewehr des getöteten Kameraden bückte. Was dann folgte, war ein ungleicher Kampf.

Die wie durch Geisterhand niedergestreckten Aborigines, der plötzliche Lärm und der beißende Pulverdampf versetzten die Eingeborenen in Angst und Schrecken. Die meisten von ihnen wollten fliehen, doch einer von ihnen, ein alter weißbärtiger Mann, stieß einen markerschütternden Schrei aus, preschte vor und schleuderte seinen schweren Jagdbumerang. Dieser traf den weißen Anführer mit voller Wucht am Kopf und zertrümmerte seinen Schädel. Während der tote Körper zusammensackte, verkrampfte sich der Zeigefinger ein letztes Mal um den Abzug. Die Kugel durchschlug den Arm des Eingeborenen und riss ihn von den Füßen. Der alte Mann ließ sich dadurch jedoch nicht aufhalten. Er rappelte sich sofort wieder auf, bereit, sich notfalls mit nur einem Arm auf die Feinde zu stürzen. Der Mut des Alten übertrug sich nun auch auf seine bis

dahin völlig kopflosen Stammesgefährten. Mit wildem Kriegsgeschrei stürzten sie vorwärts.
Vor Minuten noch halb tot vor Erschöpfung, mobilisierten die verbliebenen zwei Weißen plötzlich ungeahnte Kräfte. Einer von ihnen hatte bereits nachgeladen und schoss ungezielt auf die anstürmenden Eingeborenen, während der andere ihnen sein Gewehr wie eine Keule entgegenschleuderte. Beiden war klar, dass sie keine Chance gegen die Übermacht der Eingeborenen hatten. Deshalb drehten sie sich um und stürzten sich erneut in den Billabong.
Die Aborigines blieben am Ufer des heiligen Gewässers stehen. Mit Leichtigkeit hätten sie die schwimmenden Männer mit ihren Speeren und Bumerangs töten können. Doch damit würden sie ein noch strengeres Gesetz brechen, als die Ruhe von Goonnear, der Pythonschlange, zu stören, wie es die Blitze schleudernden weißen Menschen in diesem Augenblick erneut taten.
Stumm standen sie da und beobachteten, wie diese zum flachen Felsvorsprung im hinteren Teil des Billabongs schwammen. Als sie zwei Drittel der Strecke hinter sich hatten, begann der vordere der beiden plötzlich, unkontrolliert mit den Armen zu rudern und um Hilfe zu rufen. Zweimal ging er kurz unter, tauchte aber wieder auf und riss den Kopf hin und her, auf der Suche nach seinem Gefährten. Als dieser den Mann schließlich erreichte, war er gerade ein weiteres Mal untergegangen. Angsterfüllt klammerte er sich an das Bein seines Kameraden. Während er verzweifelt versuchte, sich an seinem Gefährten wieder an die Wasseroberfläche zu ziehen, geriet dieser in Panik. Nun strampelten beide hilflos im Wasser, kämpften miteinander

und tauchten dabei immer wieder unter, bis sie schließlich endgültig verschwanden.
Der alte Eingeborene bückte sich, hob seinen Bumerang auf und führte ihn langsam zum Mund, während ihn die anderen Aborigines genau dabei beobachteten. Als die Waffe seine Lippen berührten, begann plötzlich die Luft zu flimmern. Himmel, Erde und Personen verschmolzen und materialisierten sich Sekunden später an einem anderen Ort und vor einer neuen Kulisse.
Noch immer hielt der alte Krieger etwas an den Mund. Doch diesmal war es nicht seine blutverschmierte Waffe, sondern ein menschlicher Arm, der zwischen seinen Zähnen steckte …

Daryl riss die Augen auf und sah in Eingeborenengesichter, die ihn mit starrem Blick anschauten. Er war entsetzt, verwirrt und außerstande, etwas zu sagen. Seine Gedanken hatten gerade eine Reise durch Raum und Zeit in die Vergangenheit gemacht, dafür sprach die Intensität der Bilder und Empfindungen. Er glaubte nicht, dass diese nur durch das Mingulpa erzeugt worden waren, sondern dass die Droge lediglich die üblichen Verankerungen seiner Seele gelöst hatte, wodurch sich seine Gedanken frei von allen irdischen Zwängen und Fesseln bewegen konnten. Diese Erfahrung überwältigte ihn. Außerdem, und das war ebenso unglaublich, offenbarte diese Vision ihm auch die Antwort auf eines der größten Rätsel der australischen Geschichte. In den erschreckend realen Bildern hatte er das Ende Ludwig Leichhardts gesehen. Jedes Kind in Australien kannte diesen Namen. Seine Verdienste bei der Erforschung des fünften Kontinents wurden noch heute gewürdigt und geschätzt. Während seiner dritten Expedition, auf der Leichhardt versuchte, den Kontinent von Osten nach Westen zu durchqueren, waren er und seine vier weißen und zwei schwarzen Begleiter verschollen. Zwar gab es immer wieder Gerüchte, dass die Gruppe zwischen 1848 und 1850 von Aborigines irgendwo im Zentrum Australiens getötet worden war, aber alle neun Suchexpeditionen in den folgenden einhundert Jahren verliefen ergebnislos. Man hatte weder von den sieben Männern noch von den vierundzwanzig Maultieren und Pferden, fünfzig Rindern oder der mitgeführten Ausrüstung eine verlässliche Spur entdeckt. Das hatte Leichhardt in den Herzen der weißen Australier zu einem Helden werden lassen und ihm zu unsterblichem Ruhm verholfen.

»Verstehst du nun, weshalb wir den Billabong schützen müssen?«, fragte Napananka.

Ein schwaches Nicken, mehr brachte Daryl nicht zustande.

»Es war das erste Zusammentreffen meiner Stammesahnen mit den Weißen«, fuhr Napananka mit düsterer Stimme fort. »Zwar hatten sie schon von ihren Brüdern im Osten gehört, dass sieben weiße Männer in Begleitung zweier Eingeborener auf dem Weg nach Westen waren. Doch auch sie vermieden eine direkte Begegnung. Der Anblick dieser auf großen fremdartigen Tieren sitzenden Gestalten und der brüllenden, in eine Staubwolke gehüllten gehörnten Kreaturen verängstigte sie. Diese Wesen schienen aus der fernen Traumzeit zu kommen und auf dem Weg zu einem ebenso weit entfernten und unbekannten Ort in der Zukunft zu sein.«

Napananka machte eine kurze Pause und sah Daryl an, um sicher zu gehen, dass er ihm folgen konnte. Als dieser nickte, fuhr er fort.

»Ganz genau weiß keiner, was dann geschah. Aber allem Anschein nach kamen die Weißen irgendwann in ein großes Buschfeuer. Ihre Tiere gerieten in Panik, verloren sich im Busch oder starben in den Flammen. Ihre schwarzen Führer ließen sie im Stich. Als meine Ahnen am Billabong auf die Männer stießen, waren sie nur noch zu viert und dem Verdursten nahe. Trotzdem brachen sie ein Tabu, als sie in den Billabong gesprungen sind. Als es zum Kampf kam, hielten meine Ahnen die Weißen mit ihren schrecklichen Waffen für böse Geister, die sie töten mussten, weil sie den Billabong für sich in Besitz nehmen wollten.«

Der einarmige Aborigine verstummte. Eine Minute lang war nur das leise Prasseln des Feuers zu hören. Dann endlich war auch Daryl in der Lage, etwas zu sagen.

»Und die Toten, die nicht im Billabong lagen, haben sie aufgegessen, um sich deren Kraft anzueignen«, mutmaßte er.

»Ja«, antwortete Napananka. »Es war ihr Recht, und es war die Vergeltung für die Vergehen, die sie begangen hatten.«

Daryl nickte nachdenklich. Er erinnerte sich an den Gewehrbeschlag, die Gürtelschnalle und die anderen Dinge in der schmalen Felsnische der Höhle. Kein Zweifel, diese Gegenstände stammten von Leichhardt und seinen Begleitern. Doch was war aus den Gebeinen der Männer geworden? Er nahm nicht an, dass sie zu denen gehörten, die in

der Höhle aufbewahrt wurden. Wie Napananka sagte, hatte man Leichhardt und seine Begleiter für Teufel gehalten.
»Was geschah mit den Überresten der Getöteten?«, fragte er deshalb.
»Sie wurden zu denen gebracht, die sich Goonnear schon geholt hatte.«
Die Skelette lagen also auf dem Grund des Billabongs, zusammen mit denen der beiden anderen. Aus der Sicht der Aborigines, damals wie heute, hatten die Walbiri nichts Unrechtes getan. Die meisten Weißen würden das jedoch mit Sicherheit ganz anders sehen. Daryl verstand daher nur zu gut, wenn der »Wilde Stamm« und jeder andere Eingeborene, der davon wusste, um jeden Preis schwiegen. Allen anderen Aborigines reichte es zu wissen, dass der Billabong der heilige Ort eines Stammes war und ein für diesen Stamm wichtiges Geheimnis barg.
Was ihn selbst anging, so musste Daryl nicht lange überlegen. Der Hass und die Gewalt, die von Seiten vieler weißer Australier wie eine Flutwelle über die Aborigines hereinbrechen würde, wenn bekannt wurde, wie Leichhardt umkam, machten ihm seinen Entschluss noch leichter.
»Ich bin dankbar, dass ihr mich eingeweiht habt. Nun weiß ich, weshalb ihr so gehandelt habt, und ich verstehe es. Wenn ihr uns gehen lasst, dann verspreche ich euch, wird euer Geheimnis bewahrt bleiben.«
»Sagst du das, weil es um dein Leben geht?«, fragte Napananka in scharfem Ton.
Daryl atmete tief durch, dann antwortete er: »Nein. Das weiße Australien ist nicht bereit für dieses Wissen. Es ist doch so: Die Weißen suchen zwar die Wahrheit, finden

wollen sie sie aber nur dort, wo es ihnen gefällt. Das beste Heilmittel gegen Ungewissheit liegt in diesem Fall im Vergessen.«

Wenn Daryl gepunktet hatte, dann jetzt. Selbst der verbitterte Napananka konnte nicht anders, als zustimmend zu nicken.

»Ich denke, es ist alles gesagt, was gesagt werden muss. Stimmen wir also ab«, schlug Jakamarra vor. »Leben und Freiheit für Munkumbole und die anderen oder Tod für Yungut und die Weißen.«

Daryl klopfte das Herz bis zum Hals, doch er versuchte, sich nichts anmerken zu lassen. Jakamarra warf als Erster ein kleines Holzstück in die Flammen und verkündete mit fester Stimme: »Für Munkumbole und die Weißen.«

Ihm folgten Yungut und nach kurzem Zögern Napangarti sowie drei weitere Eingeborene. Daryl, der mitgezählt hatte, schluckte leer. Sechs Männer hatten für sie gestimmt, sechs gegen sie. Blieb die eine Stimme der Frauen, und die bedeutete seinen respektive Yunguts Tod und den der Forscher. Daryl sah in die Gesichter derjenigen, die gegen ihn waren, doch sie wichen seinem Blick aus. Stattdessen schauten sie zu Napananka.

Daryl wollte aufspringen, wollte sich auf den Einarmigen stürzen und ihn mit Gewalt zur Vernunft bringen, auch wenn das überhaupt nichts nützte.

In diesem Augenblick trat Ungjeeburra lautlos aus dem Dunkel der Nacht und setzte sich neben Daryl. Wie am Vortag hatte er sich in der Nähe des Versammlungsplatzes versteckt und der Verhandlung gelauscht.

Daryl starrte seinen Freund an, als wäre er ein Geist. Er

war überglücklich, ihn zu sehen, wenngleich er wusste, dass die Entscheidung gefallen war und Ungjeeburra ihm nicht mehr helfen konnte.
»Ich dachte mir schon, dass du noch kommen würdest, um deinem Stammesbruder beizustehen«, sagte Napananka mit einem drohenden Unterton. »Doch die Entscheidung ist gefallen, und du kannst nicht einmal auf dein Recht bestehen, die Strafe an seiner Stelle auf dich zu nehmen, denn das hat schon Yungut getan.«
Ungjeeburra nickte langsam. »So sei es«, sagte er mit seiner dunklen, ruhigen Stimme. »Ich bin sicher, ein jeder von euch hat seine Entscheidung gut überlegt und dabei seine persönlichen Gefühle zum Wohle der Warrigal zurückgestellt.« Seine Augen wanderten durch die Reihen der Aborigines. Als sie Tjungurrayi erreichten, senkte dieser den Blick und stand auf.
Plötzlich waren alle Augen auf den jungen Eingeborenen gerichtet. »Ich nicht«, gestand Tjungurrayi beschämt. »Als Yungut sagte, Munkumbole sei sein Kunga-Tsugurpa-Lehrer, habe ich mich entschlossen, gegen die Weißen zu stimmen, weil ich Mitjili zur Frau haben wollte, genau wie Yungut.« Er bückte sich und hob einen kleinen Holzzweig auf. »Doch ich habe sie nicht verdient. Yungut ist sogar bereit, sich für Munkumbole zu opfern. Ich hingegen habe nur an mich selbst gedacht.« Er warf den Zweig ins Feuer. »Für Munkumbole und die Weißen.« Dann drehte er sich um und verschwand in der Dunkelheit.
Daryl kämpfte gegen die Tränen an, die die Erleichterung über den unerwartet glücklichen Ausgang auslösten. Er hatte es geschafft, oder besser: Ungjeeburra.

25

Der Eingeborenenrat hatte beschlossen, sie am nächsten Morgen freizulassen und durch zwei der Ihren zurück durch die Wüste zu führen. Daryl meldete wegen Martyns Asthma Bedenken an, doch Ungjeeburra beruhigte ihn. Nyurupayia hatte für Martyn bereits weitere Salbe hergestellt, die es ihm ermöglichen sollte, die Strapazen des Rückmarsches durchzustehen, wenn er sie morgens und abends benutzte.

Direkt nach der Entscheidung des Rates war Daryl zu den Forschern gegangen und hatte ihnen die guten Nachrichten überbracht. Während Doreen und Martyn sprachlos vor Erleichterung waren, bombardierten ihn Kathleen und Steward mit Fragen. Daryl vertröstete sie jedoch auf später. Er hatte sowieso nicht vor, ihnen viel zu erzählen, höchstens so viel, wie nötig war, damit seine Version der Geschichte vor den Behörden glaubhaft klang.

Außerdem war einer der vier ein Mörder. Im Moment fühlte er sich noch sicher. Daryl musste sich also etwas einfallen lassen, um ihn zu überführen. Viel Zeit blieb ihm dafür nicht. Waren sie erst einmal zurück in der Zivilisation, standen seine Chancen sehr viel schlechter.

Er hatte keine Beweise, die seine Annahmen untermauerten, jedenfalls keine, die ihm Superintendent Coledale abkaufen würde. Die Eingeborenen blieben somit weiterhin die Hauptverdächtigen, was eine intensive Suche nach

ihnen zur Folge hätte. Dies musste Daryl um jeden Preis vermeiden.
Als Nyurupayia im Lager erschien, um Martyn die Wurzelsalbe zu bringen, verließ Daryl die Gruppe und ging ans Ende des Tales. Dort setzte er sich zu Ungjeeburra und Yungut ans Feuer. Die beiden hatten bereits auf ihn gewartet, um den zweiten Teil des Kunga-Tsugurpa-Rituals zu vollziehen. Doch zuvor brannte Daryl noch eine Frage auf den Lippen.
»Warum waren du und Nyurupayia so sicher, dass wir freikommen?«, fragte er Ungjeeburra. »Die Entscheidung fiel ja denkbar knapp aus.«
Der alte Pintubi lächelte milde. »Es ist schrecklich schwer, gerecht zu sein zu seiner eigenen Vergangenheit. Darin sind sich alle Kulturen und Rassen ähnlich. Ich wusste, dass es eng werden würde. Mir war allerdings auch klar, dass du dein Bestes geben würdest und die, die sich überzeugen lassen, auch überzeugst. Von Napananka und denjenigen, die ihm blind vertrauen, war von vorneherein klar, dass sie gegen dich stimmen. Unter den gegebenen Umständen war das also ein beachtliches Resultat.«
»*Eine* Stimme mehr?«, entgegnete Daryl wenig überzeugt.
»Sicher. Kein Eingeborener hätte das besser machen können als du. Tjungurrayi war der Einzige, bei dem ich mir nicht sicher war, wie er sich entscheiden würde, besonders wegen Mitjili. Deshalb habe ich auch beide Versammlungen aus sicherer Entfernung mit verfolgt.«
»Du warst die ganze Zeit da?«, fragte Daryl erstaunt.
»Sicher. Ich musste doch jederzeit eingreifen können.« Er machte eine kurze Pause. Dabei nahm sein Gesicht einen

traurigen Ausdruck an. »Ich hatte wirklich gehofft, dass Tjungurrayi sich reinen Herzens und wie ein wahrer Warrigal entscheidet. Leider war er nicht stark genug.«
»Was wird jetzt mit ihm geschehen?«, wollte Daryl wissen. »Ich meine, hat sein Verhalten Konsequenzen für ihn?«
»Er hat Charakter bewiesen, als er die Wahrheit sagte. Dennoch hat er das Vertrauen der Warrigal verloren, und das weiß er. Deshalb wird er in seine Community zurückkehren, dort ist sein Platz.«
In Daryls Augen war das eine ziemlich harte Strafe. Immerhin verdankte er Tjungurrayis Mut sein Leben. Doch genauso hart, wie die Natur Fehler bestrafte, ahndete die Aborigine-Gemeinschaft Übertretungen ihrer Gesetze. Für den »wilden Stamm« bedeutete das Leben in der kargen Weite der Wüste einen ständigen Kampf ums Überleben, der untrennbar mit der Aufopferung jedes Einzelnen für die Gruppe verbunden war. Wer nur an sich dachte, hatte da keinen Platz und stellte eine Gefahr für die anderen dar.
Napananka mochte verbittert sein, doch die Überzeugung, mit seiner Entscheidung zum Wohl des Stammes zu handeln, war wenigstens ehrlich gewesen – im Gegensatz zu Tjungurrayi. Daryl tat der junge Eingeborene zwar leid, doch es gab nichts, was er für ihn tun konnte.
»Trotzdem, danke. Ohne dein rechtzeitiges Eingreifen hätte ich es nicht geschafft.«
Ungjeeburra schüttelte den Kopf. »Die Hauptarbeit hast du geleistet. Aber lassen wir das.« Er blickte zu Yungut hinüber. Dieser hatte die ganze Zeit geduldig neben ihnen gesessen. Dabei schien er mit seinen Gedanken allerdings

meilenweit entfernt zu sein. »Kümmern wir uns jetzt lieber um das Kunga Tsugurpa. Unser Bruder stirbt sonst noch vor Liebesschmerz.«

Am nächsten Morgen fühlte Daryl sich wie nach einer durchzechten Nacht. Die Mingulpa-Droge und das Kunga-Tsugurpa-Ritual forderten ihren Tribut, so dass er nicht nur höllische Kopfschmerzen hatte, sondern auch völlig übermüdet war. Ungjeeburra dagegen schien keine Probleme zu haben und strotzte trotz seines Alters wie immer vor Energie. Und Yungut? Der war so glücklich, dass er am liebsten sofort zu Mitjili gerannt wäre, um mit ihr zusammen für eine Weile im Busch zu verschwinden. Zunächst musste er allerdings den dritten Teil des Kunga Tsugurpa absolvieren.

Daryl und Ungjeeburra konnten ihn dabei zwar nicht mehr unterstützen, doch sie hatten ihm gut zugeredet und ihn überzeugt, dass er das Ritual auch ohne sie zu einem erfolgreichen Abschluss bringen würde.

Als die drei auf ihrem Weg zurück zum Eingeborenenlager an den Wiltjas vorbeikamen, weckte Daryl Doreen und die Studenten auf und bat sie, mit ihren Schlaffellen zum Lager hinüberzukommen. Dann schulterte er seinen Rucksack und folgte Ungjeeburra und Yungut.

Nyurupayia, Napananka und Napangarti erwarteten sie bereits. Die restlichen Aborigines taten indessen so, als wäre nichts gewesen, und gingen ihren morgendlichen Beschäftigungen nach. Das war typisch für sie. Mit der Entscheidung, sie gehen zu lassen, hatte sich die Sache für die

Eingeborenen erledigt, und man musste sich um die Weißen keine Gedanken mehr machen.
Offenbar hatte der Rat Napananka und Napangarti als ihre Führer ausgesucht. Darüber war Daryl nicht unbedingt begeistert. Napananka stand ihnen noch immer feindlich gegenüber, wenngleich er sich an den Beschluss des Rates halten würde – zumindest so lange, wie keiner von ihnen einen Fehler beging. Aber da Ungjeeburra sie ebenfalls begleiten würde, machte Daryl sich deswegen nicht allzu viele Sorgen.
Nyurupayia war gekommen, um ihnen ihre frisch aufgefüllten Wasserflaschen zu bringen und sich von Ungjeeburra und Daryl zu verabschieden. Die alte Walbiri wollte noch einige Tage bei den Warrigal bleiben, um mit ihnen zum Abschluss ihres jährlichen Treffens einen geheimen Ort der Frauen aufzusuchen und dort eine heilige Zeremonie abzuhalten, die Mitjili endgültig in den Kreis der erwachsenen Frauen aufnehmen sollte.
Die Aborigine zwinkerte Ungjeeburra verschwörerisch zu, dann umarmte sie Daryl und flüsterte ihm ins Ohr: »Euer ›Frauenträumen‹ zeigt Wirkung, Mitjili ist vor nicht einmal zehn Minuten aufgewacht und hat sich mit einem Lächeln umgeschaut.«
Daryl nickte zufrieden.
Als Nyurupayias Blick über Daryls Schulter zu den Wiltjas und den sich bereit machenden Forschern schweifte, verschwand der fröhliche Ausdruck aus ihrem Gesicht. »Bei jeder Gelegenheit habe ich versucht, in die Herzen dieser Menschen zu sehen. Doch sie sind anders als wir Aborigines. Es ist, als hätten sie zwei Gesichter, zwei Seelen – eine

echte und eine, die sie sich zum Schutz zurechtgelegt haben, weil sie Angst davor haben, sie selbst zu sein.«

Daryl sah Nyurupayia mit großer Bewunderung an. »Da kann ich dir nur zustimmen. Viele Weiße tragen eine Maske, und das macht es schwer, ihr wahres Gesicht zu erkennen.«

Die Walbiri trat einen Schritt zurück und blickte Daryl fest in die Augen. »Ich hätte dir gerne geholfen, denjenigen zu erkennen, den du suchst, aber es ist mir nicht möglich. Vielleicht kannst du es. Doch sei vorsichtig. Wenn du der Gerechtigkeit und dem Gesetz um jeden Preis zu ihrem Recht verhelfen willst, kann dich das dein Leben kosten.«

Das war eine klare Warnung. Und Nyuruapyia hatte ja recht. Daryl verfügte über einen großen Gerechtigkeitssinn, weshalb er bisher auch nie einen Fall zu den Akten gelegt hatte, bis er gelöst war. Allerdings lag für Daryl Gerechtigkeit nicht automatisch in der Einhaltung von Gesetzen. Wahre Gerechtigkeit war nicht immer kompatibel mit dem, was in Gesetzesbüchern stand. Daryl hatte deshalb auch kein Problem damit, die Wahrheit etwas zu verändern, wenn dies der Gerechtigkeit diente. Im Gegenzug sah er sich aber verpflichtet, alles ihm Mögliche zu tun, um sein Handeln vor seinem eigenen Anspruch zu rechtfertigen – selbst wenn das bedeutete, sich selber in Gefahr zu bringen.

»Ich werde daran denken« war alles, was ihm als Antwort einfiel.

Yungut schien der Abschied am schwersten zu fallen. Seine Augen waren feucht, als er mit einem einfachen Kopfnicken seine Dankbarkeit zum Ausdruck brachte.

Nachdem auch Mrs. Hooker, Kathleen, Steward und Martyn reisefertig waren, begann die Gruppe ihren Rückweg durch die Wüste.
Bis zum Abend legten sie eine beachtliche Strecke zurück. Daryl war sich jedoch bewusst, dass die Forscher dieses Tempo nicht mehr als maximal zwei Tage durchhalten würden. Das Wasserloch, an dem er von den Dingos attackiert worden war, lag zwar auch nur zwei Tagesmärsche entfernt. Anders als die Eingeborenen, die diese Zeit auch ohne zu trinken überstanden, reichte der eine Liter Wasser, den er und jeder der vier anderen mit sich trug, aber kaum aus, um die langen Märsche zwischen den einzelnen Wasserstellen durchzustehen. Sie mussten ihre Kräfte deshalb gut einteilen.
Ein langsameres Tempo war Daryl aber ganz recht, verschaffte es ihm doch mehr Zeit und damit die Chance, die Forscher, sobald sie etwas erschöpfter waren, in Gespräche zu verwickeln. Vielleicht machte der Mörder ja einen Fehler und sagte oder tat etwas, das ihn überführte.

26

Als sie zwei Tage später das Wasserloch erreichten, stand die Sonne bereits weit im Nordwesten, und ihr warmes, blutrotes Licht legte sich wie ein leichter, seidiger Schal über Pflanzen, Felsen und Erde.

Nachdem alle ihren Durst gelöscht hatten, spürten Napananka, Napangarti und Ungjeeburra einen Großwaran auf, der erst vor kurzem an der Wasserstelle gewesen war. In der Zwischenzeit bat Daryl Steward, ihm beim Holzsammeln zu helfen. Bei dieser Gelegenheit wollte er den Studenten mit dem konfrontieren, was er von Doreen, Martyn und Kathleen erfahren hatte.

Steward folgte der Aufforderung nur widerstrebend. Wie die anderen auch war er müde und sah nicht ein, weshalb diese sich ausruhen durften und er nicht.

»Wir wären wesentlich schneller, wenn alle Holz sammeln würden«, beklagte er sich.

»Gönnen Sie den anderen die Ruhe. Schließlich haben Sie die Strapazen bis jetzt am besten weggesteckt«, antwortete ihm Daryl.

»Was Sie nicht sagen! Und wie gelangen Sie zu der Erkenntnis?«

»Ich habe Sie die letzten drei Tage beobachtet. Martyn hält erstaunlich gut mit, trotz seiner Krankheit, bekommt aber gegen Abend immer ein wenig Mühe und ist froh, wenn er seine Buschmedizin nehmen und ausruhen kann. Und Mrs.

Hooker und Kathleen machen seit gestern die große Hitze und der Wassermangel enorm zu schaffen. Sie scheinen allerdings mit alldem recht gut zurechtzukommen.«

»Ihnen ist schon klar, dass ich mich ohne zu zögern vor einen Bierlaster werfen würde, um ihn zum Anhalten zu zwingen, wenn's denn hier so was wie 'ne Straße gäbe.«

»Glaub ich Ihnen gerne. Und ich würde mich da vermutlich anschließen. Aber das meinte ich nicht. Sie sind in guter körperlicher Verfassung, und das, obwohl Sie laut Polizeiakte keinen Sport treiben.«

Steward, der sich gerade nach dem abgestorbenen Ast eines Mulga-Baumes bücken wollte, richtete sich wieder auf. »Okay, jetzt raffe ich es. Es geht um den Doc«, sagte er und schaute Daryl dabei misstrauisch an. »Sie sind immer noch auf Mörderjagd. Und da Sie ja partout nicht die Eingeborenen, sondern einen von uns als Killer überführen wollen, haben Sie es heute auf den guten Steward abgesehen, richtig? Gut, ich mag körperlich in besserer Verfassung als die anderen sein. Na und? Ich gehe eben regelmäßig ins Fitnesscenter. Ist man deshalb neuerdings automatisch ein Mörder?«

»Gegenfrage: Scheint es nur so, oder ist Ihnen egal, was mit Dr. Hooker geschah?«

»Selbstverständlich ist es mir nicht egal! Aber man hat uns entführt, und bis vor drei Tagen sah es so aus, als würden uns die Eingeborenen umbringen. Sie müssen entschuldigen, dass ich mir da mehr Gedanken um mein Leben gemacht habe als um den Tod des Docs.«

»Aber um Mrs. Hooker haben Sie sich schon auch Sorgen gemacht«, versuchte Daryl Steward weiter zu reizen.

Der Student kniff die Augen zusammen. »Was soll denn *die* Frage jetzt wieder?«
»Nun, Sie haben doch Mrs. Hooker anonym Liebesbriefe geschrieben, oder etwa nicht? Und als sie Ihnen nach der letzten Vorlesung klarmachte, dass Sie damit aufhören sollten, hat Sie das tief getroffen.« Daryl schüttelte langsam den Kopf. »Ich weiß nicht … Sie waren verletzt, sie waren wütend – das kann doch gut zu einem Akt der Gewalt geführt haben, oder nicht?«
Wütend warf Steward sein gesammeltes Brennholz vor Daryls Füße.
»Das ist doch alles ausgemachter Schwachsinn! Doreen hat mir nicht gesagt, ich soll sie in Ruhe lassen. *Sie* war es doch, die den Kontakt zu mir suchte!«
»Und wie erklären Sie sich, dass Mrs. Hooker genau das Gegenteil von dem sagt, was Sie behaupten, und dass es einen Zeugen gibt, der Sie und Doreen Hooker nach der Vorlesung gesehen hat?«
»Wenn Mrs. Hooker das sagt, lügt sie. Fragen Sie mich nicht, warum. Vielleicht glaubt sie inzwischen tatsächlich, ich hätte ihren Mann umgebracht, was weiß ich. Aber eins steht fest: Ich war's nicht. Und was unser Gespräch nach der Vorlesung angeht: Da hat mir Doreen gesagt, dass wir uns während der Studienreise besser unauffällig benehmen sollten. Wir hätten ja nach unserer Rückkehr noch alle Zeit der Welt, uns näher kennenzulernen. Wir stehen …« – er warf einen Blick hinüber zum Lager – »… oder vielleicht sollte ich besser sagen: standen ja auch erst am Anfang einer Beziehung.«
»Dann hegten Sie also keinen Groll gegen den Doktor und

machten sich auch nicht in der Nacht vor dessen Verschwinden nochmals heimlich auf dem Weg zum Billabong, um ihn zu töten?«

»Sagen Sie, hören Sie schlecht? Ich sagte doch, ich war es nicht. Wenn Sie mir etwas anhängen wollen, dann bitte, versuchen Sie's. Und nun sag ich kein Wort mehr, bis wir in diesem verdammten Alice Springs sind und ich mit einem Anwalt geredet habe!« Steward drehte sich auf den Absätzen um und stapfte wütend zum Lager zurück.

Natürlich war den anderen die Auseinandersetzung zwischen den beiden nicht entgangen. Als Steward seine Wasserflasche und das Dingofell aufhob, fragte Kathleen ihn nach dem Grund, erhielt aber keine Antwort. Stattdessen begab sich der Student zu einem kleinen Felsblock ein paar Meter entfernt und richtete sich dort sein Nachtlager ein.

Daryl kehrte mit vollen Händen zum Lagerplatz zurück. Er wollte sich sofort wieder auf die Suche nach weiterem Brennholz machen, da stand Kathleen auf und hielt ihn am Arm fest.

»Was ist denn mit Steward los?«, wollte sie wissen.

»Er mag es nicht, wenn man ihm unangenehme Fragen stellt«, antwortete Daryl vage.

Die Studentin sah ihn mit schräg gestelltem Kopf an. »Okay, Sie wollen nicht darüber sprechen. Ich wüsste ja nur gerne, ob wir uns Sorgen wegen Steward machen müssen … na ja, dass er durchdreht oder so.« Sie warf einen raschen Blick zu Martyn hinüber. »Martyn sagte mir, er habe mit Ihnen gesprochen und er vermute genauso wie ich, dass Steward den Doc umgebracht hat.«

»Machen Sie sich keine Gedanken. Steward wird schon

keine Dummheiten machen, schließlich will er lebend hier rauskommen, so wie Sie alle. Außerdem werden wir von drei bewaffneten Eingeborenen eskortiert.«

»Na gut, wenn Sie meinen …«

Bei Einbruch der Dunkelheit kehrten Ungjeeburra, Napananka und Napangarti zurück. Das Feuer war schon zu einem rot glühenden Kohlehaufen zusammengefallen, gerade richtig für den stattlichen Perentiewaran, den die Männer erlegt hatten.

Noch während der Waran in der Kohle lag, schnitten sich Daryl und die Aborigines ihren Anteil aus dem noch fast rohen Tier und aßen ihn sofort auf. Doreen, Martyn und Kathleen jedoch steckten ihr Fleisch nochmals auf Holzspieße und brieten es ganz durch. Steward holte sich seinen Anteil, zog sich dann aber wieder an seinen Platz zurück.

Nach dem Essen legten sie sich schlafen. Während Martyn und die beiden Frauen sich dicht beisammen auf die eine Seite des Feuers legten, breitete Daryl sein Fell auf der anderen Seite aus. Die Eingeborenen dagegen hatten sich gut fünfzehn Meter von ihnen entfernt niedergelassen und dort ein eigenes Feuer entfacht.

Steward aber blieb, wo er war. Erst als die Kälte der Nacht ihre eisigen Krallen in ihn schlug, gab er seine abwehrende Haltung auf und legte sich in die Nähe der wärmenden Flammen.

Die folgenden Tage unterschieden sich kaum von dem ersten. Ihre müden, entzündeten Füße schienen sich losgelöst von dem Rest ihrer erschöpften Körper zu bewegen, folgten mechanisch im Gänsemarsch der Spur des Vordermannes.

Täglich litten sie unter der sengenden Sonne, den Fliegen und dem ständigen Durst. Abends sanken sie todmüde auf die Erde, fest davon überzeugt, sich niemals wieder erheben zu können. Und doch schafften sie es jeden Morgen wie durch ein Wunder, aufs Neue auf die Beine zu kommen und sich durch die Wüste zu quälen, bis die untergehende Sonne endlich wieder wie ein blutgetränkter Stoffball hinter dem vor Hitze flirrenden Horizont verschwand und baldige Ruhe verhieß.

Auch Daryl spürte die Anstrengungen, doch seine Verletzungen, die er sich auf dem ersten Marsch eingehandelt hatte, verheilten gut, und seine Kondition war inzwischen bedeutend besser als noch zu Beginn dieses Abenteuers. Dennoch war er unzufrieden. Die Zeit verstrich, und Steward schwieg eisern. Aber auch aus Kathleen, Mrs. Hooker und Martyn hatte Daryl keine neuen Informationen herausholen können. Kurzum, er tappte noch immer im Dunkeln.

Einmal war er während ihres Marsches mit Ungjeeburra auf die Jagd gegangen. Dabei hatte er mit ihm über den Fall gesprochen. Doch auch sein alter Freund und Lehrmeister konnte ihm, was den Mord an Dr. Hooker betraf, nicht weiterhelfen. Er hatte aber etwas gesagt, das Daryl nun nicht mehr aus dem Kopf ging.

»Hinter dir liegen Tage voller Entbehrungen, aber auch voller Erfahrungen und Erkenntnisse. Vielleicht waren sie der wahre Grund, warum du hier bist.«

Möglicherweise lag Ungjeeburra damit ja richtig. Immerhin hatte sich seine Einstellung zum Leben in unerwarteter

Weise verändert. Und als einziger Weißer kannte er nun gleich zwei große Geheimnisse der Aborigines. Für all dies war er dankbar – den Mord an Dr. Hooker ließ ihn das aber nicht vergessen.

Er musste den Mörder zur Strecke bringen, bevor sie wieder die Zivilisation erreichten. Das war er vor allem den Warrigal schuldig, die sonst die Hauptverdächtigen bleiben würden, egal was er sagte. Der Fall hatte schon nach dem Verschwinden der Forscher hohe Wellen geschlagen. Sein »Abhandenkommen« und der Fund von Dr. Hookers Leiche, auf die man bei der Suche nach ihm bestimmt gestoßen war, hatten das Interesse der Öffentlichkeit vermutlich nur noch mehr angeheizt. Wie hoch die Wellen allerdings erst sein würden, wenn sie wieder zurück waren, mochte er sich gar nicht vorstellen. Die Jagd auf den »Wilden Stamm« wäre dann eröffnet, und genau das musste er mit allen Mitteln verhindern.

Daryl hatte zwar einen vagen Verdacht, aber keinerlei Beweise. Er sah daher nur einen einzigen Weg, das Blatt noch zu wenden – und der bestand lediglich aus einem Bluff. Doch dafür musste er die Eingeborenen eine Weile loswerden. Genau das war aber das Problem. Wenn er ihnen sagte, er wolle die Forscher nicht auf dem Track zur Aborigine Community Nyirripi führen, sondern zurück an den Billabong, weil er dort die Tatwaffe versteckt hatte und diese Teil seines Plans war, würden Napananka und Napangarti sie weiter begleiten und ganz genau darauf achten, dass niemand ein Tabu brach. Ihre Anwesenheit und die Präsenz ihrer Waffen würden jedoch seinen ohnehin wackligen Plan vereiteln.

Daryl ließ sich Zeit bis zum Abend, bevor sie den Track nach Nyirripi erreichten. Doch dann hatte er sich entschieden. Kurz bevor sich die Eingeborenen schlafen legten, ging er zu ihnen hinüber und erklärte, was er vorhatte.
Als er fertig war, schüttelte Napananka den Kopf. »Wir werden euch nicht allein an den Billabong gehen lassen«, meinte er entschieden, und Napangarti schloss sich seiner Meinung mit einem Kopfnicken an.
Damit trat genau das ein, was Daryl befürchtet hatte. Als Ausweg blieb ihm jetzt nur noch eine Entscheidung, die ihn vielleicht das Leben kostete …
Ungjeeburra hatte bis zu diesem Moment geschwiegen. Er war nur ein Vermittler zwischen den Warrigal, den Aborigines in den Communitys und der fremden Welt der Weißen. Somit stand es ihm nicht zu, ja, es wäre sogar einer Beleidigung gleichgekommen, wenn er den anderen Ratschläge gab. Stattdessen musterte er Daryl mit intensivem Blick. Bestimmt ahnte er, dass dieser etwas im Schilde führte.
»Dann lasst ihr mir keine andere Wahl«, sagte Daryl ruhig.
Napananka und Napangarti blickten ihn neugierig an.
»Ich gestehe, ein Tabu gebrochen zu haben, als ich …«
»Nicht!«, warnte ihn Ungjeeburra.
Doch für Daryl gab es kein Zurück mehr. »… die heilige Höhle eures Stammes entdeckt und sie betreten habe.«
»Warum tust du das?«, rief Ungjeeburra, packte Daryl am Arm und zwang ihn so, ihm in die Augen zu sehen.
»Es geht nicht anders«, versuchte Daryl seinen Freund zu beruhigen.»Du weißt, was geschehen wird, wenn der Fall nicht geklärt wird. Ich muss den ›Wilden Stamm‹ schützen, und das hier ist der einzige Weg.«

»Indem du zugibst, ein Tabu gebrochen zu haben?«, fragte Napangarti verständnislos.
»Ich wollte kein Tabu brechen, das könnt ihr mir glauben. Doch als ich dich und Tjungurrayi verfolgte, stieß ich zufällig auf den Tunnel.«
»Davon hast du während des Ältestenrats nichts gesagt!«, schnaubte Napananka zornig.
»Natürlich nicht«, entgegnete Daryl ruhig. Er schaute kurz über die Schulter zu den Forschern, deren besorgte Blicke ihm bestätigten, dass sie keine Ahnung hatten, was plötzlich los war. »Wenn ich es getan hätte, wäre ich jetzt nicht hier, und – und sie auch nicht.«
»Du hast uns getäuscht!«, zischte Napananka wie eine wütende Todesotter.
Daryl schüttelte energisch den Kopf. »Ich habe euch nie angelogen. Und nun erzähle ich euch auch noch, dass ich in der heiligen Höhle war, obwohl mich dafür eine harte Strafe erwartet. Das müsste ich nicht.«
»Er hat recht«, versuchte sich nun Ungjeeburra für Daryl einzusetzen.
Napanankas Speer, der neben ihm lag, schnellte blitzschnell vor und berührte gerade so weit den Hals des alten Pintubi, dass dieser nicht blutete. »Schweig! Dies ist nicht deine Angelegenheit!«
»Hör auf ihn«, versuchte Daryl Ungjeeburra zu beschwichtigen. »Ich weiß, du willst mir helfen. Das kannst du auch, aber nicht auf diese Weise.«
Ungjeeburra wusste sofort, was Daryl meinte. Doch dies konnte seine Sorge nicht mildern, ganz im Gegenteil, denn er liebte Daryl wie einen Sohn. Was dieser vorhatte, brach-

te Ungjeeburra allerdings an den Rand dessen, was er zu tun bereit war. Da er aber wusste, dass er Daryl davon nicht abbringen konnte, blieb ihm nichts anderes übrig, als dessen Weg zu akzeptieren.

»Warum hast du es uns gesagt?«, hakte Napangarti an Daryl gewandt nach. »Du kennst doch die Strafe, die für ein solches Vergehen auf einen Aborigine wartet.«

»Er glaubt wahrscheinlich, er könne sich jetzt damit herausreden, dass er weiß ist«, spottete Napananka.

»Sei nicht töricht«, erwiderte Daryl. »Ich stelle mich der Strafe, und ich tue das, um das Volk der Warrigal und ihre Geheimnisse zu schützen. Dafür verlange ich nur eins: Lasst mich allein mit den Weißen zum Billabong hinabsteigen, damit ich versuchen kann, den Mörder von Dr. Hooker zu überführen.«

Napananka und Napangarti sahen sich kurz an, schwiegen aber. Daryl wusste, dass sie ihm jetzt nicht antworten würden. Deshalb drehte er sich um und kehrte zu seinem Schlafplatz zurück. Ungjeeburras Augen folgten ihm dabei mit besorgtem Blick.

Als Martyn zu einer Frage ansetzte, schüttelte Daryl nur kurz den Kopf. »Nicht jetzt.« Dann setzte er sich ans Feuer und starrte düster in die Flammen.

Daryl hatte die ganze Nacht kein Auge zugemacht und dabei nach einer besseren Lösung gesucht, aber keine gefunden. Nun fühlte er sich müde und unkonzentriert, und genau das konnte er sich an diesem Tag nicht leisten.

Als schließlich der Morgen dämmerte, waren die Eingebo-

renen verschwunden. Darüber war Daryl zwar erleichtert, andererseits lag der schwierigste Teil erst noch vor ihm.
Doreen und die anderen waren verunsichert und wollten von Daryl wissen, was das heimliche Verschwinden der Eingeborenen zu bedeuten hatte. Er erklärte ihnen, dass sie nun nur noch einen Tagesmarsch von der Old Creek Station entfernt waren und die Aborigines sich deshalb aus dem Staub gemacht hatten, weil sie fürchteten, von der Polizei verhört zu werden. Da er aber den Weg zur Station inzwischen auch allein fand, war es nicht so schlimm, dass sie sich abgesetzt hatten.
Keiner der vier zweifelte die Geschichte an. Das hatte Daryl auch nicht erwartet. Die Erleichterung, endlich die unheimlichen Eingeborenen los zu sein und bald diesen fürchterlichen Alptraum hinter sich lassen zu können, stand in ihre Gesichter geschrieben.
Als sie schließlich zwei Stunden später plötzlich auf dem schmalen Track standen, der Nyirripi mit der Yuendumu Community verband, fielen sich Doreen, Kathleen und Martin überglücklich in die Arme. Steward dagegen stand nur teilnahmslos daneben.
»Okay«, rief Martyn, als sich ihre Freude etwas gelegt hatte. »In welche Richtung marschieren wir jetzt?«
»Da lang«, antwortete Daryl und zeigte quer über die Piste.
»Aber ist es nicht gescheiter, wir folgen dem Track in die eine oder andere Richtung?«, schaltete sich nun Doreen ein. »Vielleicht stoßen wir dabei ja sogar auf ein Fahrzeug.«
»Nein. In beide Richtungen ist es viel zu weit bis zu einer

Ansiedlung, außerdem wird dieser Track kaum noch benutzt«, log Daryl. Tatsächlich lag Nyirripi kaum mehr als zwanzig Kilometer entfernt. Doch Daryl nahm an, dass die anderen dies nicht wussten, denn die Warrigal hatten sie, als sie sie entführten, um Nyirripi herumgeführt.
»Am besten, wir gehen zurück zum Billabong und folgen dann dem Weg bis zur Old Creek Station«, sagte er entschlossen. Um keine weiteren Diskussionen aufkommen zu lassen, setzte er sich wieder in Bewegung.
Kathleen und Martyn sahen sich fragend an. Schließlich zuckte die Studentin mit den Schultern und machte sich ebenfalls auf den Weg, gefolgt von Doreen und Martyn. Nur Steward zögerte. Ein paar Mal sah er zwischen der sich langsam entfernenden Gruppe und dem schnurgeraden rotsandigen Track hin und her. Doch dann schloss auch er zu den anderen auf.

Als sie das weite steinige Tal hinaufgingen, hinter dem der Canyon mit dem Billabong lag, wählte Daryl den Weg so, dass sie den Ausgang der geheimen Höhle großräumig umgingen und den Rand des Canyons an der Stelle erreichten, an der der Geistereukalyptus die »Treppe« hinab auf die Felsplattform bildete, von der aus er dem Felsenkänguru zur Höhle gefolgt war. Dann wandte er sich an die anderen.
»Wenn wir uns ranhalten, können wir die Old Creek Station bis zur Dunkelheit erreichen. Allerdings nur, wenn wir zum Billabong hinunterklettern und dem Tal folgen. Außen herum ist es wesentlich weiter, da die Seitencanyons uns immer wieder zu großen Umwegen zwingen würden.

Außerdem können wir so noch unsere Wasserflaschen auffüllen.«
Kathleen warf einen Blick über die Felskante. Der Billabong lag halb im Schatten, seine Oberfläche sah dunkel und unheimlich aus. Sie rümpfte die Nase. »Von hier oben sieht das verdammt gefährlich aus.«
»Machen Sie sich keine Sorgen«, versuchte Daryl die skeptisch dreinblickende Studentin zu beruhigen. »Sieht schlimmer aus, als es ist. Ich bin hier heraufgekommen, dann schaffen wir es auch hinunter.«
Daryl kletterte voraus und wartete dann jeweils an den gefährlichsten Stellen auf die anderen, um ihnen zu helfen und sie zu sichern. Da sich immer wieder kleine Teile des verwitterten Gesteins lösten, gestaltete sich der Abstieg schwierig und zeitraubend. Eine halbe Stunde später hatten sie es jedoch geschafft.
Als die Gruppe zum Billabong eilen wollte, um ihren Durst zu löschen, hielt Daryl sie zunächst zurück. Erst als er einen Stein ins Wasser geworfen hatte, um Goonnear ihre Anwesenheit anzukündigen, und ihnen eingeschärft hatte, nicht in den Billabong zu steigen, da dies ein Verstoß gegen die Gesetze der Aborigines war, ließ er sie passieren.
Während die anderen ihren Durst löschten, ging Daryl hinüber zur Felsspalte, in der er den Holzknüppel versteckt hatte. Er schnallte den Rucksack ab, öffnete ihn und suchte sein Klappmesser.
Es war weg! Fieberhaft dachte er nach, wann er es das letzte Mal gebraucht hatte, konnte sich aber nicht mehr erinnern. Hatten Napangarti oder Tjungurrayi es an sich genommen, als sie ihm in der Wüste eine Falle gestellt und

alles, was er bei sich trug, abgenommen hatten? Oder stahl es am Ende Dr. Hookers Mörder heimlich aus seinem Rucksack, während dieser die ganze Zeit im Wiltja lag? Möglich war beides. Doch jetzt hinter dem Verlust des Messers herzutrauern nützte nichts. Der Moment war gekommen, um seine letzte Karte auszuspielen.

Daryl räumte die Steine, mit denen er das Versteck getarnt hatte, geräuschvoll beiseite und holte den in die Plastiktüten verpackten Knüppel hervor. Als die anderen das Poltern der zu Boden fallenden Steine hörten, drehten sie sich um und standen der Reihe nach auf.

»Was ist das?«, wollte Martyn wissen und ging langsam auf Daryl zu.

»Ein Holzknüppel – oder anders ausgedrückt: die Mordwaffe«, antwortete dieser trocken. Die vier schienen so überrascht zu sein, dass zunächst keiner etwas sagte. Daryl nutzte dies aus, indem er gleich noch einen draufsetzte: »Und sie wird helfen, den Mörder zu überführen.«

»Mein Gott …!«, stammelte Doreen. »Wo haben Sie den denn her … Und woher wissen Sie, dass er die Waffe ist, mit der … mein Mann …«

»Anhand von Blutflecken, Gewebefetzen und Haaren, die daran kleben.«

Martyn drehte sich zu Steward um. »Dann stimmt es also: Steward ist in der Nacht nochmals zum Billabong geschlichen und hat den armen Doc umgebracht.«

Stewards Gesicht lief dunkelrot an, und seine Augen quollen buchstäblich aus den Höhlen. »Was quatschst du da?!« Er ging nun mit geballten Fäusten auf Martyn zu, der sogleich in Daryls Richtung zurückwich.

»Martyn hat recht«, sagte Kathleen. »Du warst am Morgen, als der Doc verschwand, so erschöpft, dass du kaum aufstehen konntest.«
Steward blieb stehen und drehte sich um. »Seid ihr jetzt alle übergeschnappt? Ich war's nicht.« Er schaute von Kathleen zu Doreen. »Bitte glauben Sie mir, Mrs. Hooker! Warum sollte ich so was Schreckliches tun?«
»Weil du aufbrausend bist, weil du in Mrs. Hooker verliebt bist und weil sie dir einen Korb gab«, antwortete Martyn an Doreens Stelle.
Steward riss den Kopf herum. »Woher …«
»… ich das weiß? Mrs. Hooker hat es mir erzählt. Sie bat mich um Hilfe, weil sie – wie ja wir alle – wusste, wozu du imstande bist, wenn du wütend wirst.«
Steward machte einen zornigen, gleichzeitig aber auch verzweifelten Eindruck. Er schaute nun zu Daryl hinüber.
»Ich bin kein brutaler Schläger«, sagte er hilflos.
»Ach ja? Und was war mit Randy Taylor, dem du erst seine Freundin ausgespannt und ihn dann auch noch grün und blau geprügelt hast?«
»Das war doch ganz anders«, versuchte sich Steward zu verteidigen. »Randy hatte mich zuerst angegriffen. Ich wollte ihn nicht so schlimm zurichten, dass er ins Krankenhaus musste, wirklich nicht.«
»Wenn Sie unschuldig sind, haben Sie auch nichts zu befürchten«, versuchte Daryl die Situation etwas zu entschärfen. »Die Fingerabdrücke auf dem Knüppel werden den wahren Schuldigen schon entlarven.«
»Ich dachte, Fingerabdrücke ließen sich auf rohem Holz nicht feststellen«, warf Martyn ungläubig ein.

»Früher war das so. Aber seit ein paar Monaten gibt es ein neues chemisches Verfahren aus den USA, das das möglich macht«, log Daryl, ohne mit der Wimper zu zucken. »Übrigens liegt die Erfolgsquote bei über neunzig Prozent.«
Ein erstickter Schrei ließ die drei Männer zu den beiden Frauen blicken.

Doreen stand hinter Kathleen. Die Finger ihrer linken Hand hatten sich fest in das Haar der Studentin gekrallt und ihren Kopf fest in den Nacken zurückgezogen. Doreens rechte Hand hielt Daryls Klappmesser umklammert und drückte die scharfe Klinge gegen den Hals der jungen Frau.
»Ich bitte Sie, das bringt doch nichts«, versuchte Daryl Mrs. Hooker zu beruhigen und machte einen Schritt in ihre Richtung. »Sie machen die Sache nur noch schlimmer.«
»Keinen Schritt weiter, haben Sie mich verstanden? Das gilt für euch alle! Und jetzt werfen Sie den Knüppel Martyn zu«, rief sie in scharfem Ton.
Es traf Daryl wie ein Blitz aus heiterem Himmel. Vor seinem geistigen Auge fügten sich die Puzzleteile wie durch Geisterhand zusammen, und er begriff die wahren Hintergründe.
Lange Zeit war für ihn nur Steward als Dr. Hookers Mörder in Frage gekommen. Die Indizien gegen ihn waren ja auch geradezu erdrückend gewesen. Doch dann hatte ihn Doreens Verhalten stutzig gemacht. Sie hatte kein einziges Mal eine Frage zu den Todesumständen ihres Mannes gestellt. Er an ihrer Stelle hätte zumindest wissen wollen, wie der Doktor umkam und wo er gefunden wurde, egal wie

schmerzhaft diese Informationen waren. Anfänglich hatte Daryl ihr Desinteresse noch als einen Verdrängungsmechanismus angesehen, hervorgerufen durch den Schock und die Entführung. Mit der Zeit kamen ihm aber Zweifel, nicht zuletzt, weil Mrs. Hooker ihm eigentlich einen unerschütterlichen Eindruck machte.

Der Giftanschlag auf Janice Clayton passte allerdings nicht zu dieser These. Diesen konnte Mrs. Hooker unmöglich verübt haben, wenngleich er natürlich in ihre Pläne gepasst hätte. Denn wenn sie ihren Mann ermorden wollte, war es naheliegend, die Studentin, mit der dieser ein Verhältnis hatte, vorsorglich aus dem Weg zu räumen. Natürlich konnte auch Kathleen Janice aus Eifersucht vergiftet haben, wie Janice das bereits angedeutet hatte. Doch irgendwie traute Daryl das der blonden Studentin nicht wirklich zu.

Gleichzeitig hatte ihn noch Folgendes gestört: Wenn Mrs. Hooker und Steward wirklich gemeinsame Sache machten, warum hätte sie dann Martyn in die Sache mit einbeziehen und so Steward belasten sollen? Irgendwie hatte alles nicht recht zusammengepasst – bis zu diesem Moment, in dem ihm klar wurde, dass Martyn Mrs. Hookers Komplize war und Janice vergiftet hatte.

»Sie sind keine Mörderin, jedenfalls noch nicht. Und ich glaube auch nicht, dass Sie das wirklich sein wollen«, versuchte Daryl die Situation zu entschärfen.

»Was wissen denn Sie schon«, rief Doreen unwirsch. »Sie haben ja keine Ahnung, wie das ist, jahrelang von seinem Mann betrogen zu werden. Denken Sie, es macht Spaß, regelmäßig während einer Vorlesung den ironisch-herablassenden Blick einer Studentin aufzufangen, der Ihnen sagt:

›Na, rate mal, mit welchem Mann ich es letzte Nacht getrieben habe‹? O ja! Alle glauben, wir hätten eine offene Beziehung geführt. *Mein* Mann bestimmt!«

»Nun, Sie hätten sich von ihm scheiden lassen können, wie andere auch.«

»Um irgendwo anders wieder neu anzufangen?« Sie schüttelte energisch den Kopf. »Ich habe meine Karriere lange für ihn zurückgestellt, da werde bestimmt nicht ich diejenige sein, die neu anfängt.«

»Ich vermute, dass Sie laut einer Klausel in Ihrem Ehevertrag bei einer von Ihnen eingereichten Scheidung keinen Cent der Lebensversicherung erhalten hätten, spielte bei Ihrem Entschluss auch eine gewisse Rolle«, meinte Daryl trocken.

Doreen ging nicht auf die Frage ein, doch ihr Blick sagte zu deutlich, dass Daryl ins Schwarze getroffen hatte.

»Den Knüppel«, rief sie stattdessen in scharfem Ton und schnitt leicht in Kathleens Hals, um ihrer Forderung Nachdruck zu verleihen. »Und glauben Sie mir, ich meine es ernst! Ich zähle bis drei, dann schneide ich ihr die Kehle durch. Eins …«

Daryl sah in Kathleens weit aufgerissene, angsterfüllte Augen. Dann warf er das Holzstück unter Stewards verständnislosem Blick vor Martyns Füße. Dieser hob es langsam auf, ohne dabei Daryl und Steward aus den Augen zu lassen.

»Das ist doch Wahnsinn, Doreen!«, rief Steward, der seine Fassung nur langsam wiedererlangte. »Ich dachte, wir beide …«

»Du dachtest«, spottete Martyn mit breitem Grinsen. Er

riss die Plastiktüten vom Holz. »Das ist ja was ganz Neues. Du glaubst doch nicht wirklich, Doreen hätte was von dir gewollt.«
»Aber sie hat doch …«
Wieder unterbrach ihn Martyn. »… so getan, ja. Aber das gehörte zum Plan.«
»Zu welchem … Plan?«, stammelte Steward verständnislos.
»Zu dem, Sie als Sündenbock zu präsentieren«, antwortete Daryl an Martyns Stelle.
»Ganz richtig, Detective. Das Ganze wäre ein perfekt inszeniertes Bühnenstück gewesen, wenn uns die Aborigines – und letztendlich auch Sie – nicht einen Strich durch die Rechnung gemacht hätten.«
»Wie treffend ausgedrückt«, meinte Daryl spöttisch. »Aber Regie bei einem Theaterstück an der Universität zu führen ist eben nicht dasselbe wie einen echten Mord zu inszenieren. Die Protagonisten halten sich dummerweise nicht immer ans Drehbuch.«
Martyn seufzte. »Da haben Sie recht. Aber das lässt sich ja jetzt noch korrigieren …«
In diesem Augenblick schnellten Kathleens Hände nach oben, packten Doreens Arm und rissen ihn weg von ihrem Hals, wobei die Klinge ihr tief in den Hals schnitt. Trotzdem war Kathleen nicht aufzuhalten. Sie ließ ihren Oberkörper nach vorn schnellen, um Doreen mit einer plötzlichen Drehung ihrer Hüften in gekonntem Judowurf über ihre Schulter zu katapultieren.
Doreen fiel auf den Rücken, blieb aber unverletzt, weil der Sand ihren Aufprall abmilderte. Sie sah sich nach dem

Messer um, das ihr beim Sturz aus der Hand geglitten war, und entdeckte es zwei Meter von sich entfernt auf dem Boden liegen. Augenblicklich rappelte sie sich hoch, um die Waffe wieder in die Hand zu bekommen.

Kathleen, die sich bei ihrem riskanten Befreiungsversuch eine stark blutende Schnittwunde am Hals zugezogen hatte, griff erst instinktiv an die verletzte Stelle, dann setzte sie auch schon zu einem Hechtsprung in Richtung Doreens Beine an. Nur noch wenige Zentimeter trennten Doreen vom Messer, da brachte Kathleen sie zu Fall. Doreen strampelte und trat um sich, doch Kathleen hielt ihr rechtes Bein umklammert und ließ es nicht mehr los.

Steward hätten von allen die besten Chancen gehabt, das Klappmesser zuerst zu erreichen, doch die sich überstürzenden Ereignisse hatten ihn in einen Schockzustand versetzt, aus dem er sich anscheinend nicht mehr befreien konnte.

Daryl dagegen verlor keine Sekunde und stürzte sich auf Martyn. Das Messer konnte er unmöglich rechtzeitig erreichen, aber vielleicht gelang es ihm, Martyn aufzuhalten. Er rief Steward noch eine Warnung zu, doch Martyn holte bereits zum Schlag aus.

Steward riss überrascht den Kopf herum. Er versuchte dem Knüppel auszuweichen, wurde aber am Nacken getroffen und stürzte zu Boden. Martyn rannte sofort los, dicht gefolgt von Daryl. Dieser hatte den Studenten schon fast eingeholt und streckte bereits seine Hand nach ihm aus, als Martyn in der Manier eines geübten Kricketspielers blitzschnell zur Seite sprang, herumwirbelte und seinem Verfolger den Holzknüppel in den Unterleib rammte.

Der Angriff kam so überraschend, dass Daryl nicht mehr reagieren konnte. Wie ein Taschenmesser klappte er zusammen und rang nach Luft. Er wusste, dass Martyn ihm jeden Moment den Schädel zertrümmern würde, wie er das schon bei Dr. Hooker getan hatte. Verzweifelt versuchte er irgendwie, die Hände über den Kopf zu bekommen, um wenigstens den ersten Schlag abzuwehren.
Als Martyn zuschlagen wollte, durchschnitt ein zischendes Geräusch die Luft, und der Student hielt mit erhobener Keule inne. Entsetzt starrte er zuerst in Daryls Gesicht und dann ungläubig auf seine Brust. Ein beinahe zwei Meter langer Speer ragte aus seinen Rippen. Langsam wich die Kraft aus Martyns Fingern, und der Holzknüppel fiel hinter ihm zu Boden. Als er zwei Schritte vorwärtstorkelte, kroch Daryl rasch beiseite, und Martyn stürzte neben ihn in den Sand. Ein letztes Zucken ging durch seinen Körper, und ein Schwall dunkelroten Blutes ergoss sich wie Erbrochenes aus seinem weit aufgerissenen Mund. Fast gleichzeitig verdrehten sich seine Augen und starrten schließlich ins Leere.
Daryl sah auf und erblickte an dem schmalen Felsendurchgang Napananka, der Daryl mit seinem Speerwurf gerade das Leben gerettet hatte. Hinter ihm drängten Ungjeeburra und Napangarti aus der Felsspalte.
In dieser Sekunde schaffte es Doreen, sich aus Kathleens Umklammerung zu befreien, die fehlenden Zentimeter zu überwinden und das Messer doch noch in die Finger zu bekommen. Wendig wie eine Schlange drehte sie sich auf den Rücken, richtete den Oberkörper auf und holte zu einem Messerhieb gegen Kathleens Arm aus.

In diesem Moment schleuderte Ungjeeburra seinen Bumerang. Mit dumpfem Ton prallte das Wurfholz von Doreens Brust ab und ließ sie bewusstlos zurück auf die sandige Erde sinken.

Kathleens Verletzung stellte sich zum Glück als nicht so gravierend heraus wie zunächst befürchtet. Damit sie aber nicht noch mehr Blut verlor, trugen Ungjeeburra und Napananka sie vorsichtig in den Schatten unter einem der großen Flusseukalypten. Dort musste sie auf dem Rücken liegen bleiben, bis Napangarti mit dem Zweig eines Mimi-Buschs zurückkehrte. Während er den milchigen Saft aus den Blättern direkt auf die Schnittwunde drückte, wo er rasch eine klare, gummiartige Schutzschicht bildete, hatten Daryl und Steward Doreen mit ihren Hosengürteln gefesselt und ebenfalls in den Schatten gebracht. Martyn dagegen ließen sie liegen, wo er war. Einzig sein Gesicht bedeckten sie mit Daryls T-Shirt.

»Danke«, sagte Daryl auf Walbiri zu Napananka.

Dieser sah ihn mit durchdringendem Blick an. »Du brauchst mir nicht zu danken.«

»Trotzdem. Du hättest mich sterben lassen können, dann wäre euer Geheimnis für immer sicher.«

»Das stimmt. Doch ich bin nicht wie Tjungurrayi. Ich halte mich an die Gesetze. Daher musste ich eingreifen, als ein Weißer einen der Unseren töten wollte.« Auf seiner Stirn bildeten sich tiefe Falten. »Und nachdem ich gesehen habe, was du zu tun bereit warst, um deine eigenen Angelegenheiten wie ein Eingeborener mit allen Konsequenzen zu

regeln, bin jetzt auch ich sicher, dass du in deinem Herzen ein richtiger Aborigine bist.«
Dieses Kompliment aus Napanankas Mund machte Daryl stolz, wenngleich ihm das wenig half. Er hatte ein Gesetz übertreten, als er, ein Pintubi, die heilige Höhle eines anderen Stammes betrat. Und dafür musste er sich nun verantworten. Die Strafe für dieses Vergehen war allerdings die härteste, die es gab: der Tod.
Ihm blieb jedoch ein Hintertürchen, und dies hieß Ungjeeburra. Natürlich würde dieser sich nie gegen einen verwandten Stamm stellen. Aber er war Daryls Stammesbruder und, weil er ihn durch die Initiation der Pintubi geführt hatte, auch sein Vater.
Allein ihm war das Recht vorbehalten, gegen das Urteil Einspruch zu erheben und um eine mildere, in diesem Fall die zweithärteste Strafe zu ersuchen. Daryl wusste, dass er dabei sehr viel von seinem Freund verlangte, denn wenn die Warrigal zustimmten, musste die Bestrafung von Ungjeeburra durchgeführt werden.
Zunächst wollte Daryl aber dafür sorgen, dass Kathleen und Steward von hier verschwanden. Er wollte nicht, dass sie Zeuge dessen wurden, was gleich geschehen würde. Also nahm er den noch immer leicht verstörten Studenten zur Seite.
»Hören Sie mir genau zu, Steward. Es ist noch nicht ganz vorbei.«
Steward blickte ihn angstvoll an. »Sagen Sie nur nicht, die wollen uns jetzt doch noch umbringen, weil wir gesehen haben, wie sie Martyn töteten.«
»Das ist es nicht«, versuchte Daryl ihn zu beruhigen. »Aber

ich hätte Sie nicht wieder hierher führen dürfen. Darum der Streit gestern«, fügte er hinzu und gab Steward damit eine weitere Information, die sich mit der Geschichte deckte, die er Superintendent Coledale erzählen wollte. »Nachdem Dr. Hooker hier ermordet wurde, wollten die Aborigines nicht, dass Weiße hier herumschnüffeln, denn dieser Ort ist ihnen heilig.«
»Ja, ich verstehe. Und deshalb haben sie uns auch entführt.«
«Richtig«, erwiderte Daryl rasch. Je übereinstimmender ihre Aussagen letztendlich waren, umso glaubwürdiger würde seine Geschichte, die doch einige wesentliche Punkte ausließ, am Ende sein. »Aber ich hatte keine andere Wahl. Das mit den Fingerabdrücken war ein Bluff – und die letzte Chance, den Schuldigen vielleicht aus der Reserve zu locken. Leider bemerkte ich zu spät, dass Mrs. Hooker mein Klappmesser gestohlen hatte.«
Trotz seines angeschlagenen Zustandes brachte Steward ein einigermaßen passables Grinsen zustande. »Ich hatte mich schon gefragt, warum Sie heute Morgen partout nicht dem Track folgen wollten. Ich war mir nämlich ziemlich sicher, dass auf der Landkarte des Docs in diesem Gebiet eine Community angegeben war, die wesentlich näher ist als die Old Creek Station.«
»Ich bin natürlich froh, dass Sie mir keinen Strich durch die Rechnung gemacht haben. Auf der anderen Seite« – er warf einen flüchtigen Blick auf Martyns Leiche – endete mein Versuch, diesen Fall zu lösen, ziemlich kläglich.«
»Sagen Sie das nicht«, widersprach Steward. »Ohne Sie wäre ich am Ende als Mörder verurteilt worden.« Er schüt-

telte den Kopf. »Ich kann noch immer nicht glauben, dass mich Mrs. Hooker nur ausgenutzt hat und alles nur eine einzige Scharade war.«

»Das kann ich gut verstehen. Doch nun hören Sie mir genau zu.«

Daryl wies Steward an, mit Kathleen bis ans Ende des Tales zu gehen, die Studentin dort an einem schattigen Ort zurückzulassen und dann so schnell er konnte zur Old Creek Station zu laufen, um Hilfe zu holen.

»Ich kann Sie nicht begleiten, weil ich hier noch etwas zu erledigen habe. Doch wenn Sie sich beeilen, schaffen Sie es noch vor Sonnenuntergang.«

»Und warum kann Kathleen nicht bei Ihnen bleiben?«

»Weil das nicht geht. Hören Sie, Steward, ich kann Ihnen das jetzt nicht erklären. Nur so viel: Es ist wirklich wichtig, dass Sie so schnell wie möglich Hilfe holen. Schaffen Sie das?«

Steward sah Daryl einen Augenblick fest an. Dann ging ein Ruck durch ihn, und er nickte ernst.

»Klar. Nach allem, was Sie für mich« – er schaute zu Kathleen hinüber – »für uns getan haben, ist das wohl das Mindeste.« Er wandte sich um, ging zu seiner Studienkollegin hinüber und half ihr auf.

Als die beiden an ihm vorbeikamen, blieben sie kurz stehen.

»Glauben Sie, wir haben Mrs. Hooker genügend verschnürt, bis ich mit der Kavallerie zurückkomme?«, fragte Steward.

»Ich denke schon«, meinte Daryl mit einem angespannten Lächeln.

»Warum sagen Sie uns nicht, was los ist?«, fragte Kathleen mit besorgter Miene.

»Er hat schon seine Gründe, Kathleen«, antwortete Steward an Daryls Stelle.

Nun erkannte Daryl, welches »andere Gesicht« er bei seinem ersten Gespräch mit Steward durchblitzen sah. Sein übertrieben zur Schau gestelltes Macho-Gehabe war nur der Versuch eines jungen intelligenten Mannes aus der sozialen Unterschicht, seine sensible und unsichere Seite zu verbergen. Wo Steward aufgewachsen war, legte man solche Charakterzüge als Schwäche aus. Doch er konnte durchaus Verantwortung übernehmen, das bewies er nun. Und vielleicht war er an diesem Erlebnis so gewachsen, dass er in Zukunft ein ganz anderer Mensch sein würde.

Kathleen wollte Steward widersprechen, doch der ließ sie gar nicht zu Wort kommen.

»Jetzt nicht, Zwerg. Der Detective weiß, was er tut. Vertrauen wir ihm.« Er zwinkerte seiner Studienkollegin aufmunternd zu, nahm sie am Arm und zog sie mit sich.

Kurz bevor sie den schmalen Durchgang zum Canyon erreichten, drehte sich Steward ein letztes Mal um. »Was ich noch sagen wollte, Simmons: Tut mir leid, dass ich so ein Arsch war. Ist nur so, dass das alles ganz schön heftig war.«

»Wem sagen Sie das«, entgegnete Daryl mit einem Seufzen.

Er sah zu, wie die beiden Studenten sich durch die Felsspalte zwängten, dann wandte er sich den Aborigines zu.

Die Eingeborenen saßen im Schneidersitz unter dem Flusseukalyptusbaum, wo sie geduldig warteten, bis Daryl bereit war. Nun erhoben sie sich und kamen langsam auf ihn zu.

Zwei Meter vor ihm blieben sie stehen. Napananka sah ihn mit ernsthaftem Gesichtsausdruck an.

»Ungjeeburra hat um ein milderes Urteil ersucht, und Napangarti und ich sind damit einverstanden.«

Daryl fiel ein Stein vom Herzen. Er war zwar davon ausgegangen, dass Napangarti einer milderen Strafe zustimmen würde, bei Napananka war er sich aber alles andere als sicher gewesen.

In Ungjeeburras Gesicht erkannte Daryl tiefe Traurigkeit. Zwar versuchte dieser, sich nichts anmerken zu lassen, aber Daryl kannte seinen Ziehvater. Beim Gedanken, was er Daryl gleich antun musste, zerriss es ihm fast das Herz, und das schmerzte auch Daryl, denn er hatte ihn erst in diese Lage gebracht.

»Du kennst die zweithärteste Strafe. Bist du bereit?«, fragte der einarmige Napananka.

Daryl schluckte leer und nickte.

Ungjeeburra ging mit schweren Schritten zu Martyns Leiche hinüber. Mit einem heftigen Ruck zog er Napanankas Speer aus der Brust des Toten und kehrte zu ihnen zurück.

Daryl ging rückwärts, bis er gut fünf Meter von den Eingeborenen entfernt war. Inzwischen legte Ungjeeburra den zwei Meter langen Speer in die Woomera, die Speerschleuder. Langsam hob er sie über den Kopf, bereit, den Wurfspieß in Daryls Oberschenkel zu schleudern.

Ein mit der Woomera geworfener Speer erzielte nicht nur

eine höhere Treffgenauigkeit, seine Durchschlagskraft und Reichweite erhöhte sich ebenfalls um das bis zu Vierfache. Auf dieser kurzen Distanz bedeutete das, dass der Speer Daryls Bein zu mindestens zwei Dritteln durchschlagen würde. Nach vollzogener Bestrafung musste sich Daryl den Speer selber wieder aus dem Oberschenkel ziehen, und das war nur in Wurfrichtung möglich, denn an der Spitze der Waffe waren Widerhaken aus Quarzitsplittern eingearbeitet. Als Ungjeeburra langsam den Speer hob, schloss Daryl die Augen.

Die Leichtigkeit, mit der der Speer durch Daryls Bein schoss, überraschte ihn. Er kam weder ins Wanken, noch spürte er Schmerzen. Erst als die Waffe stecken blieb, verspürte er einen kleinen Ruck, gefolgt von einem lähmenden Schmerz, der sich nun so rasend schnell von seinem Oberschenkel durch sein Rückenmark bis in sein Gehirn ausbreitete, dass der Schrei in seiner Kehle stecken blieb.

Daryl wusste, wenn er stürzte, musste er seitlich auf das unverletzte Bein fallen, sonst lief er Gefahr, sich noch schlimmer zu verletzen. Er biss die Zähne zusammen, kämpfte mit aller Willenskraft gegen die entsetzlichen Qualen, die aufkommende Übelkeit und die drohende Ohnmacht an, und tatsächlich: Es gelang ihm, auf den Beinen zu bleiben. Seine linke Hand zitterte, als sie den Speer hinter dem Oberschenkel packte und die letzten dreißig Zentimeter aus dem Bein zog. Erneut schoss eine Schmerzenswelle wie ein glühender Lavastrom durch seinen Körper und ließ ihn laut aufstöhnen. Dann sank er in die Knie und kippte zur Seite.

Die Aborigines kamen auf ihn zu. Während Napananka seinen Speer aufhob, sagte er zu Daryl: »Dein Vergehen ist gesühnt. Und du hast es wie ein wahrer Aborigine ertragen. Ich weiß, eines Tages werden wir uns wieder sehen. Diesen Tag erwartet mein Herz mit Freude – mein Pintubi-Freund.« Ohne sich weiter um den Schwerverletzten zu kümmern, drehte er sich um und ging zusammen mit Napangarti zur Felswand hinüber, um zur Höhle hinaufzuklettern.

In Ungjeeburras Augen standen Tränen. »Wir müssen die Blutung stillen«, sagte er mit erstickter Stimme und sah sich um.

»Das T-Shirt«, schlug Daryl mit schmerzverzerrtem Gesicht vor und deutete auf Martyns Leiche.

Nachdem Ungjeeburra den Oberschenkel abgebunden hatte, schauten sich die beiden Freunde an.

»Verzeihst du mir? Es war wirklich nie meine Absicht, dich in eine solche Lage zu bringen«, fragte Daryl.

»Es gibt nichts, wofür ich dir verzeihen müsste. Du hast aus innerer Überzeugung gehandelt, und die Überzeugung ist das Gewissen deiner Seele. Du wolltest moralisch richtig handeln. Was soll daran falsch sein? Moral ist das, was unserem Leben ein inneres Gleichgewicht gibt.«

Ungjeeburra stand auf. »Ich werde einen Ipi-Ibi-Strauch suchen, damit kann ich die Blutung stoppen und die Wunde desinfizieren.«

Daryl schüttelte den Kopf. »Es ist besser, du gehst jetzt«, widersprach er. »Mrs. Hooker wird bestimmt bald zu sich kommen. Besser, sie sieht dich nicht.« Er musterte kritisch seinen verletzten Oberschenkel. »Ich komme schon zurecht, bis Steward mit der Hilfe hier ist. Und bis dahin solltest auch du so weit wie möglich von hier weg sein.«

Ungjeeburra zögerte. Er wusste, dass Daryl recht hatte, aber es fiel ihm schwer, seinen Ziehsohn in diesem Zustand zurückzulassen. Schließlich überwand er sich und nickte.
»Irgendwann werden wir wieder zusammen durch den Busch wandern. Wir werden jagen, uns am Feuer Geschichten erzählen, und die Welt wird wieder die sein, die sie sein sollte.«
Daryl lächelte. »Ja, das wird sie«, sagte er und sah Ungjeeburra nach, wie er zwischen den Felsen verschwand.

Epilog

Chef Inspector Garratt ging in Daryls Krankenzimmer auf und ab wie ein Raubtier in einem viel zu engen Käfig. Zwischendurch blieb er stehen, schaute mit finsterem Gesicht auf die Uhr, warf einen Blick auf Daryls leeres Bett und murmelte dann missmutig vor sich hin.

Garratt hasste Krankenhäuser. Das moderne Mercy Hospital Mt. Lawley in Perth bildete da keine Ausnahme. Der unangenehme, stechende Geruch von Reinigungs- und Desinfektionsmittel war überall derselbe und verursachte ihm jedes Mal Übelkeit. Am meisten aber hasste er es, in Krankenhäusern zu warten. Glücklicherweise kam das nicht oft vor. In den letzten drei Jahren waren von seinen Männern nur zwei bei Einsätzen ernsthaft verletzt worden. Einer von ihnen war Detective Simmons.

Als er auf dem Flur draußen vor dem Zimmer Stimmen hörte, gefolgt von fröhlichem Lachen, drehte er sich ruckartig um.

Ein hünenhafter Krankenpfleger, der nicht nur wegen seiner übermäßigen Körperbehaarung und der langen Arme große Ähnlichkeit mit einem ausgewachsenen Grizzlybären hatte, schob einen Rollstuhl in das Zimmer. Daryl blickte überrascht aus seinem Gefährt hoch und winkte seinem Vorgesetzten fröhlich zu. »Hallo, Chef, das ist aber eine Überraschung! Warten Sie schon lange?«

»Allerdings«, knurrte Garratt mit gerötetem Gesicht. Seine

kleinen, tief liegenden Augen musterten Daryl von oben bis unten. »Wie lange, in drei Teufels Namen, dauert eine solche Trainingseinheit in der Physiotherapie eigentlich? Man hat mir gesagt, Sie kämen bald wieder, und nun stehe ich mir hier schon eine Dreiviertelstunde die Beine in den Bauch!«

Der Pfleger schob Daryl neben das Bett, richtete sich zu seiner vollen Größe auf und blickte den Chef Inspector böse an. »Sie hier nicht herumbrüllen, sonst ich setzen Sie vor Tür«, sagte er scharf.

Daryl grinste breit. »Darf ich vorstellen? Pjoter Kadyrow. Pjoter kommt aus Tschetschenien und ist einer der besten Krankenpfleger hier auf der Station.«

Garratts Gesichtsfarbe änderte sich in ein leuchtendes Tomatenrot. »Krankenpfleger? Er sieht mir eher wie ein Preisboxer oder Rausschmeißer aus.«

»Na, hab ich's dir nicht gesagt, Pjoter?«, witzelte Daryl, während ihm der Pfleger ins Bett half. »Mein Chef errät beim ersten Versuch, was du früher gemacht hast.«

»Hm …«, brummte Pjoter, schob den Rollstuhl in eine Ecke und ging zur Tür. Bevor er das Zimmer verließ, drehte er sich nochmals um und sagte: »Und du auch recht gehabt mit dem, was du über Chef gesagt.«

Als die Tür ins Schloss fiel, zog sich Garratt einen Stuhl heran. Er ließ seinen massigen Körper auf die Sitzfläche plumpsen, was diese mit einem protestierenden Ächzen quittierte.

»Was sollte das eben? Und was haben Sie diesem Tundrabären über mich erzählt? – Ach, lassen wir das! Sie würden mir ja ohnehin nicht die Wahrheit sagen.«

Daryl drückte den Knopf der automatischen Rückenlehne, um sie hochzustellen. »Wie kommen Sie denn darauf?«, spielte er das Unschuldslamm.

»Weil das so was wie ein Hobby von Ihnen ist«, polterte Garratt los. »Aber diesmal haben Sie wirklich den Vogel abgeschossen! Ich habe den Abschlussbericht gelesen, der aufgrund Ihrer Aussage angefertigt wurde. Was da drinsteht, können Sie vielleicht dem Weihnachtsmann erzählen, Simmons, aber nicht mir! Der Wisch unterscheidet sich in einigen Punkten entschieden von dem, was Mrs. Hooker und, wenn auch in geringerem Maße, Miss Banks und Mr. Pryce aussagten. Und er weist verdammt noch mal viele Lücken auf! Also, was zum Kuckuck war da in dieser gottverfluchten Wüste los?« Garratt war fertig, und seine Gesichtsfarbe hatte mit einem königlichen Purpurrot ebenfalls ihre Vollendung gefunden.

»Was Mrs. Hooker angeht, so versucht sie vermutlich nur, sich selber in ein besseres Licht zu stellen. Hinzu kommt, dass sie, wie natürlich auch Kathleen und Steward, einer enormen seelischen und körperlichen Belastung ausgesetzt war, so dass ihre Eindrücke durch die doch höchst ungewöhnlichen Umstände wohl nicht ganz objektiv ausfielen.«

»Ach, was Sie nicht sagen! Und was ist mit der Behauptung, Sie hätten einen der Eingeborenen gekannt? Und was soll der Bockmist, Sie könnten diese nicht identifizieren? Sie sind unter Schwarzen aufgewachsen, außerdem kommen die doch mit Sicherheit alle aus einer der umliegenden Communitys. Zumindest denjenigen, der Ihnen den Speer durchs Bein gerammt hat, werden Sie sich doch wohl eingeprägt haben! Oh, ich vergesse ja immer wieder: Das war lediglich ein dummer Unfall, weshalb Sie ja auch keine Anzeige erstatten wollen. Was für eine gequirlte Scheiße! Wissen Sie was, Simmons? Ich werde verdammt noch mal den Gedanken nicht los, dass Sie einen, vermutlich aber eher ein ganzes Dutzend Eingeborene decken wollen.«

Mindestens eine halbe Minute schwiegen beide. Daryl konnte und wollte seinem Vorgesetzten nicht die ganze Wahrheit sagen. Die Enthüllung, wie Ludwig Leichhardt sein Ende fand, hätte nur unnötig Öl ins Feuer gekippt. Ungjeeburra hatte recht, wenn er sagte: »*Wo Blut vergossen wurde, gedeiht das Vergeben nur schwer.*« Das galt besonders für das Blut Leichhardts. Es würde seinen weißen Landsleuten ungemein schwerfallen, die Ermordung einer nationalen Legende zu vergeben. Solange sie aber die Vergangenheit nicht kannten, lebten sie in der Gegenwart, und ihre Vorstellungen von dem, was war, entsprachen lediglich ihrer Fantasie.

Schließlich gab sich Daryl einen Ruck und sagte: »Würden Sie mir glauben, Sir, wenn ich Ihnen versichere, dass es in diesem Fall für sehr viele Menschen besser ist, wenn die Wahrheit nicht vollständig ans Licht kommt?«

Garratt starrte Daryl durchdringend an. Er schien mit sich zu kämpfen, ohne dass Daryl die geringste Ahnung hatte, was er dachte. Schließlich nickte sein Vorgesetzter langsam. »Ich glaube Ihnen. Eins muss ich aber wissen: Hat sich Dr. Hookers Tod wirklich so zugetragen, wie Sie das im Bericht geschildert haben?«

»Ich kann Sie beruhigen. Alles, was unmittelbar mit Dr. Hookers Tod zu tun hat, ist genau so passiert.«

»Das hatte ich gehofft.« Garratt schürzte die Lippen. »Trotzdem gibt es da einige Dinge, die ich nicht verstehe. Ich meine, dass Mrs. Hooker ihren untreuen Mann loswerden und die Lebensversicherung kassieren wollte, kann ich ja noch verstehen – das ist schließlich kein ungewöhnliches Mordmotiv. Aber was treibt einen jungen Mann wie Martyn Dale, der zudem aus gutem Haus kommt, zu so einer Tat?«

»Sie haben Doreen Hookers Aussage gelesen«, erklärte Daryl. »Demnach waren Martyns Beweggründe im weitesten Sinne ein Resultat seiner Erziehung. Natürlich lässt sich damit ein solches Verbrechen niemals entschuldigen. Aber wir sollten auch nicht vergessen, dass Martyn trotz seiner Bemühungen in sportlicher wie auch intellektueller Hinsicht – immerhin war er Captain des Kricketteams der Universität und Leiter der Schauspielgruppe – wegen seines Asthmas nie die Erwartungen seines strengen Vaters erfüllen konnte. Dieser hielt ihn wegen seiner Krankheit, die Martyn übrigens sehr gut meisterte, immer für einen Schwächling.«

Daryl lehnte sich hinüber zum Nachttisch neben seinem Bett und schenkte sich ein Glas Wasser ein. Als er es ausgetrunken hatte, fuhr er fort: »Irgendwann begriff Martyn das. Doch um die Bande mit seiner Familie zu durchtrennen, brauchte es mehr. Irgendetwas, das ihn an eine glücklichere, erfolgreichere Zukunft glauben ließ.«

»Und das geschah, als es zwischen ihm und Mrs. Hooker zu knistern begann«, warf Garratt in seiner unverblümten Art ein.

»Richtig. Eine Frau, die ihn verstand und ihn – so glaubte

er zumindest – liebte; ein beachtliches Vermögen aus der Lebensversicherung von John Hooker, das den beiden für lange Zeit ein unbeschwertes Leben garantierte; der Reiz, das perfekte Verbrechen zu begehen, womit er sich selber beweisen wollte, dass sein Vater unrecht hatte und er durchaus zu besonderen Dingen fähig war – all das reichte letztendlich dafür aus.«

Der Chef Inspector rümpfte die Nase. »Und wer war die treibende Kraft bei diesem Mord: Mrs. Hooker oder Martyn?«

»Das ist schwer zu sagen. Die Feinheiten ihres Plans stammten wohl von Martyn. Aber ausgeführt haben sie ihn gemeinsam. Sie wissen ja, Mrs. Hooker hat beim Verhör zugegeben, dass sie die Auslosung manipulierte, damit Steward bei der Forschungsreise dabei war. Sie machte Steward Avancen und sorgte dafür, dass er ihr Liebesbriefe schrieb, die ihn später belasteten. Martyn hingegen gestand Janice Clayton kurz vor der Abreise seine Liebe. Das tat er nur, um für den Giftanschlag, der Janice' Teilnahme an der Reise verhindern und sie somit von Dr. Hooker fernhalten sollte, ein Alibi zu haben. Gleichzeitig konnte so gar nicht erst der Gedanken aufkommen, Mrs. Hooker habe sich aus einem anderen Grund an Martyn gewandt, als ihn um Rat zu fragen.«

»Und weil sie Martyn angeblich ins Vertrauen zog, glaubten die beiden, dies würde Mrs. Hooker in den Augen der Polizei unverdächtig erscheinen lassen«, kombinierte Garratt.

»Exakt. Alles in allem ein ziemlich ausgeklügelter, schwer durchschaubarer Plan. Dummerweise wurde Mrs. Hooker bei einem ihrer Spielchen, die Steward an der Leine halten sollten, zufällig von Janice beobachtet.«

»Das war im Vorlesungssaal, nach ihrer letzten Vorlesung«, warf der Chef Inspector ein.

»Ja. Als ich dies gegenüber Martyn erwähnte, hatte er sofort eine Erklärung dafür bereit. Doch die war nicht sonderlich überzeugend.«

»Und warum haben die beiden nicht auch Kathleen Banks Gift verabreicht?«, wollte Garratt wissen.

»Ganz einfach«, erklärte Daryl. »Erstens hätte dies zum Abbruch der Reise führen können und wäre darüber hinaus ziemlich auffällig gewesen. Zweitens wollten Mrs. Hooker und Martyn noch einen weiteren, wenn man so will neutralen Zeugen haben. Kathleen Banks sollte beispielsweise bestätigen, dass Steward an dem Tag, als die Gruppe mit der restlichen Ausrüstung zum Billabong aufbrach, sehr müde und erschöpft war. Zu diesem Zweck hatte Mrs. Hooker Steward nämlich am Vorabend extra ein Betäubungsmittel ins Bier gekippt.« Daryl schüttelte verärgert den Kopf. »Spätestens auf dem Marsch zurück, als mir auffiel, in welch guter körperlicher Verfassung Steward war, hätten bei mir die Alarmglocken klingeln müssen.«

»Sind Sie da nicht ein wenig zu streng mit sich? Schließlich konnten Sie in diesem Fall nicht auf die üblicherweise zur Verfügung stehenden polizeilichen Fahndungshilfen zurückgreifen oder andere Quellen, wie beispielsweise die Befragung von Mitstudenten und Professoren an der Universität, in Ihre Ermittlungen mit einbeziehen.«

»Möglich, dass es dadurch einfacher gewesen wäre. Aber im Grunde hatte ich alle Informationen, um die richtigen

Schlüsse zu ziehen. Doch ich brauchte zu lange dafür.« Daryl machte eine kurze Pause und holte tief Luft. »Wie auch immer: Mit dem Auftauchen der Aborigines geriet der Mordplan letztendlich völlig außer Kontrolle.«

»Was mich zu meiner letzten Frage bringt«, setzte Garratt ein. »Ich kann ja noch einigermaßen nachvollziehen, dass die Aborigines dieses ganze Theater nur veranstalteten, weil ihnen der Billabong heilig ist und sie uns deshalb davon fernhalten wollten. Weshalb aber wollen *Sie* unbedingt, dass der Fund, den Superintendent Coledale dort machte, aus dem Schlussbericht gestrichen wird?«

Daryl war froh, dass ihn sein Vorgesetzter von sich aus darauf ansprach, denn dies war ein Punkt, der ihm ziemlich auf der Seele lag und den er auch selber noch zur Sprache gebracht hätte.

Tatsächlich hatte Superintendent Coledales Bericht Daryl zunächst einen gehörigen Schrecken eingejagt. Ihm war klar gewesen, dass Coledale den Canyon inklusive Seitentälern nach seinem Verschwinden genau absuchen und dabei auf Dr. Hookers Leiche stoßen würde. Die Untersuchung der sterblichen Überreste würde dann zeigen, dass sie zunächst im Wasser gelegen hatten. Somit bestand der nächste Schritt des Superintendent gezwungenermaßen darin, den Billabong mit Teleskopstangen nach weiteren Leichen abzusuchen. Auch das hätte kein Problem dargestellt, da von Leichhardt und seinen Gefährten kaum mehr als ein paar verstreute Knochen im schlammigen Grund übrig geblieben waren.

Daryl hatte jedoch nicht damit gerechnet, dass Coledale auch noch Spezialtaucher der Marine anfordern würde, um den Grund des Billabongs bis in den letzten Winkel abzusuchen.

»Nun, die Knochen und Schädel, die die Taucher fanden, stammten aus einer Auseinandersetzung zwischen zwei Eingeborenenstämmen«, log Daryl, ohne mit der Wimper zu zucken, »und wurden vor langer Zeit in einem rituellen Akt dort beerdigt.«

»Weiß ich alles aus Ihrem Bericht«, unterbrach ihn Garratt ungeduldig. »Aber warum soll das nicht in der Schlussakte stehen? Die Knochen sind alt, und das alles hat nichts mit dem Fall zu tun.«

»Nichtsdestotrotz wurde hier eine heilige Begräbnisstelle der Eingeborenen ohne deren Wissen, Zustimmung und Beisein untersucht …«

»Ach du dickes Ei!«, rief der Chef Inspector besorgt. »Jetzt verstehe ich, was Sie meinen! Wenn die Eingeborenen davon Wind bekommen, hetzen sie uns womöglich eine ganze Armee von Anwälten auf den Hals. Das hätte uns gerade noch gefehlt! Die Polizei hat bei diesem Fall von Anfang an nicht besonders geglänzt.«

Garratt überlegte kurz, dann nickte er. »Okay, ich regle das. Nur gut, dass Superintendent Coledale die Knochen noch nicht zur weiteren Untersuchung ans Labor weitergegeben hat, so lassen sie sich mehr oder weniger dezent zurück zum Billabong bringen.«

Daryl war erleichtert. Denn eine genauere Untersuchung, insbesondere der Schädel, hätte rasch gezeigt, dass sie von Weißen und nicht von Aborigines stammten.

»Nun gut«, meinte Garratt und hievte seinen massigen Körper mit einem Stöhnen aus dem Stuhl. Er ging zum

Fenster und blickte hinaus auf die träge dahinziehenden Fluten des Swan River. Nach einer Weile sagte er mit ungewöhnlich sanfter Stimme: »Wissen Sie, Simmons, ich bin verdammt froh, dass Sie noch am Leben sind. Ich hätte Sie höchst ungern verloren.«

Er wandte sich wieder um. Die rote Farbe war inzwischen zur Gänze aus seinem Gesicht gewichen, zudem lag ein schwaches Lächeln auf seinen Lippen. Bei so viel Freundlichkeit schrillten Daryls Alarmglocken. Er ahnte, was nun kommen würde.

Garratt stapfte ans Fußende des Krankenbetts. »Wie ich gehört habe, ist die Therapie von Krankenhausseite so gut wie abgeschlossen. Man wird Sie also bald entlassen. Trotzdem werden Sie noch eine geraume Zeit krankgeschrieben sein. Nun ja, und was danach ist, hängt von verschiedenen Faktoren ab.«

Daryl sah seinen Vorgesetzten forschend an. »Sie haben mit den Ärzten gesprochen, richtig?«

»Schon vor einer Woche. Dieses Fachkauderwelsch von Musculus quadriceps, Vastus-dingsbums und Nervus-was-weiß-ich-was habe ich zwar nur zur Hälfte verstanden, aber eins ist klar: Ihre Verletzung ist schwerwiegender als zunächst angenommen.«

Daryl nickte. »Ich fürchte, das ist richtig.«

»Verdammt, Simmons, wie konnte eine Muskelwunde nur eine solche Verletzung verursachen?«

»Durch eine Verkettung unglücklicher Umstände«, antwortete Daryl gefasst. »Ich habe es mir erklären lassen. Der große vordere Oberschenkelmuskel besteht aus vier Teilen. Einer von ihnen nennt sich Vastus medialis und ist verantwortlich für die letzte Zehn- bis Fünfzehn-Grad-Streckung des Knies. Ich hatte gleich doppeltes, oder besser, dreifaches Pech, indem nicht nur dieser Muskel verletzt wurde, sondern auch der Femoralis-Nerv, der hauptsächlich für die Streckung des Kniegelenkes zuständig ist. Durch die Verunreinigung der Wunde kam es außerdem noch zu einer Infektion, die dann zu einer Verklebung der Muskulatur führte.«

»Mein Gott, Sie faseln ja beinahe schon so geschwollen wie diese Ärzte!«

»Dann will ich es anders ausdrücken: Ich werde wohl nie mehr in der Lage sein, das rechte Knie vollständig zu strecken, und deshalb vermutlich für den Rest meines Lebens humpeln.«

»Dann habe ich diese Quacksalber also richtig verstanden«, meinte Garratt mit finsterer Miene. »Und es gibt wirklich nichts, was man dagegen unternehmen kann?«

»Nein. Die Ärzte haben getan, was möglich war. Ich werde lernen müssen, damit zu leben.«

Für einen Augenblick waren beide Männer mit ihren eigenen Gedanken beschäftigt. Schließlich räusperte sich Garratt und sagte ernst: »Sie wissen, dass man Sie deswegen wohl in den internen Dienst versetzen wird.«

Daryl wollte etwas erwidern, doch Garratt hob die Hand.

»Moment, lassen Sie mich erst ausreden. Dies ist die übliche Vorgehensweise, das wissen Sie. Dabei geht es nicht allein darum, dass Sie beispielsweise bei der Verfolgung eines flüchtenden Täters von vorneherein chancenlos sind. Es geht auch darum, dass sich Situationen ergeben könnten, durch die andere – und damit meine ich vor allem Berufskollegen – durch Ihre Behinderung in Gefahr geraten. Mir passt dieses Vorgehen genauso wenig wie Ihnen, zumal ich weiß, dass Sie lieber den Dienst quittieren, als in einem Büro zu sitzen. Das habe ich übrigens auch Police Commissioner O'Callaghan gesagt.«

Daryl war baff. »Sie haben darüber mit dem obersten Boss gesprochen?«

»Das hat sich so ergeben. Unsere Frauen spielen zusammen Golf.« Garratt schnaubte verächtlich. »Ein schrecklicher Sport, wenn Sie mich fragen. Kleine Bälle durch die Gegend prügeln, ihnen dann mühsam hinterherlaufen und sie verzweifelt suchen, das grenzt doch an Masochismus! Aber lassen wir das. Der Commissioner hat durchaus Verständnis für unsere Situation. Andererseits kann er nicht hier eine Ausnahme machen und da nicht.«

»Ich verstehe«, antwortete Daryl ernst. »Dann bleibt mir nichts anderes übrig, als zu kündigen. Hinter einem Schreibtisch nütze ich niemandem etwas, am allerwenigsten mir selbst.«

Einen Augenblick fixierte der Chef Inspector Daryl, dann holte er tief Luft: »Ich wusste, dass Sie das sagen würden«, erwiderte er düster. Ohne ein weiteres Wort wandte er sich um und ging zur Tür. Als er sie erreicht hatte, blieb er stehen. Zögernd legte er die Hand auf die Klinke. Dann stieß er einen tiefen Seufzer aus und wandte sich erneut Daryl zu.

»Vermutlich wird mich das in Teufels Küche bringen, aber Sie lassen mir ja keine andere Wahl. In der obersten Schublade Ihres Nachttischs befindet sich eine Akte. Es geht um einen mysteriösen Leichenfund in einem Wrack. Das Nest heißt Shelly Beach. Sollten Sie also auf die Idee kommen, Ihren Genesungsurlaub dort zu verbringen, werde ich Sie bestimmt nicht davon abhalten. Und falls Sie nebenbei zufällig noch den Fall lösen, wäre es durchaus möglich, dass der Police Commissioner auf meinen Vorschlag eingeht.«

Daryl konnte nicht anders, als breit zu grinsen. »Und wie sieht dieser aus?«, wollte er wissen.

»Das werde ich Ihnen bestimmt jetzt schon auf die Nase binden!« Garratt riss die Tür auf. Ehe er den Raum verließ, drehte er sich aber ein letztes Mal um.

»Passen Sie auf sich auf, Simmons, das meine ich ernst. Und denken Sie daran: Sie fahren nicht in offiziellem Auftrag nach Shelly Beach. Sie sind da auf sich allein gestellt …«

Danksagung

Mein Dank gilt allen meinen Lesern – ganz besonders denen, die mir in der Vergangenheit geschrieben haben.

Ich freue mich stets über eure Gedanken, Fragen und eure Feedbacks zur Krimireihe.

Herzlichst,
Alex Winter

alexwinter@alex-winter.com